GUSTAV MEYRINK
Walpurgisnacht

GUSTAV MEYRINK
Walpurgis-nacht

Roman

Langen Müller

© by Langen Müller in der F.A. Herbig
Verlagsbuchhandlung, München
Alle Rechte vorbehalten
Einbandgestaltung: Bernd und Christel
Kaselow, München, unter Verwendung
des Stoffmusters „Pilze" von Koloman
Moser, 1900 (Rückseite: Gustav Meyrink,
gezeichnet von Olaf Gulbransson)
Druck: Jos. C. Huber KG,
Dießen/Ammersee
Binden: Großbuchbinderei Monheim,
Monheim
Printed in Germany 1995
ISBN 3-7844-2538-0

Inhalt

ERSTES KAPITEL
Der Schauspieler Zrcadlo — 7

ZWEITES KAPITEL
Die neue Welt — 28

DRITTES KAPITEL
Hungerturm — 48

VIERTES KAPITEL
Im Spiegel — 81

FÜNFTES KAPITEL
Aweysha — 107

SECHSTES KAPITEL
Jan Zizka von Trocnov — 126

SIEBENTES KAPITEL
Abschied — 155

ACHTES KAPITEL
Die Reise nach Pisek — 180

NEUNTES KAPITEL
Die Trommel Luzifers — 203

ERSTES KAPITEL

Der Schauspieler Zrcadlo

Ein Hund schlug an.
Einmal. Ein zweites Mal.
Dann lautlose Stille, als ob das Tier in die Nacht hineinhorche, was geschehen werde.
»Mir scheint, der Brock hat gebellt«, sagte der alte Baron Konstantin Elsenwanger, »wahrscheinlich kommt der Herr Hofrat.«
»Das ist doch, meiner Seel', kein Grund nicht zum Bellen«, warf die Gräfin Zahradka, eine Greisin mit schneeweißen Ringellocken, scharfer Adlernase und buschigen Brauen über den großen, schwarzen, irrblickenden Augen, streng hin, als ärgere sie sich über eine solche Ungebührlichkeit, und mischte einen Stoß Whistkarten noch schneller, als sie es ohnehin bereits eine halbe Stunde hindurch getan hatte.
»Was macht er eigentlich so den ganzen lieben Tag lang?« fragte der kaiserliche Leibarzt Thaddäus Flugbeil, der mit seinem klugen, glattrasierten, faltigen Gesicht über dem altmodischen Spitzenjabot wie ein schemengleicher Ahnherr der Gräfin gegenüber in einem Ohren-

stuhl kauerte, die unendlich langen, dürren Beine affenhaft fast bis zum Kinn emporgezogen.
Den »Pinguin« nannten ihn die Studenten auf dem Hradschin und lachten immer hinter ihm drein, wenn er Schlag 12 Uhr mittags vor dem Schloßhof in eine geschlossene Droschke stieg, deren Dach erst umständlich auf- und wieder zugeklappt werden mußte, bevor seine fast zwei Meter hohe Gestalt darin Platz gefunden hatte. — Genauso kompliziert war der Vorgang des Aussteigens, wenn der Wagen sodann einige hundert Schritte weiter vor dem Gasthaus »Zum Schnell« haltmachte, wo der Herr kaiserliche Leibarzt mit ruckweisen, vogelhaften Bewegungen ein Gabelfrühstück aufzupicken pflegte. —
»Wen meinst du«, fragte der Baron Elsenwanger zurück, »den Brock oder den Herrn Hofrat?«
»Den Herrn Hofrat natürlich. Was macht er so den ganzen Tag?«
»No. Er spielt sich halt mit den Kindern in den Choteks-Anlagen.«
»Mit ›die‹ Kinder«, verbesserte der Pinguin.
»Er — spielt — sich — mit — denen — Kindern«, fiel die Gräfin verweisend ein und betonte jedes Wort mit Nachdruck. Die beiden alten Herren schwiegen beschämt.

Wieder schlug der Hund im Park an. Diesmal dumpf, fast heulend.
Gleich darauf öffnete sich die geschweifte, dunkle, mit einer Schäferszene bemalte Mahagonitür, und der Herr Hofrat Kaspar Edler von Schirnding trat ein — wie gewöhnlich, wenn er zur Whistpartie ins Palais Eisenwanger kam, mit engen schwarzen Hosen angetan und den ein wenig rundlichen Leib in einen Biedermeiergehrock von hellem Rehbraun aus wunderbar weichem Tuch gehüllt.

Hastig wie ein Wiesel und ohne ein Wort zu verlieren, lief er auf einen Sessel zu, stellte seinen gradkrempigen Zylinderhut darunter auf den Teppich und küßte sodann der Gräfin zeremoniell die Hand zur Begrüßung.

»Warum er jetzt immer noch bellt?!« brummte der Pinguin nachdenklich.

»Diesmal meint er den Brock«, erläuterte die Gräfin Zahradka mit einem zerstreuten Blick auf Baron Elsenwanger.

»Herr Hofrat sehen so schweißbedeckt aus. Daß Sie sich mir nur nicht verkühlen!« rief dieser besorgt, machte eine Pause und krähte dann plötzlich in arienhaften Schwingungen in das finstere Nebenzimmer, das sich daraufhin wie durch Zauberschlag erhellte:

»Bozena, Bozena, Bo—schenaah, bitt' Sie, bring Sie, prosim, das Supperläh!«

Die Gesellschaft begab sich in den Speisesaal und nahm um den großen Eßtisch herum Platz.

Nur der Pinguin stolzierte steif an den Wänden entlang, betrachtete bewundernd, als sähe er sie heute zum erstenmal, die Kampfszenen zwischen David und Goliath auf den Gobelins und betastete die prachtvollen, geschweiften Maria-Theresia-Möbel mit Kennerhänden.

»Ich war unten! In der Welt!« platzte der Hofrat von Schirnding heraus und betupfte seine Stirn mit einem riesigen, rot-gelb-gefleckten Taschentuch. Und bei der Gelegenheit hab' ich mir die Haare schneiden lassen« — er fuhr sich mit dem Finger hinter den Kragen, als jucke ihn der Hals.

Derartige auf einen angeblich nur schwer zu bändigenden Haarwuchs abzielende Bemerkungen pflegte er jedes Vierteljahr zu machen, in dem Wahn, man wisse nicht, daß er Perücken trage — einmal langlockige, dann wieder kurzgeschorene —, und immer bekam er auch in solchen Fällen ein staunenerfülltes Gemurmel zu hören. Aber diesmal blieb es aus: Die Herrschaften waren zu verblüfft, als sie vernahmen, wo er gewesen sei.

»Was? Unten? In der Welt? In Prag? Sie?« Der kaiserliche Leibarzt Flugbeil war erstaunt herumgefahren. »Sie?«

Den beiden anderen blieb der Mund offen. »In der Welt! Unten! In Prag!«

«Da — da haben Sie ja lieber die Bricke missen!« brachte die Gräfin endlich stockend heraus. »Was denn, wenn sie eingestirzt wäre?!«

»Eingestirzt!! No servus!« krächzte Baron Elsenwanger und wurde blaß. »Unberufen« — er ging zitterig zur Ofennische, vor der noch aus der Winterszeit her ein Scheit Holz lag, nahm es, spuckte dreimal darauf und warf es in den kalten Kamin — »Unberufen.«

Bozena, das Dienstmädchen, in zerlumptem Kittel, ein Kopftuch um und barfuß, wie es in altmodischen Prager Patrizierhäusern üblich ist, brachte eine prunkvolle Schüssel aus schwerem getriebenem Silber herein.

»Aha! Wurstsuppe!« brummte die Gräfin und ließ befriedigt ihre Lorgnette fallen. — Sie hatte die Finger des Mädchens, die in viel zu weiten, weißen Glacéhandschuhen staken und in die Brühe hineinhingen, für Würste gehalten. —

»Ich bin mit — der Elektrischen gefahren«, stieß der Herr Hofrat gepreßt hervor, immer noch voll Aufregung des überstandenen Abenteuers eingedenk.

Die anderen wechselten einen Blick: Sie fingen an, seine Worte zu bezweifeln. Nur der Leibarzt zeigte ein steinernes Gesicht.

»Ich war vor dreißig Jahren das letztemal unten — in

Prag!« stöhnte der Baron Elsenwanger und band sich kopfschüttelnd die Serviette um; die beiden Zipfel standen hinter seinen Ohren hervor und verliehen ihm das Aussehen eines furchtsamen, großen, weißen Hasen. »Damals, als mein Bruder selig in der Teinkirche beigesetzt wurde.«

»Ich war ieberhaupt mein Lebtag noch nicht in Prag«, erklärte Gräfin Zahradka schaudernd. »Das könnt' mich so haben! — Wo sie meine Vorfahren auf dem Altstädter Ring hingerichtet haben!«

»Nun das war damals im Dreißigjährigen Krieg, Gnädigste«, suchte sie der Pinguin zu beruhigen. »Das ist schon lange her.«

»Ach was — ich denk' es noch wie heite. Ieberhaupt, die verfluchten Preißen!« — Die Gräfin starrte geistesabwesend in ihren Suppenteller, befremdet, daß keine Würste darin waren; dann funkelte sie durch ihre Lorgnette über den Tisch, ob die Herren sie ihr vielleicht weggeschnappt hätten.

Einen Augenblick lang versank sie in tiefes Nachdenken und murmelte vor sich hin: »Blut, Blut. Wie das herausspritzt, wenn man einem Menschen den Kopf abhaut. — — — Daß Sie sich nicht gefirchtet haben, Herr Hofrat?! Was, wenn Sie unten in Prag den Preißen in die Hände gefallen wären?« fuhr sie laut, zu dem Edlen von Schirnding gewendet, fort.

»Den Preißen? — Wir gehen doch jetzt Hand in Hand mit den Preißen!«

»So? Ist der Krieg also endlich aus! No ja, der Windischgrätz, der hat's ihnen halt wieder amal gegeben.«

»Nein, Gnädigste, wir sind mit die Preußen« — meldete sich der Pinguin — »will sagen: mit ›denen‹ Preißen — schon seit drei Jahren gegen die Russen verbündet und —« (»Ver—bin—dät!« — bekräftigte der Baron Elsenwanger. —) »— und kämpfen Schulter an Schulter mit ihnen. — Er ist — — —« Er brach höflich ab, als er das ironische, ungläubige Lächeln der Gräfin bemerkte.

Das Gespräch stockte, und man hörte eine halbe Stunde lang nur noch das Klappern der Messer und Gabeln oder das leise klatschende Geräusch, wenn Bozena mit ihren nackten Füßen um den Tisch herumging und neue Speisen auftrug. — —

Baron Elsenwanger wischte sich den Mund: »Herrschaften! Wollen wir jetzt zum Whist — —?«

Ein dumpfes, langgezogenes Geheul klang durch die Sommernacht aus dem Garten herauf und schnitt ihm die Rede ab — — —:

»Jesus, Maria — ein Vorzeichen! Der Tod ist im Haus!« —

»Brock! Mistviech, verflucht's. Kusch dich!« hörte man die halblaute Stimme eines Dieners unten im Park schimpfen, als der Pinguin die schweren Atlasvorhänge beiseite geschoben und die Glastür dahinter, die auf die Veranda führte, geöffnet hatte. —

Eine Flut von Mondlicht ergoß sich ins Zimmer, und kühler Luftzug voll Akazienduft machte die Kerzenflammen in den gläsernen Kronleuchtern flackern und schwelen.

Auf dem kaum handbreiten Sims der hohen Parkmauer, hinter der ein Dunstmeer aus dem tief unten jenseits der Moldau schlummernden Prag rötlichen Dunst empor zu den Sternen hauchte, schritt langsam und aufrecht ein Mann, die Hände tastend vorgestreckt wie ein Blinder — bald gespenstisch halb verdeckt durch silhouettenhafte Schlagschatten der Baumäste, daß es schien, als sei er aus glitzerndem Mondlicht geronnen, dann wieder grell beschienen, wie frei schwebend über dem Dunkel.

Der kaiserliche Leibarzt Flugbeil traute seinen Augen nicht: Eine Sekunde lang glaubte er, er träume, dann brachte ihn das plötzliche, wütende Aufbellen des Hundes zur Besinnung — er hörte einen gellenden Schrei, sah die Gestalt auf dem Sims schwanken und, wie von einem lautlosen Windstoß weggeweht, verschwinden.

Das Prasseln und Brechen von Zweigen und Gebüsch verriet ihm, daß der Mann in den Garten gefallen war. —

»Mörder, Einbrecher! — Man muß die Wache holen!« zeterte der Edle von Schirnding, der auf den Schrei hin mit der Gräfin aufgesprungen und zur Tür geeilt war.

Konstantin Elsenwanger hatte sich wimmernd auf die Knie geworfen, das Gesicht in den Sitzpolstern seines Lehnstuhles vergraben, und betete, in den gefalteten Händen noch ein gebratenes Hühnerbein, das Vaterunser.

Auf die schrillen Befehle des kaiserlichen Leibarztes, der wie ein riesiger nächtlicher Vogel mit federlosen Flügelstümpfen von der Verandabrüstung hinab in die Finsternis gestikulierte, kam die Dienerschaft aus dem Portierhäuschen in den Park gelaufen und durchsuchte mit Windlichtern, wild durcheinanderrufend, die dunklen Bosketts. Der Hund schien den Eindringling gestellt zu haben, denn er bellte laut und anhaltend in regelmäßigen Intervallen.

»No alsdann, was ist denn, habts den preißischen Kosaken endlich?« zürnte die Gräfin, die von Anfang an nicht die Spur von Aufregung oder Angst gezeigt hatte, durch ein offenes Fenster hinunter.

»Heilige Muttergottes, er hat den Hals gebrochen!« hörte man das Dienstmädchen Bozena jammernd aufkreischen; dann trugen die Leute den leblosen Körper eines Menschen von dem Fuß der Mauer her in den Lichtschein, den das helle Zimmer hinaus auf den Rasenplatz warf.

»Bringt ihn herauf! Rasch! Bevor er verblutet«, befahl die Gräfin kalt und ruhig, ohne auf das Gewinsel des Hausherrn zu achten, der entsetzt dagegen protestierte und verlangte, man solle den Toten über die Mauer den Abhang hinunterwerfen — — ehe er wieder lebendig werden könne.
»Bringts ihn wenigstens hier hinein ins Bilderzimmer«, flehte Elsenwanger, drängte die Greisin und den Pinguin, der einen der brennenden Armleuchter ergriffen hatte, in den Ahnensaal und verschloß die Tür hinter ihnen.

Außer ein paar geschnitzten Stühlen mit hohen vergoldeten Lehnen und einem Tisch standen keinerlei Möbel in dem langgezogenen, gangartigen Raum — der dumpfe morsche Geruch und die Staubschicht auf dem Steinboden verrieten, daß er nie gelüftet wurde und seit langem nicht mehr betreten worden war.
Die lebensgroßen Gemälde darin waren ohne Rahmen in die Täfelungen der Wände eingelassen: Porträts von Männern in Lederkollern, Pergamentrollen gebieterisch in den Händen haltend — Frauen dazwischen mit Stuartkragen und Puffen an den Ärmeln — ein Ritter in weißem Mantel mit Malteserkreuz, eine aschblonde junge Dame im Reifrock, Schönheitspflästerchen auf Wange und Kinn, ein grausames, wollüstig-süßes Lächeln in den verderbten Zügen, mit wundervollen Händen, schmaler, gerader Nase, feingeschnittenen Nüstern und feinen, hochgeschwungenen Brauen über den grünlichblauen Augen — eine Nonne im Habit der Barnabiterinnen — ein Page — ein Kardinal mit asketischen, mageren Fingern, bleigrauen Lidern und versunkenem, farblosem Blick. So standen sie in ihren Nischen, daß es aussah, als kämen sie aus dunklen Gängen herbei ins Zimmer, aufgeweckt nach jahr-

hundertelangem Schlaf infolge des flackernden Glanzes der Kerzen und der Unruhe im Haus. — Bald schienen sie sich heimlich vorbeugen zu wollen voll Vorsicht, daß nicht ein Rascheln der Kleider sie verrate — schienen die Lippen zu bewegen und lautlos wieder zu schließen, mit den Fingern zu zucken oder die Mienen hochzuziehen, um sofort in Starrheit zu versinken, als hielten sie den Atem an und ließen ihr Herz stillstehen, wenn der Blick der beiden Lebenden sie flüchtig streifte.
»Sie werden ihn nicht retten können, Flugbeil«, sagte die Gräfin und sah wartend unverwandt zur Tür. Es ist wie damals. Wissen Sie! Er hat den Dolch im Herzen stecken. — Sie werden wieder sagen: Hier ist leider jede menschliche Kunst am Ende.«
Der kaiserliche Leibarzt verstand im ersten Moment nicht, was sie meinte. Dann begriff er mit einemmal. — Er kannte das an ihr. Sie verwechselte die Vergangenheit mit der Gegenwart — pflegte dergleichen zuweilen zu tun.
Dasselbe Erinnerungsbild, das ihr Gedächtnis verwirrte, wurde plötzlich auch in ihm lebendig: Vor vielen, vielen Jahren hatte man in ihrem Schloß auf dem Hradschin ihren Sohn erstochen ins Zimmer hineingetragen. Und vorher ein Schrei im Garten, das Bellen eines Hundes — alles genau wie heute. Wie jetzt hier im Raum waren auch damals Ahnenbilder an den Wänden gehangen und war ein silberner Armleuchter auf dem Tisch gestanden. — Einen flüchtigen Augenblick lang war der Leibarzt so verwirrt, daß er nicht mehr wußte, wo er war. Die Erinnerung hielt ihn so gefangen, daß es ihm gar nicht wie Wirklichkeit vorkam, als man den Verunglückten zur Tür hereinbrachte und vorsichtig niederlegte. Er suchte unwillkürlich nach Worten des Trostes für die Gräfin wie einst, bis ihm mit einem Schlag klar bewußt wurde, daß es doch

nicht ihr Sohn war, der hier lag, und daß statt ihrer jugendlichen Erscheinung von damals eine Greisin mit weißen Ringellocken am Tisch stand. —
Eine Erkenntnis, schneller als ein Gedanke und schneller, als daß er sie richtig hätte erfassen können, durchzuckte ihn und ließ das dumpfe, rasch verdämmernde Gefühl in ihm zurück, daß die »Zeit« nichts als eine diabolische Komödie sei, die ein allmächtiger unsichtbarer Feind dem menschlichen Gehirn vorgaukelt.
Nur die einzige Furcht blieb ihm als Ernte: daß er blitzartig mit dem innern Empfinden einen Moment lang begriffen hatte — was er früher niemals richtig zu verstehen fähig gewesen war —, nämlich die seltsamen befremdlichen Seelenzustände der Gräfin, die bisweilen sogar historische Ereignisse aus der Zeit ihrer Ahnen als gegenwärtig empfand und mit ihrem Alltagsleben unentwirrbar zu verknüpfen pflegte.
Er empfand es wie einen unwiderstehlichen Zwang, daß er sagen mußte: Wasser bringen! Verbandszeug! — daß er sich wieder, wie damals, herabbeugte und nach dem Aderlaßschnepper in seiner Brusttasche griff, den er aus alter, längst überflüssig gewordener Gewohnheit immer bei sich trug.
Erst als der Atemhauch aus dem Munde des Ohnmächtigen seine prüfenden Finger traf und sein Blick zufällig auf die nackten, weißen Schenkel Bozenas fiel, die mit der den böhmischen Bauernmädchen eigentümlichen, schamfreien Ungeniertheit sich mit emporgerutschtem Rock niedergekauert hatte, um besser sehen zu können — kam er wieder völlig ins Gleichgewicht: Das Bild der Vergangenheit löste sich angesichts der fast schreckhaften Gegensätze zwischen blühendem jungem Leben, der Totenstarre des Bewußtlosen, den schemenhaften Gestalten der Ahnen-

gemälde und den greisenhaft gefurchten Zügen der Gräfin wie ein verdunstender Schleier von der Gegenwart.

Der Kammerdiener stellte den Leuchter mit den brennenden Kerzen auf den Boden, und ihr Schein erhellte das eigentümlich charakteristische Gesicht des Verunglückten, der — die Lippen unter dem Einfluß der Ohnmacht aschfarben und widernatürlich abstechend von den grellrot geschminkten Wangen — eher der wächsernen Figur einer Schaubude als einem Menschen glich.

»Heiliger Wenzel, es ist der Zrcadlo!« rief das Dienstmädchen und zog — wie unter der Empfindung, als habe das Pagenporträt in der Wandnische infolge des Lichtflackerns plötzlich ein begehrliches Auge auf sie geworfen — züchtig ihren Rock über die Knie.

»Wer ist's?« fragte die Gräfin erstaunt.

»Der Zrcadlo — der ›Spiegel‹«, erklärte der Kammerdiener, den Namen Zrcadlo aus dem Tschechischen ins Deutsche übersetzend, »mir nennt ihm so hier heroben auf dem Hradschin, aber mir weiß nicht, ob er wirklich so heißt. — Er ise sich Aftermieter bei der — —« er stockte verlegen, »bei der — no, halt bei der ›böhmischen Liesel‹.«

»Bei wem?«

Das Dienstmädchen kicherte in den vorgehaltenen Arm, und auch das übrige Gesinde verbiß mühsam das Lachen.

Die Gräfin stampfte mit dem Fuße auf:

»Bei wem, will ich wissen!«

»Die ›böhmische Liesel‹ war in früheren Jahren eine berühmte — — Hetäre«, nahm der Leibarzt das Wort und richtete sich an dem Verunglückten auf, der bereits die ersten Lebenszeichen von sich gab und mit den Zähnen knirschte. »Ich wußte gar nicht, daß sie noch lebt und sich auf dem Hradschin herumtreibt; sie muß ja uralt sein.

Sie wohnt wohl — —« — — »in der Totengasse, da, wo die schlechten Madeln alle beisamm' sind«, bekräftigte Bozena eifrig.
»So geh Sie das Frauenzimmer holen!« befahl die Gräfin. Dienstbeflissen eilte das Mädchen hinaus.

Inzwischen hatte sich der Mann aus seiner Betäubung erholt, starrte eine Weile in die Kerzenflammen und stand dann langsam auf, ohne die geringste Notiz von seiner Umgebung zu nehmen.
»Glaubt ihr, daß er hat einbrechen wollen?« fragte die Gräfin halblaut das Gesinde.
Der Kammerdiener schüttelte den Kopf und tupfte sich vielsagend auf die Stirn, um anzudeuten, daß er ihn für wahnsinnig halte.
»Meines Erachtens handelt es sich um einen Fall von Schlafwandeln«, erklärte der Pinguin. »Solche Kranke pflegen bei Vollmond von einem unerklärlichen Wandertrieb befallen zu werden, in dem sie dann, ohne sich dessen bewußt zu sein, allerhand seltsame Handlungen begehen, Bäume, Häuser und Mauern erklettern und oft auf den schmalsten Stegen und in schwindelnder Höhe, zum Beispiel auf Dachrinnen, mit einer Sicherheit einherschreiten, die ihnen bestimmt mangeln würde, wenn sie wach wären.
— — Holla, Sie, Pane Zrcadlo«, wandte er sich an den Patienten, »glauben Sie, sind Sie jetzt soweit bei sich, daß Sie nach Hause gehen können?«
Der Mondsüchtige gab keine Antwort; trotzdem schien er die Frage gehört, wenn auch nicht verstanden zu haben, denn er drehte langsam den Kopf nach dem kaiserlichen Leibarzt und blickte ihm mit leeren, unbeweglichen Augen ins Gesicht.
Der Pinguin fuhr unwillkürlich zurück, strich sich ein

paarmal nachdenklich über die Stirn, als stöbere er in seinen Erinnerungen, und murmelte: »Zrcadlo? Nein. Der Name ist mir fremd. — Aber ich kenne diesen Menschen doch! — Wo hab' ich ihn nur gesehen?!«

Der Eindringling war hochgewachsen, hager und dunkelhäutig; langes, trockenes, graues Haar hing ihm wirr um den Schädel. Das schmale, bartlose Gesicht mit der scharfgeschnittenen Hakennase, der fliehenden Stirn, den eingesunkenen Schläfen und den verkniffenen Lippen, dazu die Schminke auf den Wangen und der schwarze, abgetragene Samtmantel — alles das wirkte durch die Schroffheit des Widerspiels, als habe ein wüster Traum und nicht das Leben selbst diese Gestalt in den Raum gestellt.

»Er sieht aus wie ein Pharao der alten Ägypter, der die Verkleidung eines Komödianten gewählt hat, um zu verbergen, daß seine Mumie unter der Maske steckt«, schoß dem kaiserlichen Leibarzt ein krauser Gedanke durch den Kopf. »Unbegreiflich, daß ich mich nicht entsinnen kann, wo ich diesen doch so auffallenden Zügen begegnet bin?«

»Der Kerl ist tot«, brummte die Gräfin, halb für sich, halb zu dem Pinguin gewendet, und studierte furchtlos und ungeniert, als handle es sich um die Betrachtung einer Statue, in unmittelbarster Nähe durch ihre Lorgnette das Antlitz des aufrecht vor ihr stehenden Mannes — »solche verschrumpelte Augäpfel kann nur eine Leiche haben. — Mir scheint, er kann sie ieberhaupt nicht bewegen, Flugbeil! — — — So firct Er sich doch nicht, Konstantin, wie ein altes Weib!« rief sie laut zur Speisezimmertür, in deren langsam sich öffnender Spalte die bleichen, erschreckten Gesichter des Hofrats Schirnding und des Barons Elsenwanger aufgetaucht waren, »kommen Sie doch beide herein, Sie sehen ja: Er beißt nicht.«

Der Name Konstantin wirkte wie eine seelische Erschütte-

19

rung auf den Fremden. Er zitterte einen Augenblick heftig von Kopf bis Fuß, und der Ausdruck seiner Züge wechselte blitzartig gleich dem eines Menschen, der, in unglaublicher Weise Herr seiner Gesichtsmuskeln, vor einem Spiegel Fratzen schneidet. — Als seien die Nasen-, Backen- und Kinnknochen unter der Haut plötzlich weich und biegsam geworden, verwandelte sich sein Mienenspiel aus der soeben noch hochmütig dreinblickenden starren Maske eines ägyptischen Königs, eine ganze Reihe sonderbarer Phasen durchlaufend, nach und nach in eine unverkennbare Ähnlichkeit mit dem Familientypus der Elsenwanger.

Kaum eine Minute später hatte eine gewisse bleibende Physiognomie sein bisheriges Aussehen derart verdrängt und sich in seinen Zügen festgesetzt, daß die Anwesenden zu ihrem größten Staunen momentelang glaubten, einen völlig anderen vor sich zu haben.

Den Kopf auf die Brust gesenkt und die eine Wange wie von einer Zahngeschwulst zum linken Auge, das darunter klein und stechend erschien, emporgezogen, trippelte er eine Weile mit krummen Knien, die Unterlippe vorstreckend, unschlüssig vor dem Tisch herum, tastete dann an seinem Körper nach Taschen und wühlte scheinbar darin.

Endlich erblickte er den Baron Elsenwanger, der sich, sprachlos vor Entsetzen, an den Arm seines Freundes Schirnding geklammert hielt, nickte ihm zu und meckerte: »Konstantindl, gut, daß du kommst, den ganzen Abend hab' ich dich schon gesucht.«

»Jezis, Maria und Josef«, heulte der Baron auf und floh zur Tür, »der Tod ist im Haus. Hilfe, Hilfe, das ist ja mein seliger Bruder Bogumil!«

Auch der Edle von Schirnding, der Leibarzt und die

Gräfin, die alle drei den verstorbenen Baron Bogumil Elsenwanger bei dessen Lebzeiten gekannt hatten, waren bei dem Ton der Stimme des Schlafwandlers zusammengezuckt, so überaus ähnlich klang sie der des Verblichenen.

Ohne sich im geringsten um sie zu kümmern, eilte Zrcadlo jetzt geschäftig im Zimmer hin und her und rückte an eingebildeten Gegenständen, die offenbar nur er sah, die aber vor dem geistigen Auge der Zuschauer leibhaftige Gestalt anzunehmen schienen, so plastisch und eindringlich waren seine Bewegungen, mit denen er sie anfaßte, hob und wegstellte.

Als er dann plötzlich aufhorchte, die Lippen spitzte, zum Fenster trippelte und ein paar Takte einer Melodie pfiff, als säße dort ein Star in einem Käfig — aus einer imaginären Kassette einen ebenso unsichtbaren Mehlwurm nahm und ihn seinem Liebling hinhielt, standen bereits alle so unter dem Bann des Eindrucks, daß sie vorübergehend ganz vergaßen, wo sie waren und sich in die Umgebung zurückversetzt wähnten, in der der tote Baron Bogumil noch hier gehaust hatte.

Erst als Zrcadlo, vom Fenster zurückkommend, wieder in den Lichtschein trat und der Anblick seines schäbigen schwarzen Samtmantels die Illusion für einen Augenblick zerstörte, faßte sie das Grauen an, und sie warteten stumm und widerstandslos, was er weiter beginnen werde.

Zrcadlo überlegte eine Weile, während der er wiederholt aus einer unsichtbaren Dose schnupfte, rückte sodann einen der geschnitzten Sessel in die Mitte des Zimmers vor einen eingebildeten Tisch, setzte sich und begann, vorgebeugt und den Kopf schief gelegt, in der Luft zu schreiben, nachdem er vorher eine imaginäre Gänsefeder genommen, geschnitten und gespalten hatte — wiederum mit so erschreckend das Leben nachahmender Deutlichkeit, daß man sogar das Knirschen des Messers zu hören vermeinte. Mit angehaltenem Atem sahen ihm die Herrschaften zu — das Gesinde hatte bereits vorher auf einen Wink des Pinguins das Zimmer auf Zehenspitzen verlassen —; nur von Zeit zu Zeit unterbrach ein angstvolles Stöhnen des Barons Konstantin, der von seinem »toten Bruder« den Blick nicht zu wenden vermochte, die tiefe Stille.

Endlich schien Zrcadlo mit dem Brief, oder was er sonst zu schreiben sich einbildete, fertig zu sein, denn man sah ihn einen komplizierten Schnörkel — offenbar unter seinen Namenszug — setzen. Geräuschvoll schob er den Stuhl zurück, ging zur Wand, suchte lange in einer Bildernische, in der er tatsächlich einen — wirklichen Schlüssel fand, drehte an einer Holzrosette an der Täfelung, sperrte ein dahinter sichtbar werdendes Schloß auf, zog ein Fach heraus, legte seinen »Brief« hinein und drückte die Schublade in die Wand zurück.

Die Spannung der Zuschauer hatte sich so gesteigert, daß niemand die Stimme Bozenas hörte, die draußen vor der Tür halblaut rief: »Milostpane! Gnä' Herr! Dirfen wir herein?«

»Haben — haben Sie's gesehen? Flugbeil, haben Sie's auch gesehen? War das nicht eine wirkliche Schublade, was mein Bruder selig da aufgemacht hat?« brach Baron Elsenwanger stockend und schluchzend vor Aufregung das Schweigen; »ich hab' doch gar nicht geahnt, daß da eine Schublad ist.« Jammernd und die Hände ringend, brach er los: »Bogumil, um Gottes willen, ich hab' dir doch nichts getan! Heiliger Václav, vielleicht hat er mich enterbt, weil ich seit dreißig Jahren nicht in der Teinkirche war!«

Der kaiserliche Leibarzt wollte zur Wand gehen und nachsehen, aber ein lautes Klopfen an der Tür hielt ihn davon ab.

Gleich darauf stand eine hohe, schlanke, in Fetzen gehüllte Weibsperson im Zimmer, die von Bozena als die »böhmische Liesel« vorgestellt wurde.

Ihr Kleid, ehemals kostbar und mit Schmelz besetzt gewesen, verriet noch immer durch seinen Schnitt und wie es sich um Schultern und Hüften legte, welche Sorgfalt auf seine Herstellung verwandt worden war. Der bis zur Unkenntlichkeit zerknüllte und von Schmutz starrende Besatz an Hals und Ärmeln bestand aus echten Brüsseler Spitzen.

Das Frauenzimmer mochte hoch in den Siebzigern sein, aber immer noch wiesen ihre Züge trotz der grauenhaften Verwüstung durch Leid und Armut die Spuren einstiger großer Schönheit auf.

Eine gewisse Sicherheit im Benehmen und die ruhige, beinahe spöttische Art, mit der sie die drei Herren ansah — die Gräfin Zahradka würdigte sie überhaupt keines Blickes — ließen darauf schließen, daß ihr die Umgebung in keiner Weise imponierte.

Sie schien sich eine Zeitlang an der Verlegenheit der Herren, die sie offenbar aus ihrer Jugendzeit her genauer kannten, als sie vor der Gräfin merken lassen wollten, zu weiden, denn sie schmunzelte vielsagend, kam aber dann dem kaiserlichen Leibarzt, der etwas Unverständliches zu stottern begann, mit der höflichen Frage zuvor:

»Die Herrschaften haben nach mir geschickt; darf man wissen, worum es sich handelt?«

Verblüfft über das ungewöhnlich reine Deutsch und die wohlklingende, wenn auch ein wenig heisere Stimme, nahm die Gräfin ihre Lorgnette vor und musterte mit funkelnden Augen die alte Prostituierte. Aus der Befangen-

heit der Herren schloß sie mit richtigem weiblichem Instinkt sofort auf die wahre Ursache und rettete die peinlich gewordene Situation mit einer Reihe rascher, scharfer Gegenfragen:
»Dieser Mann dort« — sie deutete auf Zrcadlo, der, das Gesicht zur Wand gekehrt, regungslos vor dem Bildnis der blonden Rokokodame stand — »ist vorhin eingedrungen. Wer ist er? Was will er? Er wohnt, här' ich, bei Ihnen? — Was is mit ihm? Is er wahnsinnig? Oder besoff — —?« — sie brachte das Wort nicht heraus — bei der bloßen Erinnerung, was sie vor kurzem mit angesehen, packte sie wieder das Grausen. — »Oder — oder, ich meine — hat er Fieber? — — — Ist er vielleicht krank?« milderte sie den Ausdruck.
Die »böhmische Liesel« zuckte die Achseln und drehte sich langsam zu der Fragerin; in ihren wimpernlosen, entzündeten Augen, die in die leere Luft zu schauen schienen, als stünde dort, woher die Worte gekommen waren, überhaupt niemand, lag ein Blick, so hochfahrend und verächtlich, daß der Gräfin unwillkürlich das Blut ins Gesicht stieg.
»Er ist von der Gartenmauer heruntergefallen«, mischte sich der kaiserliche Leibarzt schnell ein. »Wir glaubten anfangs, er sei tot, und haben deshalb nach Ihnen geschickt. — — Wer und was er ist« — fuhr er krampfhaft fort, um zu verhindern, daß sich die Sachlage weiter unangenehm zuspitze, »tut ja nichts zur Sache. Allem Anschein nach ist er ein Schlafwandler. — Sie wissen doch, was das ist? — Nun, sehen Sie, ich hab' mir gleich gedacht, daß Sie wissen, was das ist. — Ja. Hm. — Und da müssen Sie halt des Nachts auf ihn ein bissel achtgeben, damit er nicht wieder ausbricht. — Vielleicht haben Sie die Güte, ihn jetzt wieder heimzubringen? Der Diener

oder die Bozena kann Ihnen dabei behilflich sein. Hm. Ja. — Nicht wahr, Baron, Sie geben doch die Erlaubnis?«
»Jaja. Nur hinaus mit ihm!« wimmerte Elsenwanger. »O Gott, nur fort, nur fort!«
»Ich weiß bloß, daß er Zrcadlo heißt und wahrscheinlich ein Schauspieler ist«, sagte die »böhmische Liesel« ruhig. »Er geht des Nachts in den Weinstuben herum und macht den Leuten etwas vor. — Freilich, ob er« — sie schüttelte den Kopf — »ob er selber weiß, wer er ist, hat wohl noch keiner herausgebracht. — Und ich kümmere mich nicht darum, wer und was meine Mieter sind. — Ich bin nicht indiskret. — Pane Zrcadlo! Kommen Sie! So kommen Sie doch! — Sehen Sie denn nicht, daß hier keine Gastwirtschaft ist?«
Sie ging zu dem Mondsüchtigen und faßte ihn an der Hand. —

Willenlos ließ er sich zur Tür führen.
Die Ähnlichkeit mit dem verstorbenen Baron Bogumil war vollständig aus seinen Zügen gewichen; seine Gestalt schien wieder größer und straffer, sein Gang sicher und das normale Selbstbewußtsein halb und halb zurückgekehrt — trotzdem nahm er noch immer keine Notiz von den Anwesenden, als seien alle seine Sinne für die Außenwelt verschlossen wie die eines Hypnotisierten.
Aber auch der hochfahrende Ausdruck des ägyptischen Königs war aus seinem Gesicht ausgelöscht. Nur noch ein »Schauspieler« war übriggeblieben — doch was für ein Schauspieler! — Eine Maske aus Fleisch und Haut, jeden Augenblick zu einer neuen, unbegreiflichen Veränderung gespannt — eine Maske, wie der Tod selbst sie tragen würde, wenn er beschlösse, sich unter die Lebenden zu mischen — »das Antlitz eines Wesens« — fühlte der

kaiserliche Leibarzt, den wiederum eine dumpfe Furcht, er müsse diesen Menschen schon einmal irgendwo gesehen haben, befallen hatte, »eines Wesens, das heute *der* und morgen ein völlig anderer sein kann — ein anderer, nicht nur für die Mitwelt, nein, auch für sich selbst — eine Leiche, die nicht verwest und der Träger ist für unsichtbare, im Weltraum umherirrende Einflüsse — ein Geschöpf, das nicht nur ›Spiegel‹ heißt, sondern vielleicht wirklich — einer ist.«

Die »böhmische Liesel« hatte den Mondsüchtigen aus dem Zimmer gedrängt, und der kaiserliche Leibarzt benützte die Gelegenheit, ihr zuzuflüstern:
»Geh Sie jetzt, Lisinka; ich werd' Sie morgen aufsuchen. — Aber sprech Sie mit niemand drüber! — Ich muß Näheres über diesen Zrcadlo erfahren.«
Dann blieb er noch eine Weile zwischen Tür und Angel stehen und horchte die Treppe hinab, ob die beiden wohl miteinander sprechen würden, aber das einzige, was er hören konnte, waren immer die gleichen beruhigenden Worte des Frauenzimmers: »Kommen Sie, kommen Sie, Pane Zrcadlo! Sie sehen doch, es ist kein Gasthaus hier!« —

Als er sich umdrehte, bemerkte er, daß die Herrschaften bereits ins Nebenzimmer gegangen waren, sich am Spieltisch niedergesetzt hatten und auf ihn warteten.
An den blassen, aufgeregten Gesichtern seiner Freunde sah er, daß ihre Gedanken wahrlich nicht bei den Karten weilten und daß es wohl nur ein herrischer Befehl der willensstarken alten Dame gewesen war, der sie gezwungen hatte, ihre gewohnheitsmäßige abendliche Zerstreuung aufzunehmen, als sei nicht das geringste geschehen.

»Das wird heute ein konfuser Whist werden«, dachte er bei sich, ließ sich aber nichts merken und nahm nach einer leichten, vogelartigen Verbeugung der Gräfin gegenüber Platz, die mit nervös zuckenden Händen die Blätter verteilte.

ZWEITES KAPITEL

Die neue Welt

»Wie die Damoklesschwerter wären seit Menschengedenken die ›Flugbeile‹, die alle kaiserliche Leibärzte gewesen waren — über Böhmens sämtlichen gekrönten Häuptern gehangen, bereit, unverzüglich auf ihre Opfer niederzufallen, sowie sich bei diesen auch nur die geringsten Anzeichen einer Krankheit zeigen wollten« — war ein Sprichwort, das, auf dem Hradschin in Adelskreisen gang und gäbe, eine gewisse Bestätigung darin zu finden schien, daß mit dem Hinscheiden der Kaiserinwitwe Maria Anna tatsächlich auch das Geschlecht der Flugbeile in seinem letzten Sprossen, dem Hagestolz Thaddäus Flugbeil, genannt der Pinguin, dem Erlöschen geweiht war.
Das Junggesellenleben des Herrn kaiserlichen Leibarztes, genau geregelt wie der Gang einer Uhr, hatte durch das nächtliche Abenteuer mit dem Schlafwandler Zrcadlo eine unliebsame Störung erlitten.
Allerlei Traumbilder waren durch seinen Schlummer geschritten, und schließlich hatte sich darein sogar der Schatten von schwülen Erinnerungen aus der Jugendzeit ver-

irrt, in denen die Reize der »böhmischen Liesel« — natürlich, als diese noch schön und begehrenswert gewesen — eine nicht unwesentliche Rolle spielten.
Ein neckisches, konfuses Gegaukel von Phantasien, in dem das ungewohnte Gefühl, er halte einen Bergstock in der Hand, gewissermaßen den Glanzpunkt bildete, weckte ihn schließlich zu ungebührlich früher Stunde.
Jedes Frühjahr, genau am 1. Juni, pflegte der Herr kaiserliche Leibarzt zur Kur nach Karlsbad zu fahren und zu diesem Zwecke, da er die Eisenbahn verabscheute, die er für eine jüdische Einrichtung hielt, eine Droschke zu benützen.
Wenn Karlitschek, so hieß der isabellfarbige Klepper, der den Wagen ziehen durfte, den eindringlichen Weisungen seines alten, rotbewesteten Kutschers gemäß, den fünf Kilometer entfernten Prager Vorort Holleschowitz erreicht hatte, wurde jedesmal die erste Nachtrast gemacht und am nächsten Tag die dreiwöchentliche Fahrt in längeren oder kürzeren Etappen, je nachdem Karlitschek, das wackre Roß, gelaunt war, fortgesetzt — in Karlsbad angelangt, konnte sich's dann bis zur Rückreise an Hafer dick und rund fressen, bis es einer rosaschimmernden Wurst auf vier dünnen Stelzbeinen glich, derweilen der Herr Leibarzt sich selbst Bewegung per pedes verordnete.
Das Erscheinen der roten Datumsziffer 1. Mai auf dem Abreißkalender über dem Bette gab sonst immer das Zeichen, daß es höchste Zeit sei, die Koffer zu packen, aber diesmal würdigte der Herr kaiserliche Leibarzt den Block keines Blickes, ließ den 30. April, der den schauerlichen Unterdruck »Walpurgisnacht« trug, unberührt hängen, begab sich an seinen Schreibtisch, nahm einen ungeheuren schweinsledernen, mit Messingecken verzierten Folianten vor, der schon von seinem Urgroßvater an jedem männ-

lichen Flugbeil als Diarium gedient hatte, und begann unter den Aufzeichnungen seiner Jugendjahre nachzublättern, ob sich nicht vielleicht auf diesem Wege feststellen lasse, ob, wann und wo er dem unheimlichen Zrcadlo schon früher begegnet sei — denn der Gedanke, daß dies der Fall sein müsse, quälte ihn unablässig. —

Seit seinem fünfundzwanzigsten Jahre und von dem Datum angefangen, als sein Vater gestorben war, hatte er pünktlich jeden Morgen seine Erlebnisse — genau — wie einst seine seligen Vorfahren eingetragen und jeden Tag mit fortlaufenden Zahlen versehen. — Der heutige trug bereits die Ziffer 16.117. —

Da er nicht hatte wissen können, daß er Junggeselle bleiben und daher keine Familie hinterlassen werde, hatte er — ebenfalls nach dem Vorbilde seiner Ahnen — von Anfang an alles, was Liebesangelegenheiten betraf, durá Geheimschrift und Zeichen, die nur er allein enträtseln konnte, für unberufene Augen unlesbar gemacht.

Solcher Stellen gab es in diesem Buche rühmenswerterweise nur wenige; sie verhielten sich hinsichtlich Häufigkeit des Vorkommens zur Zahl der ebenfalls sorgfältig gebuchten, im Gasthaus »zum Schnell« verzehrten Gulasch etwa wie 1 zu 300.

Trotz der Gewissenhaftigkeit, mit der das Diarium geführt war, konnte der Herr Leibarzt keine Stelle finden, die auf den Schlafwandler irgendwelchen Bezug gehabt hätte, und enttäuscht klappte er das Buch endlich zu.

Schon beim Blättern hatte ihn ein unbehagliches Gefühl beschlichen: Während des Durchlesens der einzelnen Notizen war ihm — zum erstenmal — unwillkürlich zu Bewußtsein gekommen, wie unsäglich eintönig, im Grunde genommen, seine Jahre dahingeflossen waren.

Zu andern Zeiten hätte er es wie Stolz empfunden, sich

eines Lebens, so regelmäßig und abgezirkelt wie das kaum eines der exklusivsten Hradschiner Adelskreise rühmen zu können, und daß auch seinem Blute — trotzdem es nicht blau und nur bürgerlich war — jegliche Hast und jegliche plebejische Fortschrittsgier seit Generationen abhanden gekommen sei — — mit einemmal kam es ihm aber jetzt unter dem noch frischen Eindruck des nächtlichen Geschehnisses im Hause Elsenwanger vor, als wäre ein Trieb in ihm erwacht, für den er nur häßliche Namen finden konnte. Namen wie: Abenteuersucht, Unbefriedigtsein oder Neugierde, unerklärlichen Vorgängen nachforschen zu wollen und dergleichen mehr.
Befremdet sah er sich in der Stube um. Die schmucklosen, weißgekalkten Wände störten ihn. Früher hatten sie ihn doch nie gestört! — Warum plötzlich jetzt?
Er ärgerte sich über sich selbst.
Die drei Zimmer, die er bewohnte, lagen im südlichen Flügel der königlichen Burg, die ihm die k. k. Schloßhauptmannschaft, als er pensioniert worden war, angewiesen hatte. Von einer vorgebauten Brüstung aus, in der ein mächtiges Fernrohr stand, konnte er hinab in die »Welt« — nach Prag — sehen und dahinter, am Horizont, noch die Wälder und sanft gewellten grünen Flächen einer Hügellandschaft unterscheiden, während ein anderes Fenster den oberen Flußlauf der Moldau — ein silbrig glitzerndes Band, das sich in dunstiger Ferne verlor — als Aussicht bot.
Um seine wildgewordenen Gedanken ein wenig zur Ruhe zu bringen, trat er an das Teleskop und richtete es auf die Stadt, wobei er sich, wie es seine Gewohnheit war, vom Zufall die Hand führen ließ.
Das Instrument vergrößerte in außerordentlichem Maße und hatte infolgedessen nur ein winziges Gesichtsfeld, so

daß dem Beschauer die Gegenstände, auf die es gerichtet wurde, so dicht ans Auge gerückt erschienen, als stünden sie in seiner unmittelbaren Nähe.

Der Herr kaiserliche Leibarzt beugte sich zur Linse nieder mit dem unwillkürlichen, kaum gedachten, heimlichen Wunsche, einen Schornsteinfeger auf einem Dache oder sonst irgendein glückverheißendes Omen zu erblicken, fuhr aber gleich darauf mit einem Ausdruck des Schreckens zurück.

Das Gesicht der »böhmischen Liesel« hatte ihn nämlich lebensgroß, hämisch verzerrt und mit dem wimperlosen Lidern blinzelnd, als sehe und erkenne sie ihn gar wohl, angegrinst!

So schreckhaft und ungeheuerlich war der Eindruck gewesen, daß der Herr Leibarzt an allen Gliedern zitterte und eine Weile bestürzt an dem Fernrohr vorbei in den sonnendurchflimmerten Luftraum starrte, jede Sekunde gewärtig, die alte Vettel leibhaftig und womöglich auf einem Besen reitend als Gespenst vor sich auftauchen zu sehen.

Als er sich schließlich aufraffte — zwar voll Staunens darüber, wie seltsam der Zufall gespielt hatte, aber immerhin froh, sich die Sache ganz natürlich erklären zu können — und wieder durch das Instrument blickte, war wohl die Alte verschwunden, und nur noch fremde, ihm gleichgültige Gesichter zogen an dem Sehfeld vorbei, aber es wollte ihm scheinen, als länge in ihren Mienen eine seltsame Aufregung — eine Spannung, die sich auf ihn übertrug.

Er erkannte aus der Hast, mit der sie einander verdrängten, aus den Gestikulationen der Hände, den eilfertig schwätzenden Lippen, aus den zeitweilig weit aufgerissenen Mündern, die Schreie auszustoßen schienen, daß ein Volksauflauf entstanden sein müsse, dessen Ursache sich

jedoch wegen der großen Entfernung nicht feststellen ließ. Ein kleiner Ruck, den er dem Fernrohr gab, machte das Bild im Nu verschwinden, und an seine Stelle trat — zuerst in verschwommenen Umrissen — ein viereckiges dunkles Etwas, das allmählich beim Näherschrauben der Linse zu einem offenen Giebelfenster mit zerbrochenen, mit Zeitungspapier verklebten Scheiben gerann.
Ein junges, in Lumpen gehülltes Weib, das Gesicht leichenhaft eingefallen und verhärmt, die Augen tief in den Höhlen, saß in dem Rahmen und hielt den Blick mit stumpfer vertierter Gleichgültigkeit unbeweglich auf ein skelettartig abgemagertes kleines Kind gerichtet, das vor ihr lag und offenbar in ihren Armen gestorben war. — Das grelle Sonnenlicht, das die beiden umfing, ließ jede Einzelheit mit grausamer Schärfe erkennen und vertiefte mit seinem jubelvollen Frühlingsglanz den furchtbaren Mißklang zwischen Jammer und Freude bis zur Unerträglichkeit.
»Der Krieg. Ja, der Krieg«, seufzte der Pinguin und versetzte dem Rohre einen Stoß, um sich durch den gräßlichen Anblick nicht unnötigerweise den Appetit für sein Gabelfrühstück zu verderben.
»Der rückwärtige Eingang eines Theaters oder so etwas Ähnliches muß das sein«, murmelte er sinnend, als sich gleich drauf eine neue Szene vor ihm abrollte: Zwei Arbeiter trugen, begafft von zahlreichen Gassenjungen und knicksenden alten Weibern in Kopftüchern, aus einem gähnenden Tor ein Kolossalgemälde, worauf ein Greis mit langem, weißem Bart zu sehen war, auf rosa Wolken gebettet, in den Augen den Ausdruck unsäglicher Milde und die Rechte segnend ausgestreckt, während die Linke fürsorglich einen Globus umspannt hielt.
Wenig befriedigt und von widerstreitenden Gefühlen ge-

quält, zog sich der kaiserliche Leibarzt ins Zimmer zurück, nahm die Botschaft seiner Köchin, »der Wenzel warte unten«, wortlos entgegen, ergriff Zylinder, Handschuhe und Elfenbeinstock und verfügte sich knarrenden Fußes die kühle Steintreppe hinab in den Schloßhof, wo der Kutscher bereits mit dem Abbau des Droschkendaches beschäftigt war, um die hohe Gestalt seines Herrn ohne Anstoß im Innern des Wagens verstauen zu können.

Die Karosse war so ziemlich den größten Teil der steilen Straßen hinabgerasselt, als dem Pinguin plötzlich ein Gedanke durch den Kopf schoß, der ihn veranlaßte, so lange an die klapprigen Fensterscheiben zu klopfen, bis Karlitschek sich endlich bequemte, durch Steifmachen seiner isabellfarbigen Vorderstelzen der Fahrt ein jähes Ende zu bereiten, und Wenzel vom Bock sprang und mit gezogenem Hut an den Schlag trat.

Wie aus dem Boden gewachsen umdrängte sofort eine Schar Schulbuben den Wagen und vollführte, als sie den Pinguin darin erblickte, seines Spitznamens eingedenk, eine Art lautlosen Polarvogeltanz, wobei sie mit gekrümmten Armen unbeholfene Flugbewegungen nachahmten und wie mit spitzen Schnäbeln nacheinander hackten.

Der Herr kaiserliche Leibarzt würdigte die Spötter keines Blickes und flüsterte dem Kutscher etwas zu, das diesen einen Augenblick lang buchstäblich erstarren ließ.

»Exlenz, gnä' Herr, wos, in die Totengasse wollen sich Exlenz fahren?« stieß der Mann endlich halblaut hervor. »Zu die — zu die — zu die Menscher? — Und jetzen in der Frieh schon?«

»Aber die ›böhmische Liesel‹ wohnt sich doch gar nicht in der Totengassen« — fuhr er erleichtert fort, als ihm der Pinguin sein Vorhaben genauer auseinandergesetzt hatte. »Die ›bähmische Liesel‹ wohnt sich doch in der ›Neien Welt‹. Gott sei Dank.«

»In der — Welt? Unten?« fragte der kaiserliche Leibarzt zurück und warf einen mißgelaunten Blick aus dem Fenster auf das zu seinen Füßen liegende Prag.

»In der ›Neien Welt‹«, beruhigte ihn der Kutscher, »in der Gassen, was sich um den Hirschgraben rundumadum ziecht.« Dabei deutete er mit dem Daumen zum Firmament empor und beschrieb dann behende mit dem Arm eine Schlinge in der Luft, als wohne die alte Dame in beinahe unzugänglichen Gefilden — sozusagen im Astralreich, zwischen Himmel und Erde. —

Einige Minuten später klomm Karlitschek wieder — mit den gemessen langsamen Bewegungen eines schwindelfreien kaukasischen Gebirgsmaultieres — die abschüssige Spornergasse bergan. —

Dem Herrn kaiserlichen Leibarzt war eingefallen, daß er vor kaum einer halben Stunde die »böhmische Liesel« durch das Fernrohr in den Straßen Prags gesehen hatte und daß daher die Gelegenheit, den Schauspieler Zrcadlo, der bei ihr wohnte, unter vier Augen zu sprechen, selten günstig sei. Und so hatte er beschlossen, aus diesem Umstande Nutzen zu ziehen und lieber auf das Gabelfrühstück beim »Schnell« zu verzichten.

Die Gasse, genannt die »Neue Welt«, bestand, wie der Herr kaiserliche Leibarzt eine Weile später — die Droschke mußte zurückbleiben, um peinliches Aufsehen zu vermeiden — Gelegenheit fand, sich zu überzeugen, aus etwa sieben getrennt voneinander stehenden Häuschen und dicht gegenüber einer halbkreisförmigen Mauer, deren oberer Rand mit einem fortlaufenden Fries aus mit Kreide zwar primitiv von Knabenhand gezeichneten, nichtsdestoweniger aber äußerst drastischen Anspielungen auf das

Geschlechtsleben verziert war. Von ein paar Kindern abgesehen, die fröhlich kreischend in der knöcheltief mit weißem Kalkstaub bedeckten Gasse Kreisel drehten, war weit und breit kein menschliches Gesicht zu erblicken.
Von dem Hirschgraben, dessen Hänge mit blühenden Bäumen und Sträuchern übersät waren, wehte ein duftgetränkter Hauch von Jasmin und Flieder herauf, und in der Ferne träumte das Lustschloß der Kaiserin Anna, von dem silberweißen Gischt der sprühenden Fontänen umgeben, mit seinem gebauchten, grünkupfernen Patinadach im Mittagslicht wie ein riesiger, glänzender Käfer.
Dem kaiserlichen Leibarzt schlug mit einemmal das Herz seltsam laut in der Brust. Die weiche erschlaffende Frühlingsluft, der betäubende Geruch der Blumen, die spielenden Kinder, das dunstig helleuchtende Bild der Stadt zu seinen Füßen und der ragende Dom mit den in Scharen über ihren Nestern kreischenden Dohlen, alles erweckte in ihm wieder das dumpfe vorwurfsvolle Gefühl von heute morgen, er habe seine Seele um ein ganzes langes Leben betrogen.
Er sah eine Weile zu, wie sie die kleinen, grau-roten, kegelförmigen Kreisel unter den Schlägen der Peitschen drehten und Staubwölkchen emporwirbelten; er konnte sich nicht entsinnen, jemals als Kind dieses lustige Spiel getrieben zu haben — jetzt kam es ihm vor, als hätte er ein langes Dasein voll Glück dadurch versäumt.
Die offenen Flure der kleinen Häuser, in die er spähte, um die Wohnung des Schauspielers Zrcadlo zu erkunden, waren wie ausgestorben.
In dem einen stand ein leerer Bretterverschlag mit Glasfenstern, hinter denen wahrscheinlich in Friedenszeiten mit blauen Mohnkörnern bestreute Semmeln verkauft worden waren oder — wie ein ausgetrocknetes hölzernes

Fäßchen verriet — saurer Gurkensaft gemäß der Landessitte: einen in dieser Flüssigkeit hängenden Lederriemen gegen Entgelt von einem Heller zweimal durch den Mund ziehen zu dürfen.

Vor einem andern Eingang hing ein schwarz-gelbes Blechschild mit einem zerkratzten Doppeladler darauf und den Fragmenten einer Inschrift, die besagte, es dürfe hier straflos Salz an Reflektanten abgegeben werden.

Aber alles das machte den betrüblichen Eindruck, als sei es längst nicht mehr wahr.

Auch ein Zettel mit großen, einst schwarzen Buchstaben: »Zde se mandluje«, was soviel heißen sollte wie: »Hier dürfen Dienstmädchen gegen Vorausbezahlung von zwölf Kreuzern eine Stunde lang Wäsche mangen«, war halb zerrissen und ließ deutlich ahnen, daß der Gründer dieses Unternehmens jegliches Vertrauen auf seine Erwerbsquelle eingebüßt haben mußte.

Allüberall hatte die erbarmungslose Faust der Kriegsfurie die Spuren ihrer zerstörenden Tätigkeit hinterlassen.

Aufs Geratewohl betrat der kaiserliche Leibarzt die letzte der Hütten, aus deren Schornstein ein dünner, langer Wurm graublauen Rauchs sich zum wolkenlosen Maienhimmel emporschlängelte, öffnete nach längerem, unbeantwortetem Klopfen eine Türe und sah sich — unliebsam überrascht — der »böhmischen Liesel« gegenüber, die, eine Holzschüssel mit Brotsuppe auf den Knien, ihn schon auf der Schwelle erkannte und mit dem herzlichen Ausruf: »Servus! Pinguin! Ja, du bist's?!« willkommen hieß.

Die Stube, gleichzeitig Küche, Wohnzimmer und auch Schlafraum — nach einer Lagerstätte aus alten Lumpen, Strohknödeln und zerknülltem Zeitungspapier in der Ecke zu schließen —, war unendlich schmutzig und vernachlässigt. Alles — Tisch, Stühle, Kommode, Geschirr —

stand wild durcheinander; aufgeräumt sah eigentlich nur die »böhmische Liesel« selbst aus, da ihr der unvermutete Besuch offenbar große Freude bereitete.

An den zerfetzten pompejanischroten Tapeten hing eine Tapete morscher Lorbeerkränze mit blaßblauen, verwaschenen Seidenschärpen, darauf allerhand Huldigungen, wie »Der großen Künstlerin« usw., zu lesen waren, und daneben eine bändergeschmückte Mandoline.

Mit der selbstverständlichen Gelassenheit einer Dame von Welt blieb die »böhmische Liesel« ruhig sitzen und streckte nur, geziert lächelnd, die Hand aus, die der Herr kaiserliche Leibarzt, blutrot vor Verlegenheit, zwar ergriff und drückte, aber zu küssen vermied.

Den Mangel an Galanterie liebenswürdig übersehend, eröffnete die »böhmische Liesel« die Konversation mit ein paar einleitenden Worten über das schöne Wetter, wobei sie ungeniert ihre Suppe zu Ende schlürfte, und versicherte sodann Seine Exzellenz ihrer hohen Befriedigung, einen so lieben alten Freund bei sich begrüßen zu dürfen.

»Ein Feschak bist d' und bleibst d' halt doch, Pinguin«, änderte sie, unvermittelt ins Vertrauliche übergehend, die zeremonielle Tonart, ließ die hochdeutsche Ausdrucksweise fallen und bediente sich des Prager Jargons, »was man so sagt: ein sakramensky chlap«. —

Erinnerungen schienen sie zu überfallen, und einen Moment lang schwieg sie, die Augen wie unter sehnsuchtsvollen Erinnerungen geschlossen; der Herr kaiserliche Leibarzt wartete gespannt, was sie wohl sagen werde.

Dann girrte sie plötzlich heiser mit gespitzten Lippen.

»Brussi, Brussi!« — — und breitete die Arme aus.

Von Grauen geschüttelt, prallte der Herr kaiserliche Leibarzt zurück und starrte sie entsetzt an.

Sie achtete nicht darauf, stürzte zu einem Wandbrett, riß

ein Bild — ein altes, verblichenes Daguerreotyp —, das dort inmitten vieler anderer stand, an sich und bedeckte es mit glühenden Küssen.

Dem Herrn kaiserlichen Leibarzt stockte fast der Atem: Er erkannte sein eigenes Konterfei, das er ihr vor wohl vierzig Jahren geschenkt hatte.

Dann stellte sie es behutsam, voll Zärtlichkeit wieder zurück, hob verschämt mit spitzen Fingern den zerlumpten Rock bis zum Knie und tanzte, den Kopf mit dem wirr zerzausten Haar wie in wollüstigen Träumen wiegend, eine gespenstische Gavotte.

Der Herr kaiserliche Leibarzt stand wie gelähmt; das Zimmer drehte sich vor seinen Augen; »Danse macabre«, sagte etwas in ihm, und die beiden Worte tauchten in kraus geschnörkelten Buchstaben als Unterschrift zu einem alten Kupferstich, den er einst bei einem Antiquar gesehen, wie eine Vision vor ihm auf.

Er konnte den Blick nicht von den skelettartigen dürren Beinen der Greisin wenden, die in schlottrigen, grünlich schimmernden schwarzen Strümpfen staken — er wollte im Übermaß des Grausens zur Tür fliehen, aber der Entschluß entfiel ihm, noch ehe er gefaßt war. Die Vergangenheit verband sich mit der Gegenwart in ihm zu einem innern und äußern Bannbild schreckhafter Wirklichkeit, dem zu entrinnen er sich ohnmächtig fühlte; er wußte nicht mehr: War er selbst noch jung und hatte sich die, die da vor ihm tanzte, urplötzlich aus einem soeben noch schönen Mädchen in ein leichenhaftes Scheusal mit zahnlosem Mund und entzündeten, runzligen Lidern verwandelt — oder träumte er nur, und seine eigene Jugend und die ihrige hatten in Wahrheit nie existiert?

Diese platten Klumpen in den grauschwarzen, schimmligen Überresten von niedergetretenen Stiefeln, die da vor ihm im Takte sich drehten und hüpften — konnten sie wirklich dieselben zierlichen Füßchen mit den zarten Knöcheln sein, die ihn einst so verliebt gemacht und entzückt hatten?

»Sie kann sie jahrelang nicht ausgezogen haben, das Leder würde in Stücke zerfallen sein. Sie schläft in ihnen«, kam ein halber Gedanke flüsternd an seinem Bewußtsein vorbei, wuchtig verdrängt von einem andern: »Es ist furchtbar, der Mensch verwest in dem unsichtbaren Grabe der Zeit, noch während er lebt.«

»Weißt du noch, Thaddäus!« flötete die »böhmische Liesel« heiser und krächzte eine Melodie:

>»Du, du, du — bist so kalt
>und machst allen so heiß,
>zauberst Flammen hervor aus dem Eis.«

Dann hielt sie, wie mit einem Ruck zu sich gekommen, inne, warf sich in einen Sessel, krümmte sich, überwältigt von jäh ausbrechendem, namenlosem Schmerz, zusammen und verbarg weinend ihr Gesicht in den Händen. — — —
Der kaiserliche Leibarzt erwachte aus seiner Betäubung, raffte sich auf, gewann einen Augenblick Gewalt über sich und verlor sie gleich darauf wieder. — Er erinnerte sich mit einemmal deutlich seiner unruhig durchschlummerten Nacht und daß er denselben armen, verwitterten Körper noch vor wenigen Stunden als blühendes junges Weib liebestrunken im Traum in den Armen gehalten hatte, der jetzt, mit Lumpen bedeckt und von Schluchzkrämpfen und Leid geschüttelt, vor ihm lag.

Er öffnete ein paarmal den Mund und schloß ihn wortlos wieder — wußte nicht, was er sagen sollte.

»Liesel«, brachte er endlich mühsam hervor, »Liesel,

geht's dir so schlecht?« — Er ließ seinen Blick durch die Stube schweifen und blieb mit den Augen an dem hölzernen Suppennapf hängen, hm ja. — »Liesel, kann ich dir irgendwie helfen?« Früher hat sie aus silbernen Tellern gegessen — schaudernd sah er zu der schmutzstarrenden Lagerstätte hinüber — — hm, und — und auf Daunen geschlafen. — —
Die Alte schüttelte heftig den Kopf, ohne das Gesicht zu heben.
Der Herr kaiserliche Leibarzt hörte, wie sie ihr Wimmern hinter den Händen verbiß.
Seine Photographie auf dem Wandbrett schaute ihm geradeaus ins Gesicht — der Widerschein eines blinden Spiegels am Fenster warf einen schrägen Lichtstrahl auf die ganze Reihe — lauter schlanke, junge Kavaliere, die er alle gekannt hatte, manche jetzt noch kannte als steif und weiß gewordene Fürsten und Barone — er selbst mit lachenden, lustigen Augen, in goldbetreßtem Rock, den Dreispitz unter dem Arm. —
Schon vorhin, als er das Bild als das seinige erkannt hatte, war die Absicht in ihm aufgestiegen, es heimlich zu entfernen; unwillkürlich machte er einen Schritt darauf zu — schämte sich aber sofort seines Gedankens und blieb stehen.
Schultern und Rücken der Alten bebten und zuckten noch immer vor verhaltenem Weinen; er sah auf sie nieder, und ein tiefes, heißes Mitleid ergriff ihn.
Er vergaß seinen Ekel vor ihrem schmutzigen Haar und legte ihr die Hand vorsichtig auf den Kopf, als getraue er sich nicht recht — streichelte sie sogar schüchtern.
Es schien sie sichtlich zu beruhigen, und sie wurde allmählich still wie ein Kind.
»Liesel« — fing er nach einer Weile wieder, ganz leise,

an — »Liesel, schau, mach dir nichts draus — na ja, ich mein, wenn's dir schlecht geht. — — Weißt d'« — er suchte nach Worten — »na ja, weißt d', es is — — es is halt Krieg. — Und — und Hunger ham wir ja alle — jetzt im — Krieg« — er schluckte ein paarmal verlegen, denn er fühlte, daß er log; er hatte doch noch niemals Hunger gehabt — wußte gar nicht, was das war; sogar frischgebackene Salzstangel aus weißem Mehl wurden ihm jeden Tag beim »Schnell« heimlich unter die Serviette gesteckt. — »No — und jetzt, wo ich weiß, daß dir's schlecht geht, brauchst d' dich ieberhaupt nicht mehr sorgen, Liesel; es is ja von selbstverstehtsich, daß ich dir hilf. — No — und der Krieg« — er trachtete, einen möglichst fröhlichen Ton in seine Rede zu legen, um sie aufzuheitern — »er is ja vielleicht iebermorgen schon 'rum — und dann kannst d' ja auch wieder deinem Verdienst — — —«, er brach bestürzt ab; es fiel ihm plötzlich ein, was sie war; überdies konnte man in ihrem Falle doch kaum von »Verdienst« reden — »hm, ja — nachgehen«, schloß er den Satz halblaut nach einer kleinen Pause, denn er wußte kein besseres Wort.

Sie haschte nach seiner Hand und küßte sie stumm und voll Dankbarkeit. — Er fühlte ihre Tränen auf seine Finger fallen. »Geh, laß doch«, wollte er sagen, brachte es aber nicht heraus. Er blickte ratlos umher.

Eine Weile schwiegen beide. Dann hörte er, daß sie etwas murmelte, verstand aber die Worte nicht.

»Ichichich dank'«, schluchzte sie endlich halberstickt, — ichich dank' dir, Ping — —, ich dank' dir, Thaddäus. Nein, nein, kein Geld«, fuhr sie hastig fort, als er wieder davon anfangen wollte, er werde ihr helfen — »nein, ich brauch' nichts« — sie richtete sich schnell auf und drehte den Kopf zur Wand, damit er ihr schmerzverzerrtes Gesicht nicht sehen solle, hielt aber dabei seine Hand krampfhaft fest, »es geht mir ja ganz gut. Ich bin doch so glücklich, daß du — dich nicht vor mir graust. — Nein, nein, wirklich, mir geht's ganz gut. — — W—w—weißt d,' es ist nur so schrecklich, wenn man sich erinnert, wie früher alles war.« — Einen Augenblick würgte sie es wieder, und sie fuhr sich nach dem Hals, als bliebe ihr der Atem aus. — »Weißt d', daß man — daß man nicht alt werden kann, ist so furchtbar.«

Der Pinguin sah sie erschrocken an und glaubte, sie rede irre; erst nach und nach begriff er, was sie meinte, als sie anfing, ruhiger zu sprechen.

»Vorhin, wie du hereingekommen bist, Thaddäus, da hab' ich gemeint, ich bin wieder jung — und du hast mich noch lieb«, setzte sie ganz leise hinzu — »und so geht's mir oft. Manchmal — manchmal fast eine Viertelstunde lang. — Besonders, wenn ich auf der Gassen geh, vergess' ich, wer ich bin, und glaub', die Leute schauen mich so an, weil ich jung und schön bin. — Dann freilich, wenn ich hör', was die Kinder hinter mir dreinrufen — —.« Sie schlug die Hände vors Gesicht. — —

»Nimm's nicht so schwer, Liesel« — tröstete sie der kaiserliche Leibarzt — »Kinder sind immer grausam und wissen nicht, was sie tun. Du darfst's ihnen nicht nachtragen, und wenn sie sehen, daß du dir nichts drausmachst — —«

»Glaubst du denn, ich bin ihnen bös deshalb? — Ich bin noch nie jemand bös gewesen. Nicht einmal dem lieben Gott. Und dem hat doch heutzutag wahrhaftig jeder Mensch Grund, böse zu sein. — Nein, das ist's nicht. — Aber dieses Aufwachen jedesmal, wie aus einem schönen

Traum, das ist fürchterlicher, Thaddäus, als wenn man bei lebendigem Leibe verbrennt.«
Der Pinguin blickte wieder in der Stube umher und sann nach. »Wenn man's ihr ein wenig behaglicher machen würde hier«, dachte er, »vielleicht würde sie sich — — —«

Sie schien seinen Gedanken erraten zu haben. »Du meinst, warum's so schauderhaft hier ist und warum ich so gar nichts mehr auf mich halte? — Du, mein Gott, wie oft hab' ich schon versucht, das Zimmer ein bissel sauberer zu machen. Aber ich glaub', ich müßt wahnsinnig werden, wenn ich's tu. — Wenn ich nur damit anfang' und rück' bloß einen Sessel zurecht, so schreit schon alles in mir auf, daß es ja doch nie mehr so werden kann, wie's früher war. — So ähnlich geht's vielleicht vielen Menschen auch, nur können's die andern nicht verstehen, die nie aus dem Licht haben in die Finsternis müssen. — Du wirst's mir nicht glauben, Thaddäus, aber wirklich, es ist noch so etwas wie ein Trost darin für mich, daß alles um mich herum, und ich selbst, so unsagbar verkommen und scheußlich ist.« — Sie starrte eine Weile vor sich hin, dann fuhr sie plötzlich auf: »Und ich weiß auch warum. — Jaja, warum soll nicht der Mensch auch gezwungen sein, mitten im tiefsten Schmutz zu leben, wo doch seine Seele in einem so gräßlichen Kadaver stecken muß! — —
Und dann — hier so mitten im Dreck« — murmelte sie halblaut vor sich hin — »vielleicht kann ich doch einmal vergessen.« — Sie fing an, wie geistesabwesend mit sich selbst zu sprechen. »Ja, wenn der Zrcadlo nicht wär'« — der Leibarzt horchte auf, als der Name fiel, und erinnerte sich, daß er doch eigentlich des Schauspielers wegen hergekommen sei; — »Ja, wenn der Zrcadlo nicht wär'! —

Ich glaub', er ist an allem schuld. — Ich muß ihn fortschicken. — Wenn ich nur — wenn ich nur die Kraft dazu hätt'.« —

Der Herr kaiserliche Leibarzt räusperte sich laut, um ihre Aufmerksamkeit zu erwecken. — »Sag mal, Liesel, was ist das eigentlich mit dem Zrcadlo?« — »Er wohnt doch bei dir?« fragte er endlich direkt heraus.

Sie fuhr sich über die Stirn: — »Der Zrcadlo? Wieso kommst du auf ihn?«

»Nun. Halt so. Nach dem, was gestern beim Elsenwanger passiert ist. — Mich interessiert der Mensch. — Nur so. Halt als Arzt.«

Die »böhmische Liesel« kam langsam zu sich, dann trat plötzlich ein Ausdruck des Schreckens in ihre Augen. Sie packte den kaiserlichen Leibarzt heftig am Arm:

»Weißt du, manchmal, da glaub' ich — er ist der Teufel. Jesus Maria, Thaddäus, denk nicht an ihn! — — Aber nein« — sie lachte hysterich auf — »das is alles dummes Zeug. — Es gibt doch gar keinen Teufel. — Er ist natürlich nur verrückt. — Oder — oder ein Schauspieler. Oder alles beides zusammen.« Sie wollte wieder lachen, aber ihre Lippen verzerrten sich nur.

Der kaiserliche Leibarzt sah, daß ein kalter Schauer sie überlief und ihre zahnlosen Kiefer schlotterten.

»Selbstverständlich ist er krank«, sagte er ruhig, »aber manchmal muß er doch bei sich sein — und da hätt' ich gern einmal mit ihm gesprochen.«

»Er ist nie bei sich«, murmelte die »böhmische Liesel«.

»Du hast aber doch gestern nacht gesagt, er geht in den Beiseln herum und spielt den Leuten etwas vor?«

»Ja. — Ja, das tut er.«

»No, dazu muß er doch bei sich sein?«

»Nein. Das ist er nicht.«

»So. — Hm« — der kaiserliche Leibarzt grübelte nach. — »Aber er war doch gestern geschminkt! Tut er das vielleicht auch ohne Bewußtsein? — Wer schminkt ihn denn?«
»Ich.«
»Du? Wieso?«
»Damit er für einen Schauspieler gehalten wird. Und etwas verdienen kann. — Und damit mer ihn net einsperrt.«
Der Pinguin blickte die Alte lang und mißtrauisch an.
»Es kann doch gar nicht sein, daß er — ihr Zuhälter ist«, überlegte er. — Sein Mitleid war verflogen, und der Ekel faßte ihn wieder an. — »Wahrscheinlich lebt sie mit von seinen Einnahmen. »Jaja, natürlich, so wird's wohl sein.«
Auch die »böhmische Liesel« war mit einemmal ganz verändert. — Sie hatte ein Stück Brot aus der Tasche gezogen und kaute mürrisch daran.
Der Herr kaiserliche Leibarzt trat verlegen von einem Bein aufs andere. Er fing an, sich innerlich heftig zu ärgern, daß er überhaupt hiehergekommen war. — — —
»Wenns d' gehen willst — ich halt' dich nicht«, brummte die Alte nach einer peinlichen Pause längeren beiderseitigen Stillschweigens.
Der Herr kaiserliche Leibarzt griff rasch nach seinem Hut und sagte, wie von einem Druck befreit: »Ja freilich, Liesel, du hast recht, es ist schon spät. — Hm, ja. — No, und so gelegentlich komm' ich wieder nach dir schauen, Liesel.« — Er tastete mechanisch nach seinem Portemonnaie. —

»Ich hab' dir schon einmal g'sagt, ich brauch' kein Geld nicht«, fauchte die Alte los.

Der Herr kaiserliche Leibarzt zuckte mit der Hand zurück und wandte sich zum Gehen:
»Alsdann, grüß dich Gott, Liesel.«
»Servus, Thadd — —, Servus Pinguin.«
Im nächsten Augenblick stand der Herr kaiserliche Leibarzt, geblendet von der grellen Sonne, auf der Gasse und strebte gallig seiner Droschke zu, um so rasch wie möglich aus der »Neuen Welt« heim zum Mittagessen zu fahren.

DRITTES KAPITEL

Hungerturm

In dem mauerumfriedeten stillen Hof der »Daliborka« — des grauen Hungerturms auf dem Hradschin — warfen die alten Linden bereits schräge Schatten, und das kleine Wärterhäuschen, darin der Veteran Vondrejc mit seiner gichtbrüchigen Gattin und seinem Adoptivsohn Ottokar, einem neunzehnjährigen Konservatoristen, wohnte, lag wohl schon eine Stunde in kühlem Nachmittagsdunkel.
Der Alte saß auf einer Bank und zählte und sortierte einen Haufen Kupfer- und Nickelmünzen neben sich hin auf das morsche Brett, die ihm der Tag als Trinkgeld von den Besuchern des Turms eingebracht hatte. Jedesmal, wenn er die Zahl zehn erreichte, machte er mit seinem Stelzbein einen Strich in den Sand.
»Zwei Gulden siebenundachtzig Kreizer«, brummte er, als er fertig war, unzufrieden zu seinem Adoptivsohn hin, der, an einen Baum gelehnt, emsig damit beschäftigt war, die spiegelnden Flecken an den Knien seines schwarzen Anzuges rauhzubürsten, und rief es dann mit lautem, militärischem Meldeton durchs offene Fenster in die Stube hinein, damit es seine bettlägerige Frau hören könne.

Gleich darauf sank er, den bis in den Nacken haarlosen Kopf mit der hechtgrauen Feldwebelmütze bedeckt, in starrer, totenähnlicher Ruhe zusammen wie ein Hampelmann, in dem der Lebensfaden plötzlich gerissen ist, und hielt seine halbblinden Augen unbeweglich auf den mit libellenförmigen Baumblüten übersäten Boden geheftet.
Er achtete nicht einmal mit einem Wimperzucken darauf, daß sein Adoptivsohn den Geigenkasten von der Bank nahm, sich seine Samtkappe aufsetzte und dem schwarzgelb gestreiften, kasernenmäßigen Ausgangstor zuschritt. Er antwortete auch nicht auf den Abschiedsgruß. — — —
Der Konservatorist schlug den Weg nach abwärts ein, der Tunschen Gasse zu, in der die Gräfin Zahradka ein schmales, finsteres Palais bewohnte, blieb aber nach wenigen Schritten, wie von einem Gedanken erfaßt, stehen, warf einen Blick auf seine abgeschabte Taschenuhr, kehrte hastig um und eilte, die Wiesenstege des »Hirschgrabens« abkürzend, wo immer es ging, zur »Neuen Welt« empor, wo er, ohne anzuklopfen, das Zimmer der »böhmischen Liesel« betrat. — —
Die Alte war so tief versponnen in ihre Jugenderinnerungen, daß sie lange nicht begriff, was er von ihr wollte.
»Zukunft? Was ist das: Zukunft?« murmelte sie geistesabwesend, immer nur die letzten Worte seiner Sätze verstehend, »Zukunft? — Es gibt doch gar keine Zukunft!« — sie musterte ihn langsam von oben bis unten — der verschnürte schwarze Studentenrock des jungen Mannes verwirrte sie offenbar — »Warum nicht goldene Tressen heute? — Er ist doch Oberst-Hofmarschall!« fragte sie halblaut in die leere Luft hinein. — — »Aha, Pan Vondrejc mladsi — aha, der junge Herr Vondrejc will die Zukunft wissen! Ah so.« — Jetzt erst erfaßte sie, wen sie vor sich hatte.

Ohne weiter ein Wort zu verlieren, ging sie zur Kommode, bückte sich, fischte unter dem Möbel ein mit rötlichem Modellierton überzogenes Brett hervor, stellte es auf den Tisch, reichte dem Konservatoristen einen hölzernen Griffel und sagte: »Da! Tupfen S', Pane Vondrejc! Von rechts nach links. — Aber ohne zu zählen! — Nur an das denken, was Sie wissen wollen! — Und sechzehn Reihen untereinander.«

Der Student nahm den Stift, zog die Augenbrauen zusammen und zögerte eine Weile, dann wurde er plötzlich leichenblaß vor innerer Erregung und stach in fliegender Hast und mit zitternder Hand eine Anzahl Löcher in die weiche Masse.

Die »böhmische Liesel« zählte sie zusammen, schrieb sie in Kolonnen neben- und untereinander auf eine Tafel, während er ihr gespannt zusah, zeichnete die Resultate in geometrische Formen geordnet in ein mehrfach geteiltes Viereck und schwätzte dabei mechanisch vor sich hin:

»Das sind die Mütter, die Töchter, die Neffen, die Zeugen, der Rote, der Weiße und der Richter, Drachenschwanz und Drachenkopf. — Alles genau, wie's die alte böhmische Punktierkunst verlangt. — So haben wir's gelernt von den Sarazenen, eh' sie vernichtet wurden in den Kämpfen am weißen Berg. Lang vor der Königin Libuscha. — Jaja, der weiße Berg, der ist getränkt von Menschenblut. — Böhmen ist der Herd aller Kriege. — Auch jetzt wieder war's der Herd und wird's immer bleiben. — Jan Zizka, unser Führer Zizka, der Blinde!«

»Was ist's mit Zizka?« fuhr der Student aufgeregt dazwischen, »steht da etwas von Zizka?«

Sie achtete nicht auf die Frage. — »Wenn die Moldau nicht so rasch flösse, heut' noch wäre sie rot von Blut.« — Dann änderte sie mit einemmal den Ton wie in grimmiger

Lustigkeit: »Weißt du, Buberl, warum so viel Blutegel in der Moldau sind? Vom Ursprung bis zur Elbe — wo du am Ufer einen Stein aufhebst, immer sind kleine Blutegel darunter. Das kommt, weil früher der Fluß ganz aus Blut bestand. Und sie warten, weil sie wissen, daß sie eines Tags wieder neues Futter kriegen — — — Was ist das?« — sie ließ erstaunt die Kreide aus der Hand fallen und starrte abwechselnd den jungen Mann und die Figuren auf der Tafel an — »was ist das! — Willst du vielleicht gar Kaiser der Welt werden?«
— Sie sah ihm forschend in die dunklen, flackernden Augen.
Er gab keine Antwort, aber sie bemerkte, daß er sich am Tische krampfhaft festhielt, um nicht zu taumeln. »Am End' wegen der da?« — sie deutete auf eine der geometrischen Figuren. »Und ich hab' immer geglaubt, du hättst ein Gspusi mit der Bozena vom Baron Elsenwanger?«
Ottokar Vondrejc schüttelte heftig den Kopf.
»So? Ist es also schon wieder aus, Buberl? — Na, was ein ächtes böhmisches Madel is, trägt nichts nach. Auch nicht, wenn's ein Kind kriegt. — Aber vor der da« — sie zeigte wieder auf die Figur — »nimm dich in acht. — Die saugt Blut. — Sie is auch eine Tschechin, aber von der alten gefährlichen Rass'.«
»Das ist nicht wahr«, sagte der Student heiser.
»So? Glaubst du? — Sie ist aus dem Stamme Boriwoj, sag' ich dir. Und du« — sie blickte den jungen Mann lang und nachdenklich in das schmale, braune Gesicht — »und du — du bist auch aus der Rasse Boriwoj. So zwei zieht's zueinander wie Eisen und Magnet. — Was braucht man da lang in den Zeichen zu lesen« — sie wischte mit dem Ärmel über die Tafel, ehe sie der Student daran hindern konnte. »Gib nur acht, daß du nicht das Eisen wirst und

sie der Magnet, sonst bist du verloren, Buberl. — Im Stamme Boriwoj war Gattenmord, Blutschande und Brudermord an der Tagesordnung. — Denk an Wenzel, den Heiligen!«

Der Konservatorist versuchte zu lächeln. — »Wenzel der Heilige war ebensowenig aus dem Stamme Boriwoj, wie ich es bin. Ich heiß' doch bloß Vondrejc, Frau — Frau Lisinka.«

»Sagen Sie mir nicht immer Frau Lisinka!« — wütend schlug die Alte mit der Faust auf den Tisch; »Ich bin keine Frau! — Ich bin eine Hur. — Ich bin ein Fräulein!«

»Ich hätt' nur noch gern gewußt — Lisinka —, was haben Sie da vorhin gemeint mit dem — ›Kaiser werden‹ und mit Jan Zizka?« fragte der Student eingeschüchtert.

Ein Knarren von der Wand her ließ ihn innehalten. —

Er drehte sich um und sah, daß im Rahmen der langsam sich öffnenden Tür ein Mann stand, eine große, schwarze Brille im Gesicht, den übermäßig langen Gehrock zwischen den Schultern ungeschickt ausgestopft, wie um einen Buckel vorzutäuschen — die Nasenlöcher weit aufgebläht von Wattepfropfen, die darin staken —, eine fuchsrote Perücke auf dem Schädel und einen ebensolchen Backenbart, dem man auf hundert Schritt ansehen konnte, daß er angeklebt war.

»Prosim! Milostpane! Gnädigste!« wandte sich der Fremde mit deutlich verstellter Stimme an die »böhmische Liesel«. »Bittschän, Pardon, wann ich stäare, bittschän, war sich nicht vorhin der Herr kaiserliche Leibharz von Flugbeil hier?«

Die Alte verzog ihren Mund zu einem lautlosen Grinsen. »Bittschän, man hat mir, här' ich, nämlich gesagt, daß er sich hier gewesen is.«

Die Alte grinste weiter wie eine Leiche.

Der sonderbare Kerl wurde sichtlich betreten.
»Ich soll ich nämlich dem Herrn kaiserlichen Leibharz — — —«
»Ich kenn' keinen kaiserlichen Leibarzt!« schrie die »böhmische Liesel« jäh los — »Schauen Sie, daß Sie hinauskommen, Sie Rindvieh!«
Blitzartig schloß sich die Türe, und der nasse Schwamm, den die Alte von der Schiefertafel abgerissen und nach dem Besuch geschleudert hatte, fiel klatschend zu Boden. — — —

»Es war nur der Stefan Brabetz«, kam sie der Frage des Konservatoristen zuvor. »Er ist ein Privatspitzel. Er verkleidet sich jedesmal anders und glaubt, dann kennt man ihn nicht. — Wenn irgendwo etwas los ist, schon schnüffelt er's heraus. Er möcht dann immer was erpressen, aber er weiß nie, wie er's machen soll. — — — Er ist von unten. Aus Prag. — Da sind sie alle so ähnlich. — Ich glaub', das kommt von der geheimnisvollen Luft, die aus dem Boden steigt. — Alle werden sie im Lauf der Zeit so wie er. Einer früher, einer später, außer sie sterben vorher. — Wenn einer dem andern begegnet, grinst er hämisch, bloß damit der andere glaubt, man weiß was über ihn. — Hast d' es noch nie bemerkt, Buberl« — sie wurde seltsam unruhig und begann ruhelos im Zimmer hin und her zu wandern — »daß in Prag alles wahnsinnig is? Vor lauter Heimlichkeit? — Du bist doch selbst verrückt, Buberl, und weißt es bloß nicht! — — Freilich, hier oben auf dem Hradschin, da is eine andere Art Wahnsinn. — Ganz anders als unten. — — So — so mehr ein versteinerter Wahnsinn. — Wie überhaupt hier oben alles zu Stein geworden ist. — — Aber wenn's einmal losbricht, dann is es, wie wenn steinerne Riesen plötzlich anfangen zu leben und die Stadt in Trümmer schlagen — — hab ich« — ihre Stimme sank zu leisem Gemurmel herab — »hab' ich mir als kleines Kind von meiner Großmutter sagen lassen. — — Ja, na ja, und der Stefan Brabetz, der riecht's wahrscheinlich, daß hier auf dem Hradschin irgend was in der Luft is. Irgendwas los.«

Der Student verfärbte sich und blickte unwillkürlich scheu nach der Tür. »Wieso? Was soll los sein?«
Die »böhmische Liesel« redete an ihm vorbei: »Ja, glaub mir, Buberl, du bist jetzt schon verrückt. — Vielleicht willst du wirklich Kaiser der Welt werden.« — Sie machte eine Pause. »Freilich, warum soll's nicht möglich sein? — Wenn's in Böhmen nicht so viele Wahnsinnige gäb', wie hätt's sonst immer der Herd der Krieg sein können! — Ja, sei nur verrückt, Buberl! Dem Verrückten gehört am Schluß doch die Welt. — — Ich bin ja auch die Geliebte vom König Milan Obrenowitsch gewesen, bloß weil ich geglaubt hab', daß ich's werden kann. — Und wieviel hat gefehlt, wär' ich Königin von Serbien geworden!« — — Es war, als erwache sie plötzlich — »Warum bist du eigentlich nicht im Krieg, Buberl? — — So? Einen Herzfehler? — Noja. — Hm. — Und warum meinst du, bist du kein Boriwoj?« — Sie ließ es nicht zur Antwort kommen — »Und wohin gehst du jetzt, Buberl, da mit der Geige?«
»Zur Frau Gräfin Zahradka. Ich soll ihr vorspielen.«
Die Alte sah überrascht auf, studierte wieder lang und aufmerksam den Gesichtsschnitt des jungen Mannes und nickte dann, wie jemand, der seiner Sache gewiß ist. »Ja. Hm. Boriwoj. — — No, und hat sie dich gern, die Zahradka?«
— »Sie ist meine Patin.«

Die »böhmische Liesel« lachte laut auf: — »Patin, hähä, Patin!«
Der Student wußte nicht, wie er sich das Gelächter deuten solle. Er hätte seine Frage nach Jan Zizka gern wiederholt, aber er sah ein, daß es vergeblich wäre.
Er kannte die Alte zu lange, um nicht aus ihrer plötzlich ungeduldig gewordenen Miene zu entnehmen, daß sie wünschte, die Audienz beendet zu sehen. — — — —
Mit einem verlegen gemurmelten Dank drückte er sich zur Tür hinaus.

Er war kaum des alten im Abendrot träumenden Kapuzinerklosters, an dem er auf seinem Wege zum Palais der Gräfin Zahradka vorbei mußte, ansichtig geworden, da erklang dicht nebenan, als wolle es ihn begrüßen, gleich einem zauberhaften Orchester von Äolsharfen, das ehrwürdige Glockenspiel der St.-Loretto-Kapelle und zog ihn in seinen magischen Bann.
Eingehüllt von melodisch schwingenden Luftwellen, die ihn umfingen — getränkt von Blütenhauch aus den verborgenen nahen Gärten — wie der unendlich weiche liebkosende Schleier einer unsichtbaren Himmelswelt, blieb er ergriffen stehen und lauschte, bis es ihm schien, als mischten sich die Töne eines alten Kirchenliedes darein, gesungen von tausend fernen Stimmen. Und wie er horchte, da war es, als käme es aus seinem Innern — dann wieder, als schwebten die Klänge ihm zu Häupten, um echogleich in den Wolken zu ersterben — bald so nahe, daß er glaubte, die lateinischen Worte der Psalmodie zu verstehen, bald — verschlungen vom hallenden Dröhnen aus dem erzenen Munde der Glocken — nur noch in leisen Akkorden, wie aus unterirdischen Kreuzgängen herauf.
Sinnend schritt er über den mit hellen Birkenzweigen

festlich geschmückten Hradschinplatz an der königlichen Burg vorüber, an deren steinerner Resonanz sich die Wogen der Töne brachen, daß er seine Geige in dem hölzernen Kasten vibrieren fühlte, als sei sie in ihrem Sarge lebendig geworden.

Dann stand er auf der Plattform der neuen Schloßstiege und sah die breite Flucht der zweihundert balustradenumsäumten Granitstufen auf ein sonnenbeglänztes Dächermeer hinab, aus dessen Tiefe, einer ungeheuren schwarzen Raupe gleich, eine Prozession langsam heraufkroch.

Tastend schien sie ihren silbernen Kopf mit den purpurgefleckten Fühlern in die Höhe zu heben, wie unter dem weißen Baldachin, den vier Geistliche in Alba und Stola trugen, der Fürsterzbischof mit rotem Scheitelbarett und die Füße in rotseidenen Schuhen, das goldgestickte Pluvial um die Schultern, der singenden Menge voran Stufe um Stufe emporschritt.

In der warmen, unbeweglichen Abendluft schwebten die Flammen über den Kerzen der Ministranten kaum wahrnehmbar als durchsichtige Ovale und zogen dünne schwarze Qualmfäden durch die bläulichen Schwaden der feierlich geschwungenen Weihrauchgefäße hinter sich drein.

Das Abendrot lag auf der Stadt, glomm in Purpurstreifen über die langen Brücken, strömte — in Blut verwandeltes Gold — im Flusse unter ihren Pfeilern dahin.

Loderte in tausend Fenstern, als stünden die Häuser in Brand.

Der Student starrte in das Bild hinein; die Worte der alten Frau und was sie von der Moldau gesagt und daß ihre Wellen einstens rot gewesen, klangen ihm in den Ohren; das Schaugepränge, das die Schloßstiege herauf immer näher und näher ihm entgegenzog: Einen Augenblick ergriff es ihn wie Betäubung; ja so müßte es sein, wenn sein wahnwitziger Traum, gekrönt zu werden, dereinst Erfüllung gefunden haben würde.

Er schloß eine Minute die Augen, um nicht zu sehen, daß sich Leute neben ihn gestellt hatten, die das Kommen der Prozession erwarteten — eine kurze Spanne Zeit nur noch wollte er sich gegen das Gefühl einer nüchternen Gegenwart wehren.

Dann wandte er sich um und durchquerte die Schloßhöfe der Burg, um auf andern menschenleeren Wegen noch rechtzeitig in die Thunsche Gasse zu gelangen. —

Als er um das Landtagsgebäude bog, sah er von weitem zu seiner Verwunderung das breite Tor des Waldsteinpalais weit offenstehen.

Er eilte darauf zu, um einen Blick in den düstern Garten mit seinen armdicken Efeuranken an den Mauern und die wundervolle Renaissancehalle und die historische Badegrotte dahinter zu erhaschen, die aus seinen Kinderjahren her, als er einmal all diese Pracht einer längst versunkenen Zeit hatte in nächster Nähe besichtigen dürfen, tief wie ein erschütterndes Erlebnis aus Märchenlanden als unauslöschliche Erinnerung in seine Seele eingegraben standen.

Lakaien in silberbordürten Livreen und kurzgeschnittenen Wangenbärten, die Oberlippe glattrasiert, zogen schweigend das ausgestopfte Pferd, das einst Wallenstein geritten, heraus auf die Straße.

Er erkannte es an der scharlachfarbenen Decke und den stieren gelben Glasaugen, die ihn, wie er sich plötzlich entsann, schon als Knaben lange bis in den Schlaf so mancher Nacht hinein als ein rätselvolles Vorzeichen, das er sich niemals deuten konnte, verfolgt hatten.

Jetzt stand das Roß vor ihm in den rotgoldenen Strahlen

der scheidenden Sonne, die Füße auf ein dunkelgrünes Brett geschraubt, wie ein riesenhaftes Spielzeug aus einer Traumwelt herübergeholt und mitten hineingestellt in eine phantasiearme Zeit, die den furchtbarsten aller Kriege — den Krieg der Maschinendämonen gegen die Menschen, an dem gemessen die Schlachten Wallensteins anmuteten wie alberne Wirtshausraufereien — mit stumpf gewordenen Sinnen hinnahm.

Wieder — wie vorhin beim Anblick der Prozession — lief es ihm kalt über den Rücken, als er das Pferd ohne Reiter, das nur darauf zu warten schien, daß sich ein Entschlossener, ein neuer Gebieter, in seinen Sattel schwinge, vor sich sah.

Er hörte nicht, daß jemand geringschätzig hinwarf, das Fell sei von Motten zerfressen; — die Frage eines grinsenden Lakaien, der ihn spöttisch aufforderte: »Wollen der Herr Marschall vielleicht geruhen, aufzusteigen?«, wühlte sein Innerstes auf und sträubte ihm das Haar, als habe er die Stimme des Herrn des Schicksals aus der Tiefe des Urgrundes vernommen. Der Hohn, der in den Worten des Bedienten lag, glitt an ihm ab. — »Du bist jetzt schon verrückt, Buberl, nur weißt du es nicht«, hatte vor einer Stunde die Alte gesagt — aber hatte sie nicht noch im selben Atem hinzugefügt: »Am Ende gehört dem Verrückten doch die Welt!?«

Er fühlte vor wilder Erregung das Herz bis hinauf zum Halse klopfen, riß sich los von seinen Hirngespinsten und floh hinüber zur Thunschen Gasse.

Die alte Gräfin Zahradka pflegte beim Kommen des Frühlings das kleine finstere Palais ihrer Schwester, der verstorbenen Gräfin Morzin, zu beziehen, in dessen Zimmer nie ein heller Lichtstrahl fiel, denn sie haßte die Sonne und den Mai mit seinem lauen brünstigen Atem und den festlich geputzten, fröhlichen Menschen. — Ihr eigenes Haus in der Nähe des Strahower Prämonstratenserklosters auf dem höchsten Punkte der Stadt lag zu solcher Zeit mit geschlossenen Fensterläden in tiefstem Schlaf. — Der Student stieg die schmale, ziegelsteingepflasterte Treppe hinauf, die, ohne einen Vorraum zu berühren, in einen kalten, nüchternen Gang mit Marmorfliesen auslief, in den die Türen der einzelnen Zimmer mündeten.

Gott weiß, woher die Sage, es sei in dem kahlen, amtsgerichtsähnlichen Hause ein ungeheurer Schatz verborgen, und es spuke darin, stammen mochte; fast hätte man vermuten können, ein Witzbold habe sie erfunden, um den Widerspruch gegen alles Romantische, der von jedem Stein des Gebäudes ausging, noch greller hervorzuheben.

Im Nu war jede Spur phantastischer Grübelei bei dem Studenten verflogen; er fühlte sich mit einemmal so deutlich als der mittellose, unbekannte Niemand, der er war, daß er unwillkürlich einen Kratzfuß schon vor der Tür machte, ehe er anklopfte und eintrat.

Das Zimmer, in dem die Gräfin Zahradka ihn, in einem ganz in grauen Rupfen eingenähten Lehnstuhl sitzend, erwartete, war das unbehaglichste, das sich denken ließ; der alte Meißner Kamin, die Sofas, Kommoden, Sessel, der wohl hundertflammige venezianische Kerzenluster, bronzene Büsten, eine Ritterrüstung — — alles war mit Tüchern umhüllt wie vor einer Versteigerung; sogar über den zahllosen Miniaturporträts, die die Wände von oben bis unten bedeckten, hingen Gazeschleier — »zum Schutz gegen die Fliegen« glaubte der Student sich zu erinnern, daß es ihm einmal die Gräfin gesagt hatte, als er, damals ein Kind noch, sie nach dem Grund dieser sonderbaren Abwehrmaßregeln gefragt hatte. — Oder hatte es ihm nur geträumt? — Die vielen, vielen Male, die er schon hier gewesen, konnte er sich nicht entsinnen, auch nur eine einzige Fliege bemerkt zu haben.

Oft hatte er sich den Kopf zerbrochen, was wohl hinter den trüben Fensterscheiben, vor denen die alte Dame saß, liegen mochte — — ob sie auf einen Hof hinausgingen, auf einen Garten oder auf eine Straße, aber nie hatte er den Versuch gewagt, sich zu überzeugen. — Er hätte zu diesem Behufe an der Gräfin vorbeigehen müssen, und schon der Gedanke daran war ihm unfaßbar.

Der ewig gleiche Eindruck des Zimmers ließ nie einen neuen Entschluß in ihm aufwachen; in demselben Augenblick, wo er den Raum betrat, war er stets wie zurückgeschraubt in die Stunde, als er hier das erstemal seinen Besuch machen mußte, und kam sich vor, als sei sein ganzes Wesen ebenfalls in Rupfen und Leinwand eingenäht — »zum Schutz gegen Fliegen«, die es gar nicht gab.

Der einzige Gegenstand, der unverhüllt war oder wenigstens nur teilweise, war ein lebensgroßes Porträt mitten unter den Miniaturen; — in den grauen Kaliko, der es samt dem Rahmen umgab, war ein viereckiges Loch geschnitten, und heraus schaute mit kahlem, birnenförmigem Schädel und den Blick der wasserblauen, gefühllosen Fischaugen ins Leere gerichtet, das hängebackige Gesicht des toten Gatten der alten Dame, des ehemaligen Obersthofmarschalls Zahradka.

Wer es ihm erzählt, hatte Ottokar Vondrejc längst vergessen, aber er wußte irgendwoher, der Graf wäre ein Mensch voll Grausamkeit und erbarmungsloser Härte gewesen, voll Rücksichtslosigkeit nicht nur gegen die Leiden anderer — auch gegen die eigenen; so hätte er als Knabe, zum bloßen Zeitvertreib, sich durch den nackten Fuß einen Eisennagel in die Diele gehämmert.

Katzen gab es eine Unzahl im Hause, lauter alte, langsam schleichende Geschöpfe.

Oft sah der Student ihrer wohl ein Dutzend auf dem Gang auf und nieder wandeln, grau und leise, als warteten sie wie zu Gericht geladene Zeugen, bis man sie einvernähme — aber nie betraten sie das Zimmer, und wenn eine einmal den Kopf irrtümlich zur Tür hereinsteckte, zog sie ihn sofort wieder zurück, gewissermaßen mit einer Entschuldigung, daß sie einsehe, es sei noch nicht an der Zeit, ihre Aussage vorzubringen. — — — — —

Die Gräfin Zahradka hatte eine eigentümliche Art, den Studenten zu behandeln.

Zuweilen ging von ihr etwas auf ihn über, was ihn berührte wie die zärtliche Liebe einer Mutter, aber es dauerte immer nur wenige Sekunden — im nächsten Augenblick fühlte er eine Welle eiskalter Verachtung, fast wie Haß.

Woher es kam, war ihm nie klargeworden. Es schien mit ihrem ganzen Wesen verwachsen — war vielleicht eine Erbschaft uralter böhmischer Adelsgeschlechter, die seit Jahrhunderten gewohnt gewesen, von demütigen Domestiken umgeben zu sein.

In Worten kam ihre Liebe — wenn es überhaupt eine solche war — nie zum Ausdruck, aber ihr fast grausiger Hochmut trat oft beredt genug hervor, wenn auch mehr in dem schroffen Ton, in dem sie etwas sagte, als in der Bedeutung der Rede selbst. — — —

Am Tage seiner Firmung hatte er ihr auf einer Kinderfidel etwas vortragen müssen — das böhmische Volkslied: »Andulko, mé dítě, já vás mám rád«, dann später edlere Melodien — als sein Spiel immer besser und vollkommener geworden —, Kirchen- und Liebeslieder bis zu Beethovenschen Sonaten, aber nie, gleichgültig, ob es ihm gut oder schlecht gelang, hatte er Anzeichen des Beifalls oder der Mißbilligung an ihrem Gesicht wahrnehmen können. Bis heute wußte er nicht, ob sie seine Kunst zu würdigen verstand.

Zuweilen hatte er versucht, in eigenen Improvisationen zu ihrem Herzen zu sprechen, und aus dem rasch wechselnden Strom, der von ihr auf ihn überging, zu erfühlen getrachtet, ob seine Töne den wahren Eingang zu ihrer Seele gefunden hätten, aber oft konnte er bei leisen Mißklängen seiner Geige Liebe auf sich zuströmen fühlen — dagegen Haß, wenn ihm die höchste Meisterschaft den Bogen führte.

Vielleicht war es der grenzenlose Hochmut ihres Blutes, der die Vollendung in seinem Spiel wie Eingriff in die eigenen Privilegien der Rasse empfand und als Haß auflo derte; vielleicht die Instinkte der Slawin, nur das zu lieben, was schwach und armselig ist; vielleicht war es nur Zufall — aber eine unübersteigliche Schranke blieb es zwischen ihm und ihr, die er sehr bald aufgegeben hatte, wegschieben zu wollen, so, wie er nicht auf den Gedanken kam, zu den Fenstern zu gehen, um hindurchzuspähen. — —

»Alsdann, Pane Vondrejc, spielen S'!« sagte sie in demselben alltäglich nüchternen Ton, wie stets in solchen Fällen, als er nach einer stummen, ehrerbietigen Verbeugung seinen Instrumentenkasten geöffnet und den Bogen eben angesetzt hatte.

Mehr als je zuvor — und vielleicht durch den Kontrast zwischen den Eindrücken vor dem Waldsteinpalais und der grauen Stube der Gegenwart, die für ihn eine unbewegliche Vergangenheit bedeutete, zurückgeschleudert, wählte er, ohne zu wissen, was er tat, das Lied seiner Firmungszeit, das alberne, sentimentale Lied: Andulko,...;

er erschrak, als er über die ersten Takte hinaus war, aber die Gräfin schien weder erstaunt noch ärgerlich — sie hatte ins Leere geblickt wie das Bild ihres Gatten.

Allmählich variierte er die Melodie in Weisen, wie sie ihm der Augenblick eingab.

Es war seine Art, sich von dem eigenen Spiel mit fortreißen zu lassen, dem er dann wie ein staunender Zuhörer lauschen konnte, als sei ein anderer der Geiger und nicht er selber — einer, der in ihm stak und doch nicht er selbst war und von dem er nichts wußte — weder Gestalt noch Wesen —, als daß er den Bogen strich.

Im Geiste wanderte er dabei umher in fremden geträumten Orten, tauchte in Zeiten hinab, die nie eines Menschen Auge gesehen, holte klingende Schätze aus fernen Tiefen — bis er selbst so entrückt war, daß die Wände ringsum für ihn verschwunden und eine neue, ewig wechselnde Welt voll Farben und Klängen ihn umgab.

Dann mochte es zuweilen geschehen, daß die trüben Fensterglashell für ihn wurden und er mit einemmal wußte, daß hinter ihnen ein Feenreich lag in wundersamer Pracht, die Luft voll weißschimmernd gaukelnder Falter, ein lebender Schneefall mitten im Sommer — und daß er sich durch unendliche laubumwölbte Jasmingänge schreiten sah, liebestrunken die heiße Schulter des jungen, hochzeitlich geschmückten Weibes, das seine ganze Seele mit dem Duft ihrer Haut durchtränkte, innig an die seine gepreßt.

Dann wurde, wie oft, die graue Leinwandhülle um das Bildnis des toten Hofmarschalls zu einer Flut aschblonden Frauenhaares, ein lenzlicher heller Strohhut darüber mit blaßblauem Band, und ein Mädchenantlitz mit dunklen Augen und halboffenen Lippen blickte auf ihn nieder.

Und jedesmal, wenn er die Züge lebendig werden sah, die

er unablässig im Schlafen, im Wachen und im Traum, als seien sie sein wahres Herz, in sich fühlte, da schien »der andere« in ihm wie unter einem geheimnisvollen Befehl, der von »ihr« ausging, zu stehen, und sein Spiel bekam die düstere Farbe einer wilden, wesensfremden Grausamkeit. — — —

Die Türe, die ins Nebenzimmer führte, ging plötzlich auf, und das junge Mädchen, an das er dachte, kam leise herein. —
Ihr Gesicht glich dem Bilde der Rokokodame im Elsenwangerschen Palais, ebenso jung und schön wie jenes. —
Eine Schar Katzen spähte hinter ihr drein.
Der Student sah sie an, so ruhig und selbstverständlich, als sei sie immer hier gewesen — warum sollte er sich wundern? —, war sie doch nur aus ihm herausgetreten und vor ihn hin!
Er spielte und spielte. Traumverloren, geistesabwesend. Er sah sich mit ihr in der Krypte der Georgskirche in tiefem Dunkel stehen, das Licht einer Kerze, die ein Mönch trug, flackerte auf ein kaum menschengroßes Steinbild hin, aus schwarzem Marmor gehauen: die Gestalt einer Toten, halb verwest, Fetzen um die Brust, die Augen verdorrt und unter den Rippen in dem grausig aufgerissenen Leib statt eines Kindes eine zusammengeringelte Schlange mit scheußlichem, flachem, dreieckigem Kopf.
Und das Spiel der Geige wurde zu Worten, die der Mönch in der Georgskirche täglich wie eine Litanei, eintönig und geisterhaft, jedem erzählt, der die Krypte besucht:
»Da hat es vor vielen Jahren einen Bildhauer in Prag gegeben, der lebte mit seiner Geliebten in sträflichem Wandel. Und als er sah, daß sie schwanger geworden war, da traute er ihr nicht mehr, im Glauben, sie habe ihn mit

einem anderen betrogen, und hat sie erwürgt und hinab in den Hirschgraben geworfen. Dort haben sie die Würmer gefressen, und als man sie fand, da kam man auch dem Mörder auf die Spur und hat ihn mit der Leiche zusammen in die Krypte gesperrt und ihn gezwungen, ihr Bildnis in den Stein zu meißeln zur Sühne für seine Schuld, ehe er aufs Rad geflochten wurde.« —

Mit einemmal fuhr Ottokar zusammen, und seine Finger blieben auf dem Griffbrett stehen; er war zu sich gekommen und hatte mit den Augen des Wachseins plötzlich das junge Mädchen erblickt, das hinter den Sessel der alten Gräfin getreten war und ihn lächelnd ansah.

Wie erstarrt, unfähig, sich zu bewegen, hielt er den Bogen auf die Saiten gelegt. — — — —

Die Gräfin Zahradka nahm ihre Lorgnette und drehte langsam den Kopf:

»Spiel' Er weiter, Ottokar; es ist nur meine Nichte. — — Stör Sie ihn nicht, Polyxena.«

Der Student rührte sich nicht, nur der Arm sank ihm schlaff herab wie unter einem Herzkrampf.

Wohl eine Minute herrschte lautlose Stille im Zimmer. — — —

»Warum spielt Er nicht mehr?« fuhr die Gräfin zornig auf.

Ottokar riß sich auf, wußte kaum, wie er das Zittern seiner Hände vor ihr verbergen solle — dann winselte die Geige leise und schüchtern:

> »Andulko,
> mé dítě,
> já vás mám rád.«

Ein girrendes Lachen der jungen Dame ließ die Melodie rasch verstummen. »Sagen Sie uns lieber, Herr Ottokar, was war das für ein herrliches Lied, das Sie vorhin ge-

spielt haben? War das Phantasie? — Ich — habe — dabei«, Polyxena machte nach jedem Wort eine bedeutsame Pause und zupfte dabei mit gesenkten Augen scheinbar nachdenklich an den Fransen des Lehnstuhles, »lebhaft — an die — Krypte — in — der Georgskirche — denken müssen, — Herr — Herr — Ottokar.«
Die alte Gräfin zuckte kaum merklich zusammen; es lag etwas in dem Ton, mit dem ihre Nichte den Namen Ottokar ausgesprochen hatte, was sie stutzig machte.
Der Student stotterte verwirrt einige konfuse Worte; er sah zwei Augenpaare unverwandt auf sich gerichtet, das eine so voll verzehrender Leidenschaft, daß es ihm fast das Hirn versengte — das andere durchbohrend, messerscharf, Mißtrauen ausstrahlend und tödlichen Haß zugleich; er wußte nicht, in welches der beiden er blicken solle, ohne nicht das eine aufs tiefste zu verletzen oder vor dem anderen alles, was er fühlte, zu verraten.
»Spielen! Nur spielen! Rasch, rasch!« schrie es in ihm. Er setzte hastig den Bogen an — — —
Der Angstschweiß trat ihm auf die Stirn. »Um Gottes willen, nur jetzt nicht abermals das verfluchte ›Andulko, mé dítě‹!« Er fühlte zu seinem Entsetzen beim ersten Strich, daß es unabwendbar wieder dazu führen mußte — es wurde ihm schwarz vor den Augen —, da kamen ihm die Töne eines Leierkastens draußen auf der Gasse zu Hilfe, und mit wahnwitziger, besinnungsloser Hast fetzte er den abgehackten Gassenhauer mit:

»Mäd—chen mit bla—ssem Gesicht,
die sollen heiraten nicht;
nur die rott — wie die Rosen,
sollen mitt — Männern kosen.
de—nen — schadett — es nicht;«

er kam nicht weiter: der Haß, der von der Gräfin

Zahradka ausging, schlug ihm fast die Geige aus der Hand. —
Er sah wie durch einen Nebelschleier hindurch, daß Polyxena zu der Standuhr neben der Tür huschte, die Leinwandhülle beiseite zog und die stillstehenden Zeiger auf die Ziffer VIII schob. Er verstand, daß dies die Stunde eines Stelldicheins sein sollte, aber der Jubel erfror unter der Qual einer würgenden Angst, die Gräfin habe alles durchschaut.
Er sah ihre dürren langen Greisenfinger nervös in dem Strickbeutel an der Stuhllehne wühlen — ahnte: jetzt, jetzt wird sie etwas tun, — etwas unsagbar Demütigendes für ihn — etwas so Schreckliches, das er sich nicht auszudenken getraute. —
»Sie — haben — heute — famos — gespielt, Vondrejc«, sagte die Gräfin, Wort für Wort hervorstoßend, zog aus der Tasche zwei zerknüllte Scheine und reichte sie ihm. »Da haben Sie — ein Trinkgeld. Und kaufen Sie sich auf meine Rechnung — ein — Paar — bessere — Hosen fürs nächstemal; die Ihrigen sind schon ganz speckig.«
Der Student fühlte, wie ihm das Herz stillstand vor namenloser Scham.
Sein letzter klarer Gedanke war, daß er das Geld nehmen müsse, wollte er nicht alles verraten; das ganze Zimmer verschwamm vor ihm in eine einzige graue Masse: Polyxena, die Uhr, das Gesicht des toten Hofmarschalls, die Rüstung, der Lehnstuhl — nur die trüben Fenster stachen hervor als weißlich auflachende Vierecke. — Er begriff·
Die Gräfin hatte eine graue Leinwandhülle um ihn gezogen — »zum Schutz gegen Fliegen« —, die er bis zum Tode nie mehr würde loswerden können. — — — —
Als er auf der Straße stand, war jede Erinnerung, auf welche Weise er die Treppe heruntergekommen war, wie

ausgelöscht in ihm. — War er überhaupt jemals oben im Zimmer gewesen? — Das Brennen einer Wunde tief im Innern sagte ihm, daß es wohl so sein müsse. — Auch hielt er das Geld noch in der Hand.
Er steckte es gedankenlos in die Tasche.
Dann fiel ihm ein, daß Polyxena um acht Uhr zu ihm kommen werde; er hörte die Türme ein Viertel schlagen, ein Hund kläffte ihn an, es traf ihn wie ein Peitschenhieb ins Gesicht: Also sah er wirklich so schäbig aus, daß ihn bereits die Hunde der Reichen anbellten?
Er biß die Zähne zusammen, als könne er dadurch seine Gedanken stumm machen, und raste mit zitternden Knien seiner Wohnung zu. —
An der nächsten Ecke blieb er taumelnd stehen: »Nein, nicht nach Hause, nur fort, weit fort von Prag«, das Gefühl der Scham verbrannte ihn fast, »am besten ins Wasser!« — Mit dem schnellen Entschluß der Jugend wollte er hinunter zur Moldau laufen — der »andere« in ihm lähmte seine Füße, log ihm vor, er würde Polyxena unfehlbar verraten, wenn er sich ertränkte, verschwieg ihm hinterlistig, daß es nur der Lebenstrieb war, mittels dessen er ihn vom Selbstmord zurückhielt.
»Gott, o Gott, wie soll ich ihr ins Gesicht sehen, wenn sie kommt!« heulte es in ihm auf. — »Nein, nein, sie kommt nicht«, suchte er sich zu beruhigen, »sie kann ja nicht kommen, es ist doch alles aus!« — Aber da biß der Schmerz in seiner Brust noch viel wütender um sich: Wenn sie nicht kam, nie mehr kam, wie sollte er dann weiterleben!
Er trat durch die schwarz-gelbe Pforte in den Vorhof der »Daliborka« — wußte, daß die nächste Stunde ein furchtbares, endloses Minutenzählen sein würde: Kam Polyxena, dann mußte er versinken vor Scham — kam

sie nicht, dann — — dann wurde die Nacht eine Nacht des Wahnsinns für ihn.

Voll Grauen blickte er zu dem Hungerturm hin, der mit seinem runden weißen Hut hinter der zerbröckelten Mauer aus dem Hirschgraben ragte. — Immer noch lebte der Turm, fühlte er dumpf — wie viele Opfer waren in seinem steinernen Bauch schon wahnsinnig geworden, aber immer noch hatte der Moloch nicht genug —, jetzt, nach einem Jahrhundert des Todesschlafs, wachte er wieder auf.

Das erstemal seit seiner Kinderzeit sah er ihn nicht als ein Werk von Menschenhand vor sich — nein, es war ein granitenes Ungeheuer mit schauerlichen Eingeweiden, die Fleisch und Blut verdauen konnten gleich denen eines reißenden nächtlichen Tieres. Drei Stockwerke darin, durch waagrechte Schichten voneinander getrennt, und ein rundes Loch mitten hindurch wie eine Speiseröhre, vom Schlund bis hinab in den Magen. — Im obersten hatte in alter Zeit Kerkerjahr um Kerkerjahr in lichtloser schrecklicher Finsternis die Verurteilten langsam zerkaut, bis sie an Stricken hinuntergelassen wurden in den mittelsten Raum zum letzten Krug Wasser und Brot, um dort zu verschmachten, wenn sie nicht vorher wahnsinnig wurden von dem aus der Tiefe hauchenden Fäulnisgeruch und sich selbst hinabstürzten zu den verwesenden Leichen ihrer Vorgänger.

In dem Lindenhof atmete die taukühle Feuchte der Abenddämmerung, aber immer noch stand das Fenster des Wärterhäuschens offen.

Ottokar setzte sich leise auf die Bank, um die alte, gichtbrüchige Frau nicht zu stören, die dahinter schlief, wie er glaubte. Einen kurzen Augenblick nur wollte er sich aus dem Kopfe reißen, was geschehen war, ehe die marternde

Qual des Wartens begänne — —; der kindische Versuch eines Jünglings, der wähnt, er könne sein Herz überlisten. — — —
Eine plötzliche Schwäche befiel ihn; mit aller Kraft mußte er sich gegen den Schluchzkrampf wehren, der ihm die Kehle zusammenschnürte und ihn zu ersticken drohte. —
Eine klanglose Stimme aus dem Innern des Zimmers, wie in Kissen hineingesprochen, drang an sein Ohr:
»Ottokar?«
»Ja, Mutter?«
»Ottokar, willst du nicht hereinkommen, essen?«
»Nein, Mutter, ich hab' keinen Hunger, ich — ich hab' schon gegessen.«
Die Stimme schwieg eine Weile.
Im Zimmer schlug eine Uhr leise und metallisch halb acht.
Der Student preßte die Lippen aufeinander und verkrampfte die Hände: — — — »Was soll ich nur tun — was soll ich nur tun!«
Wieder erwachte die Stimme: »Ottokar?«
Er gab keine Antwort.
»Ottokar?«
»Ja, Mutter?«
»Warum — warum weinst du, Ottokar?«
Er zwang sich zu einem Lachen:
»Ich? Was fällt dir ein, Mutter! — Ich wein' doch nicht. — — Warum sollt' ich denn weinen?«
Die Stimme schwieg ungläubig.
Der Student hob den Blick von der schattengestreiften Erde — — »Wenn nur die Glocken endlich schlagen wollten und die Totenstille unterbrechen.«
— Er sah in den scharlachfarbenen Riß am Himmel hinein — fühlte, daß er irgend etwas sagen müsse:
»Ist der Vater drinnen?«

»Er ist im Wirtshaus«, kam's nach einer Weile zurück. Er stand rasch auf:
»Dann gehe ich auch auf eine Stunde hin. — Gute Nacht, Mutter!« — Er griff nach seinem Geigenkasten und blickte zum Turm.
»Ottokar?«
»Ja? Soll ich das Fenster schließen?«
»Ottokar! — — Ottokar, ich weiß doch, daß du nicht ins Wirtshaus gehst. — Du gehst in den Turm?«
»Ja — — dann — später. — Es — es übt sich dort am besten; gute N — — —.«
»Kommt sie heute wieder in den Turm?«
»Die Božena? — Ach Gott — nun ja, vielleicht. Wenn sie Zeit hat, kommt sie manchmal. Wir plaudern dann ein bissel zusammen. — — Soll ich — soll ich dem Vater etwas ausrichten?«
Die Stimme wurde noch trauriger:
»Glaubst du, ich weiß nicht, daß es eine andere ist? — Ich hör's am Schritt. — So leicht und schnell geht niemand, der am Tag schwer gearbeitet hat.« —
»Aber was du wieder denkst, Mutter« — er versuchte zu lachen.
»Ja, du hast recht, Ottokar — schließ die Fenster — ich schweig' ja schon. — Und's is auch besser so — dann hör' ich doch die furchtbaren Lieder nicht, die du immer spielst, wenn sie bei dir ist. — — Ich — ich wollt', ich könnt' dir helfen, Ottokar!«
Der Student hielt sich die Ohren zu, dann riß er die Geige von der Bank, eilte zu dem Durchlaß in der Mauer und lief die steinernen zerfallenen Stufen hinauf über eine kleine Holzbrücke in das oberste Stockwerk des Turmes. — — —
Aus dem halbrunden Raum, in dem er stehenblieb, ging

eine schmale Fensternische, eine Art erweiterte Schießscharte, durch die meterdicken Mauern hinaus nach Süden, und die Silhouette des Domes über der Burg schwebte darin.

Für die Besucher, die tagsüber die »Daliborka« besichtigen kamen, waren ein paar rohe Holzstühle in den Raum gestellt, ein Tisch mit einer Wasserflasche darauf und ein alter verblichener Diwan. In dem herrschenden Halbdunkel sahen sie aus wie mit Mauern und Boden verwachsen. Eine kleine eiserne Tür mit einem Kruzifix führte in das Gelaß nebenan, in dem vor zweihundert Jahren eine Gräfin Lambua, die Ururgroßmutter der Komtesse Polyxena, eingekerkert gewesen war. — Sie hatte ihren Gatten vergiftet und, ehe sie im Wahnsinn starb, sich die Adern des Handgelenkes aufgebissen und mit ihrem Blut sein Bild an die Wand gemalt.

Dahinter lag eine lichtlose Kammer, kaum sechs Fuß im Geviert, in deren Mauerquadern ein Gefangener mit einem Eisenstück eine Höhlung gekratzt hatte, so tief, daß sich ein Mensch darin zusammenkauern konnte. Dreißig Jahre hatte er daran gegraben — noch eine Handbreit weiter, und er wäre ins Freie gelangt, um sich — hinab in den Hirschgraben stürzen zu können.

Aber noch rechtzeitig hatte man ihn entdeckt und im Innern des Turmes dem Hungertod überliefert. — — —

Ruhelos ging Ottokar auf und nieder, setzte sich in die Fensternische, sprang wieder auf; einen Augenblick lang wußte er bestimmt, Polyxena werde kommen — im nächsten war er überzeugt, er würde sie nie wiedersehen; von beiden Aussichten erschien ihm eine schrecklicher als die andere.

Sie waren Hoffnung und Furcht zugleich für ihn.

Jede Nacht nahm er Polyxenas Bild mit in den Traum

hinein, es erfüllte im Schlafen und im Wachen sein ganzes Leben; wenn er spielte, dachte er an sie — war er allein, so sprach er innerlich mit ihr; die phantastischsten Luftschlösser hatte er ihretwegen und für sie gebaut — und wie würde es in Hinkunft sein? — »Das Leben ein Kerker ohne Licht und Luft«, stellte er sich vor in der ganzen uferlosen kindischen Verzweiflung, deren nur ein Herz von neunzehn Jahren fähig ist. —
Der Gedanke, er könne jemals wieder auf seiner Geige spielen, erschien ihm als die unmöglichste aller Unmöglichkeiten. — — Eine feine unhörbare Stimme in seiner Brust sagte ihm, daß alles ganz, ganz anders kommen werde, als er sich denke, aber er schenkte ihr kein Gehör — wollte nicht hören, was sie ihm zu sagen habe.
Oft ist ein Schmerz so übermächtig, daß er nicht geheilt werden will und ein Trost, selbst wenn er aus dem eigenen Innern kommt, ihn nur noch heißer brennen macht. — —
Die zunehmende Dunkelheit in dem öden Raum steigerte die Erregung des jungen Mannes von Minute zu Minute bis zur Unerträglichkeit. —
Jeden Augenblick glaubte er ein leises Geräusch von draußen zu hören, und das Herz blieb ihm stehen bei dem Gedanken, »sie« müsse es sein. Dann zählte er die Sekunden, bis sie seiner Berechnung nach sich hereintasten müßte, aber jedesmal hatte er sich getäuscht, und das Gefühl, sie könne vielleicht auf der Schwelle umgekehrt sein, stürzte ihn in eine neue Art von Verzweiflung.
Vor wenigen Monaten erst hatte er sie kennengelernt — wie ein zu Wirklichkeit gewordenes Märchen kam es ihm vor, wenn er daran zurückdachte. — Zwei Jahre früher schon hatte er sie gesehen als Bild — als das Bildnis einer Dame aus der Rokokozeit mit aschblondem Haar, schmalen, fast durchsichtigen Wangen und einem eigentümlichen,

grausam-wollüstigen Zug um die halboffenen Lippen, hinter denen winzig kleine, blutdürstige Zähne weiß hervorschimmerten. — Es war im Palais Elsenwanger gewesen, in dessen Ahnensaal das Bildnis hing, und als er eines Abends dort vor den Gästen spielen mußte, hatte es ihn von der Wand herab angeblickt und sich seitdem in sein Bewußtsein eingebrannt, daß er es immer wieder, sooft er in der Erinnerung daran die Augen schloß, deutlich vor sich sah. Und allmählich hatte es sich seiner sehnsüchtigen jungen Seele bemächtigt und sein ganzes Sinnen und Trachten derart gefangengenommen, daß es für ihn Leben gewann und er es oft wie ein Geschöpf von Fleisch und Blut an seine Brust geschmiegt fühlte, wenn er abends auf der Bank unter den Lindenbäumen saß und von ihm träumte.

Es sei das Bildnis einer Gräfin Lambua, hatte er erfahren, und ihr Vorname wäre Polyxena gewesen.

Alles, was er an Schönheit, Wonne, Herrlichkeit, Glück und Sinnenrausch sich in knabenhafter Überschwenglichkeit auszudenken vermochte, legte er von da an in diesen Namen hinein, bis er für ihn ein Zauberwort wurde, das er nur zu flüstern brauchte, um sofort die Nähe der Trägerin wie eine markversengende Liebkosung zu empfinden. Trotz seiner Jugend und bis dahin unerschüttert gewesenen Gesundheit fühlte er doch genau, daß das plötzlich bei ihm auftretende Herzleiden unheilbar sei und er wohl in der Blüte der Jahre sterben werde, aber er empfand es stets wie einen Vorgeschmack von der Süßigkeit des Todes und nie mit Trauer.

Die seltsame weltfremde Umgebung des Hungerturmes mit den düsteren Historien und Sagen hatte von Kindheit an einen Hang zum Luftschlösserbauen in ihm erweckt, dem das äußere Leben mit seiner Ärmlichkeit und bedrükkenden Enge wie etwas Feindliches, Kerkerhaftes gegenüberstand.

Niemals war ihm eingefallen, das, was er erträumte und voll Sehnsucht empfand, in die Gegenwart der irdischen Wirklichkeit hineinziehen zu wollen. Die Zeit war für ihn leer an Plänen für die Zukunft.

Verkehr mit gleichaltrigen Genossen hatte er so gut wie nie gehabt — die »Daliborka« mit dem einsamen Vorhof, seine beiden wortkargen Pflegeeltern und der alte Lehrer, der ihn bis über die Kinderjahre hinaus unterrichtet hat, da seine Gönnerin, die Gräfin Zahradka, nicht wünschte, daß er die Schule besuchte, waren für ihn die ersten und lange die einzigen Eindrücke gewesen.

Die äußere Freudlosigkeit und Absonderung von der Welt des Ehrgeizes und der Jagd nach Erfolg und Gelingen hätte ihn wohl frühzeitig zu einem jener auf dem Hradschin so zahlreichen Sonderlinge gemacht, die, unberührbar von der hämmernden Zeit, ein tatenloses, eingesponnenes Eigenbrötlerdasein führen, wäre nicht eines Tages ein Ereignis in sein Leben getreten, das seine Seele bis auf den Grund aufwühlte — ein Ereignis, so spukhaft und wirklich zugleich, daß es mit einem Schlag die trennende Mauer zwischen Innen und Außen zerbrach und aus ihm einen Menschen machte, dem in Momenten der Ekstase das wahnwitzigste Hirngespinst fast mühelos erfüllbar scheinen konnte:

Er hatte im Dom zwischen rosenkranzbetenden Frauen gesessen, die kamen und gingen, ohne daß er, in langes geistesabwesendes Starren auf das Tabernakel versunken, es bemerkte, bis er plötzlich wahrnahm, daß die Kirche leer geworden und neben ihm — das Bild Polyxenas saß.

Zug für Zug dasselbe, von dem er die ganze Zeit über geträumt hatte.

In jenem Moment war die Kluft zwischen Traum und Wirklichkeit für ihn überbrückt; es war nur eine Sekunde gewesen, denn in der nächsten wußte er, daß er ein lebendes junges Mädchen vor sich sah, aber der kurze Augenblick hatte genügt, den geheimnisvollen Hebeln des Schicksals den Angriffspunkt zu schaffen, den er braucht, um das Leben eines Menschen für immer aus der vorgezeichneten Bahn wägender Verstandsschlüsse in die grenzenlosen Welten zu schleudern, in denen der Glaube Berge zu versetzen vermag.

In der sinnverwirrten Begeisterung eines Verzückten, der den Gott seiner Sehnsucht plötzlich von Angesicht zu Angesicht schaut, hatte er sich damals mit ausgebreiteten Armen vor dem fleischgewordenen Bild seiner Träume niedergeworfen, hatte ihren Namen gerufen, ihre Knie umfaßt, ihre Hände mit Küssen bedeckt — hatte ihr, bebend vor Erregung, in einer Flut sich überstürzender Worte erzählt, was sie ihm sei und daß er sie seit langem kenne, ohne sie jemals lebendig gesehen zu haben.

Und eine wilde, unnatürliche Liebe hatte sie beide noch in der Kirche, in der Gegenwart der goldenen Statuen der Heiligen ringsum, erfaßt wie ein teuflischer Wirbelwind, erschaffen aus den plötzlich erwachten gespenstischen Schwaden der jahrhundertelang zu Bildern erstarrten Vorfahren einer leidenschaftverzehrten Ahnenreihe.

Als habe sich ein Satanswunder begeben, war das junge Mädchen, das kurz vorher noch unberührt und unbefangen den Dom betreten hatte, beim Verlassen der Kirche auch in das *seelische* Ebenbild ihrer Stammesmutter verwandelt worden, die denselben Namen »Polyxena« getragen hatte und jetzt als Porträt im Schloß des Barons Elsenwanger hing.

Seitdem waren sie zusammengekommen, wann immer sich

die Gelegenheit bot, ohne sich zu verabreden und ohne sich je zu verfehlen. Es war, als fänden sie zueinander, nur von dem magischen Zug ihrer Leidenschaft gelenkt — instinktiv wie stumme brünftige Tiere, die keine Verständigung brauchen, weil sie die Stimme ihres Blutes verstehen.
Keinem von beiden erschien es jemals erstaunlich, wenn der Zufall ihre Wege sich kreuzen ließ genau in der Stunde, wo sie am heftigsten nacheinander begehrten, und ihm bedeutete es nur eine stete, fast gesetzmäßig gewordene Erneuerung des Wunders, wenn er statt ihres Bildes an seiner Brust sie plötzlich selbst erblickte, so wie es eben erst vor einer Stunde der Fall gewesen war. — — — —

Als er ihre Schritte — diesmal wirklich — dem Turme näher kommen hörte, war seine Qual auch schon verflogen — verblaßt wie die Erinnerung eines längst überstandenen Leides. —
Nie wußte er, wenn sie sich in den Armen hielten: War sie durch die Mauern gekommen wie eine Erscheinung oder durch die Tür getreten?
Sie war bei ihm, das war alles, was er in solchen Fällen begriff; was vorher lag, verschlang der Abgrund der Vergangenheit mit rasender Eile, kaum daß es sich vollzogen hatte. —
So war es auch jetzt wieder.
Er sah ihren Strohhut mit dem blaßblauen Band aus dem Dunkel des Raumes schimmern, achtlos auf den Boden geworfen — gleich darauf war alles verschwunden: Ihre weißen Kleider bedeckten in Nebelballen den Tisch, dann wieder lagen sie auf den Stühlen verstreut; er fühlte ihr heißes Fleisch, den Biß ihrer Zähne an seinem Hals, er hörte ihr wollüstiges Stöhnen — — alles, was geschah,

war schneller, als er es erfassen konnte — reihte sich zusammen aus Bildern, die sich blitzschnell verdrängten: eines immer betäubender als das andere. Ein Sinnenrausch, an dem jeder Zeitbegriff zerschellte. — — — Hatte sie von ihm verlangt, er solle ihr auf der Geige vorspielen? Er wußte es nicht — konnte sich nicht entsinnen, daß sie es gesagt hätte.

Er wußte nur, daß er aufrecht vor ihr stand, seine Lenden von ihren Armen umschlungen — er fühlte, daß der Tod ihm das Blut aus den Adern sog — daß sich ihm das Haar sträubte, die Haut kalt gerann und seine Knie zitterten. Er konnte nicht mehr denken — glaubte zuweilen, er falle nach rückwärts; dann wieder erwachte er im selben Moment, wie gehalten von ihr, und hörte ein Lied aus den Saiten klingen, das wohl sein Bogen strich und seine Hand, das aber auch von ihr kam — aus ihrer Seele und nicht aus der seinen —, ein Lied, gemischt mit Wollust, Grauen und Entsetzen.

Halb in Ohnmacht, wehrlos, lauschte er, was die Töne erzählten — in Bildern sah er vorüberziehen, was sich Polyxena ausmalte, um die Raserei ihrer Brunst noch zu steigern — —, er fühlte, wie sich ihre Gedanken auf sein Hirn übertrugen, sah sie als Geschehnisse lebendig werden und dann wieder in verschnörkelten Buchstaben auf einer steinernen Tafel stehen: Es war die alte Chronik von der Entstehung des Gemäldes »Das Bild des Gespießten«, wie sie aufgeschrieben ist in der »kleinen Kapelle« auf dem Hradschin zum Gedächtnis an das schreckliche Ende eines, der sich vermessen, nach der Krone Böhmens zu greifen:

»Nun war dem einen Ritter von denen, die man auf Pfähle gesteckt, namens Borivoj Chlavec, der Pfahl neben der Achsel hinausgegangen und der Kopf unverletzt blieben; dieser betete mit großer Andacht bis an den Abend, und des Nachts brach ihm der Pfahl entzwei, zunächst am Hintern, so ging er mit dem anderen Teil, so in ihm steckte, bis auf den Hradschin und legte sich auf einen Misthaufen. Des Morgens stand er auf und ging in das Haus neben der Kirchen St. Benedicti, ließ ihm einen Priester aus der Priesterschaft der Prager Schloßkirchen holen und beichtete unserem Herrn Gott in seiner Gegenwart seine Sünde mit großer Andacht, und meldete darneben, daß er ohne Beicht und Empfangnuß des hochwürdigen Sakraments, wie es von der christlichen Kirchen unter einerlei Gestalt geordnet, keineswegs sterben könnte, darum er aus dem Glauben diesen Gebrauch gehalten, daß er alle Tage Gott dem Allmächtigen zu Ehren ein Ave Maria, und der heiligen Jungfrau zu Ehren hätt ein kurzes Gebetlein täglich versprochen und sey also bis auf die Zeit des Vertrauens gewesen, daß er durch dieses Gebetlein und der heiligen Jungfrau Vorbitt, ohne Empfahung des hochwürdigen Abendmahles nicht sterben werde.

Der Priester sprach: Lieber Sohn, sage mir dasselbe Gebet, er fing an und sprach: Allmächtiger Herr Gott, ich bitte, du wollest mich der St. Barbara, deiner Märtyrin, Vorbitt genießen lassen, auf daß ich dem schnellen Tode entgehe, und vor meinem Ende mit dem hochwürdigen Sakrament versehen, auch vor allen meinen Feinden, sichtbaren und auch unsichtbaren, beschützt, vor den bösen Geistern bewahret, und endlich zu dem ewigen Leben gebracht werden möchte, durch Christus unseren Heiland und Seligmacher, Amen.

Nach diesem ward ihme vom Priester das hochwürdige

Sakrament gereicht, und ist desselben Tages gestorben und bei der Kirchen St. Benedicti mit viel Volks Beweinen begraben worden.« — — — — — — — — —

Polyxena war gegangen, der Turm lag leblos grau unter den funkelnden Sternen der tiefen Nacht; aber in seiner steinernen Brust klopfte ein winziges Menschenherz, bis zum Zerspringen gefüllt von dem Gelöbnis, nicht zu ruhen noch zu rasten und lieber die Qualen des grausam Gepfählten tausendfach zu erdulden, als zu sterben, bevor er der Geliebten das Höchste gebracht, was menschlicher Wille zu erringen vermöchte.

VIERTES KAPITEL

Im Spiegel

Eine ganze Woche hindurch war der Herr kaiserliche Leibarzt Flugbeil nicht aus dem Ärger über sich selbst herausgekommen.
Der Besuch bei der »böhmischen Liesel« hatte ihn nachhaltig mißgestimmt, und das schlimmste dabei war, daß er die Erinnerung an seine ehemalige Liebe zu ihr nicht loswerden konnte.
Er gab der linden, süchtigen Luft des Mai die Schuld, der in diesem Jahr noch lockender blühte als sonst, und spähte jeden Morgen vergebens in den klaren Himmel, ob sich denn keine Wolke zeigen wolle, die den Johannistrieb seines alten Blutes zu kühlen versprach.
Vielleicht war das Gulasch beim »Schnell« zu pfefferig? — sagte er sich, wenn er abends im Bette lag und, ganz gegen seine Gewohnheit, nicht einschlafen konnte, so daß er oft die Kerze anzündete, nur um die Gardine am Fenster deutlicher zu sehen, die ihm sonst im Mondlicht noch weiter allerlei spukhafte Grimassen geschnitten hätte.
Um seine Gedanken abzulenken, war er schließlich auf die

absonderliche Idee verfallen, sich eine Zeitung zu abonnieren, aber das machte die Sache noch schlimmer, denn kaum hatte er sich für irgendeinen Artikel zu interessieren begonnen, fiel sein Auge auf einen spaltenlangen leeren Fleck, der selbst dann nicht wich, wenn er außer seiner Brille noch den Zwicker aufsetzte.

Anfangs hielt er diese betrübliche Erscheinung zu seinem Schrecken für Sehstörungen, die am Ende gar in einer beginnenden Gehirnerkrankung ihre Ursache haben könnten, bis ihm seine Haushälterin feierlich versicherte, auch sie sähe genau dieselben Stellen unbedruckt, woraus er allmählich schloß, daß lediglich ein Eingriff seitens der Zensur, damit der Leser vor falschen Erkenntnissen geschützt werde, vorliegen müsse.

Trotzdem behielten solche weiße Flecke mitten in der karbolduftenden Druckerschwärze stets etwas Beunruhigendes für ihn. — Eben weil er sich innerlich genau bewußt war, daß er die Zeitung nur vornahm, um nicht an die »böhmische Liesel« von einstmals denken zu müssen, fürchtete er vor dem Umblättern jedesmal, es könnte die nächste Seite wieder leer sein und, statt der schwungvollen Rede eines Leitartikels, sich — sozusagen als Niederschlag der eigenen seelischen Besorgnisse — die greulichen Züge der »böhmischen Liesel« auf dem Papier bilden.

An sein Teleskop traute er sich schon gar nicht mehr heran; bei der bloßen Erinnerung, wie ihm die Alte durch die Linse entgegengegrinst hatte, sträubte sich ihm jetzt noch das Haar, und wenn er trotzdem hindurch guckte, um sich selbst seinen Mut zu beweisen, geschah es nur nach vorherigem mannhaftem Zusammenbeißen seiner tadellosen weißen falschen Zähne.

Tagsüber bildete nach wie vor das Erlebnis mit dem

Schauspieler Zrcadlo einen Hauptbestandteil seiner Erwägungen. Einfälle, den Mann nochmals in der »Neuen Welt« aufsuchen zu gehen, wies er aber begreiflicherweise weit von sich.

Einmal — beim »Schnell« — hatte er dem Edlen von Schirnding gegenüber, als dieser gerade in ein Schweinsohr mit Kren biß, das Gespräch auf den Mondsüchtigen gebracht und erfahren, daß Konstantin Elsenwanger seit jener Nacht wie ausgewechselt sei und keinen Besuch mehr empfange; er lebe beständig in Angst, das unsichtbare Dokument, das der somnambule Schauspieler in die Schublade gelegt habe, könne am Ende doch wirklich sein und eine nachträgliche Enterbung durch seinen verstorbenen Bruder Bogumil enthalten.

»Und warum auch nicht?« hatte der Edle von Schirnding gemeint und mißgelaunt von seinem Schweinsohr abgelassen — »wenn schon Wunder geschehen und es verlieren Menschen unter dem Einfluß des Mondes ihr Gesicht, warum sollten die Toten nicht die Lebendigen enterben können? — Der Baron hat ganz recht, wenn er die Schublade zuläßt und nicht erst nachschaut; besser, dumm sein, als unglücklich.«

Der Herr Leibarzt hatte dieser Ansicht zwar zugestimmt, aber nur aus Höflichkeit. — Er konnte für seinen Teil die Gehirnschublade, in der der Fall Zrcadlo aufgehoben lag, keineswegs in Ruhe lassen, kramte vielmehr bei jeder Gelegenheit darin herum.

»Ich muß einmal nachts in den ›Grünen Frosch‹ schauen, vielleicht treffe ich den Kerl dort« — nahm er sich vor, als ihm die Sache wieder durch den Kopf ging; »die Liesel — verdammte Hexe, daß man auch fortwährend an das Weibsbild denken muß! — hat doch gesagt, er wandere in den Wirtshäusern umher.«

Noch am selben Abend, kurz vor dem Schlafengehen, beschloß er, seinen Plan zur Ausführung zu bringen, knöpfte die bereits gelockerten Hosenträger wieder fest, stellte auch im übrigen seine Toilette wieder her und begab sich, das Gesicht in abweisende Falten gelegt (damit entfernte Bekannte, denen er ebenfalls so spät noch begegnen könnte, nichts Ungebührliches von ihm dächten), hinab auf den Maltheserplatz, wo, umgeben von altehrwürdigen Palästen und Klöstern, der »Grüne Frosch« sein dem Bacchus geweihtes nächtliches Dasein führte.

Seit Kriegsausbruch hatten weder er noch seine Freunde das Lokal besucht, trotzdem stand das mittelste der Zimmer leer und für die Herren reserviert, als habe der Wirt — ein alter Herr mit goldener Brille und dem wohlwollend ernsten Gesicht eines Notars, der an nichts anderes denkt, als Mündelgelder rastlos zu verwalten — es nicht gewagt, anderweitig darüber zu verfügen.

»Ex'lenz befehlen?« fragte der »Notar« mit menschenfreundlichem Aufleuchten in den grauen Augen, als sich der Herr kaiserliche Leibarzt gesetzt hatte, »oh? heute eine Flasche Melniker, rot? Ausstich 1914?«

Mit affenartiger Behendigkeit stellte der Pikkolo die Flasche Melniker 1914, die er auf den schon vorher geflüsterten Befehl des »Notars« geholt und hinterm Rücken verborgen gehalten hatte, auf den Tisch, worauf beide nach einer tiefen Verbeugung in den Labyrinthen des »Grünen Frosches« verschwanden.

Der Raum, in dem der Herr kaiserliche Leibarzt am Kopfende eines weiß gedeckten Tisches Platz genommen hatte, bestand aus einer langgestreckten Stube mit je links und rechts einem portierenbedeckten Durchlaß in die benachbarten Zimmer und einem großen Spiegel an der Eingangstür, in dem man beobachten konnte, was nebenan vorging.

Die große Anzahl von Ölgemälden an den Wänden, hohe Häupter aller Jahrgänge und Altersklassen darstellend, bekundete die über jeden Zweifel erhabene loyale Gesinnung des Wirtes, des Herrn Wenzel Bzdinka — mit dem Tone auf »Bzd« — und strafte gleichzeitig die unverschämten Behauptungen gewisser Lästermäuler, er sei in seiner Jugend Seeräuber gewesen, Lügen.
Der »Grüne Frosch« hatte eine gewisse historische Vergangenheit, denn in ihm, hieß es, sei im Jahre 1848 die Revolution ausgebrochen — ob infolge des saueren Weines, den der damalige Wirt ausschenkte, oder aus anderen Gründen, bildete Abend für Abend den Gesprächsstoff an den verschiedenen Stammtischen.
Um so höher war das Verdienst des Herrn Wenzel Bzdinka anzuschlagen, der nicht nur durch seine vorzüglichen Getränke, sondern auch durch sein würdevolles Äußeres und den hohen sittlichen Ernst, von dem er selbst in den vorgerücktesten Nachtstunden niemals abließ, es verstanden hatte, den üblen Ruf des Lokals derartig gründlich zu beseitigen, daß sogar verheiratete Frauen — mit ihren Gatten natürlich — darin bisweilen zu speisen pflegten. — Wenigstens in den vorderen Räumen. — —
Der Herr kaiserliche Leibarzt saß gedankenverloren bei seiner Flasche Melniker, in deren Bauche ein rubinroter Funken glomm, hervorgerufen durch den Schein der elektrischen Stehlampe auf dem Tisch.
Sooft er aufblickte, sah er in dem Spiegel an der Türe einen zweiten kaiserlichen Leibarzt sitzen, und jedesmal, wenn er es tat, kam ihm der Einfall, wie höchst wunderbar es eigentlich sei, daß sein Spiegelbild mit der linken Hand trank, wenn er selber dazu die rechte gebrauchte, und daß jener Doppelgänger, würfe er ihm seinen Siegelring zu, diesen nur am rechten Goldfinger tragen könnte.

»Es geht da eine seltsame Umkehrung vor«, sagte sich der Herr Leibarzt, »die wahrhaft schreckenerregend auf uns wirken müßte, wenn wir eben nicht von Jugend an gewöhnt wären, etwas Selbstverständliches in ihr zu sehen. — Hm. Wo im Raume mag nur diese Umkehrung stattfinden? — Ja, ja, natürlich: in einem einzigen mathematischen Punkt, genaugenommen. — Merkwürdig genug, daß in einem so winzigen Punkt so ungeheuer viel mehr geschehen kann als im ausgedehnten Raume selbst!«
Ein unbestimmtes Bangigkeitsgefühl, er könne, wenn er der Sache weiter nachginge und das in ihr enthaltene Gesetz auch auf andere Fragen ausdehne, zu der peinlichen Schlußfolgerung kommen, der Mensch sei überhaupt unfähig, irgend etwas aus bewußtem Willen heraus zu unternehmen — sei vielmehr nur die hilflose Maschine eines rätselhaften Punktes in seinem Innern —, ließ ihn von weiterem Grübeln abstehen.
Um jedoch nicht neuerdings in Versuchung zu kommen, drehte er kurz entschlossen die Lampe ab und machte dadurch sein Spiegelbild ein für allemal unsichtbar.
Sofort erschienen statt dessen auf der reflektierenden Fläche Teile der benachbarten Zimmer — bald das linke, bald das rechte, je nachdem der Herr kaiserliche Leibarzt sich zur Seite bog.
Beide waren leer. —
In dem einen stand eine reichgeschmückte Tafel mit vielen Stühlen herum, in dem andern, einem im Barockstil gehaltenen Stübchen, nichts als ein Diwan mit schwellenden Polstern und ein geschweiftes Tischchen davor.
Eine unsägliche Wehmut befiel den Herrn kaiserlichen Leibarzt, als er es erblickte:
In allen Einzelheiten stand eine süße Schäferstunde, die er einst darin vor vielen, vielen Jahren genossen und im

Laufe der Zeit vollständig vergessen hatte, wieder vor ihm.

Er erinnerte sich, daß er das Erlebnis in sein Tagebuch eingetragen hatte — aber wie war es nur möglich, daß das in knappen, dürren Worten geschehen konnte? — »War ich damals wirklich ein so nüchterner Mensch?« fragte er sich traurig, »oder kommen wir unserer eigenen Seele erst näher, je weiter wir dem Grabe entgegengehen?«

Dort auf diesem Diwan war die junge Liesel mit den großen, sehnsüchtigen Rehaugen zum erstenmal seine Geliebte geworden. —

Unwillkürlich blickte er nach dem halbverdunkelten Spiegel, ob nicht ihr Bild noch darin stünde — —, aber nein, jetzt trug er den Spiegel, der jedes Bild bewahrt, doch in sich selbst; der an der Tür war ja nur ein treuloses, vergeßliches Glas.

Einen Strauß Teerosen hatte sie im Gürtel stecken gehabt — damals — — plötzlich roch er den Duft der Blumen, als seien sie dicht in seiner Nähe.

Es ist etwas Geisterhaftes um Erinnerungen, wenn sie wieder lebendig werden! Sie kommen heraus, wie aus einem winzigen Punkte, dehnen sich aus, stehen mit einemmal im Raum — schöner und gegenwärtiger noch, als sie gewesen sind.

Wo war das Spitzentaschentuch hin, in das sie, um nicht aufzuschreien unter der Glut seiner Umarmung, gebissen hatte! »L. K.« — ihr Monogramm stand darin — Liesel Kossut —; es gehörte zu dem Dutzend, das er ihr einst verehrt; plötzlich wußte er auch, wo er es gekauft und eigens für sie hatte sticken lassen — sah den Laden vor sich.

»Warum habe ich sie nicht gebeten, es mir zu schenken? — Zur Erinnerung. Jetzt ist nur mehr die Erinnerung daran übrig — oder« — er schauderte — »sie hat es als zerrissenen Fetzen unter ihren Lumpen liegen. Und ich — ich sitze hier im Dunkeln — allein mit der Vergangenheit.« Er blickte weg, um den Diwan nicht mehr zu sehen; »was ist die Erde doch für ein grausamer Spiegel — sie läßt die Bilder, die sie hervorbringt, langsam scheußlich und welk werden, eh sie verschwinden.« —

Das Zimmer mit dem reichgedeckten Tisch erschien.

Der »Notar« ging geräuschlos von einem Sessel zum andern, um von verschiedenen Punkten aus wie ein Maler zu visieren, ob der Gesamteindruck auch ein befriedigender sei, und gab dem Pikkolo stumme Winke, wo noch Champagnerkühler aufzustellen waren.

Dann wurden draußen Stimmen und Gelächter laut, und ein Zug Herren trat ein, die meisten im Smoking, Nelken im Knopfloch. Fast lauter jüngere Leute — aus irgendwelchen Gründen kriegsunabkömmlich oder beurlaubt —, nur einer, offenbar der Gastgeber, von behäbig jovialem Aussehen, Sechziger mit gelindem Spitzbauch, Kanzleigehrock, goldener Berlocke-Uhrkette und ungebügelten Hosen, die übrigen: sogenannte Windhunde.

Der Pikkolo nahm die Hüte, Stöcke und Überzieher in Empfang, bis er, bepackt wie ein Maulesel, fast unter der Last verschwand.

Einer der Herren stülpte ihm zum Schluß seinen Zylinder über den Kopf.

Dann saß alles schweigend eine Weile vor den Speisekarten und studierte.

Der »Notar« rieb mit verbindlicher Miene die Hände ineinander, als poliere er seine ganze Zuvorkommenheit in eine unsichtbare Kugel hinein.

»Äh, Mockturtlesuppe«, schnarrte einer der Herren und ließ sein Monokel fallen, »›Mock‹ heißt Schild und

›turtle‹ = Kröte. — Warum sagen Sie nicht gleich Schildkrötensuppe? — Gott strrrafe England. — Man reiche mir die treffliche Mockturtlesuppe.«

»Das Walterscott — äh, mir auch«, stimmte ein anderer bei, und die übrigen wieherten.

»Herrschaften, Herrschaften, böh«, lispelte der joviale ältere Herr, stand auf, schloß die Augen und wollte mit gespitzten Lippen eine Rede beginnen, wobei er sich als Einleitung die angeknöpften Manschetten aus den Ärmeln zupfte; »Herrschaften, böh, böh« — aber er kam von dem »böh« nicht los und setzte sich schließlich wieder unverrichtetersache, aber mit allen Anzeichen der Genugtuung, daß ihm wenigstens die Anrede geglückt war.

Wohl eine halbe Stunde lang bekam der kaiserliche Leibarzt keinerlei Geistesblitze mehr zu hören: Die Herren waren zu sehr mit der Vertilgung aller möglichen Gerichte beschäftigt; er sah den Pikkolo unter Anleitung des »Notars« einen kleinen, vernickelten Tisch mit Rädern hereinschieben, auf dessen Rost eine Hammelkeule über Spiritusflammen schmorte, bemerkte, wie das Gigerl mit dem Monokel den Braten kunstgerecht zerlegte und seinen Freunden knurrend versicherte, sie seien erbärmliche Banausen, die nur deshalb aufrecht säßen und nicht auf allen vieren wie die Hunde, weil ihnen der Mut dazu wegen der hellen Beleuchtung fehle.

Der junge Herr schien überhaupt tonangebend in allem zu sein, was die Kunst des Genießens anbelangte; er bestellte die verrücktesten Speisen, die sich ausdenken ließen: gebackene Ananasspalten in Schweinefett, Erdbeeren mit Salz, Gurken in Honig — wild durcheinander, wie es ihm gerade einfiel, und die schnarrende, hingeworfene, keinen Widerspruch duldende Art, mit der er seine Wahl traf und in tiefstem Ernst diktatorisch begründete: »Schlag elf Uhrr hat ein Ehrrenmann harrte Eierr zu essen« oder »Das leckere Schweineschmalz errhält das Gekrröse des Menschen lebendig« — wirkte so grotesk komisch, daß der kaiserliche Leibarzt manchmal ein Schmunzeln nicht unterdrücken konnte.

Die traditionell österreichische, unnachahmliche Selbstverständlichkeit, Nebensächliches mit tödlicher Würde, dagegen sogenannten Lebensernst kavaliermäßig als Schulmeisterei aufzufassen, wie er es im kleinen vor sich sah, zauberte ihm wieder Episoden aus der eigenen Jugend vor die Seele.

Wenn er selbst auch nie an dergleichen Gelagen teilgenommen hatte, so fühlte er doch, daß sich hier, trotz aller Gegensätze, etwas im innersten Wesen mit ihm Gemeinsames kundgab: zu prassen gleich einem Ostelbier und dennoch bis in die Fingerspitzen hinein österreichischer Aristokrat zu bleiben — Wissen und Kenntnisse wohl zu besitzen, aber sie lieber zu verbergen hinter scheinbaren Skurrilitäten, als sie am unrechten Ort plump zur Schau zu stellen wie ein durch die Erziehungslüge der Schule in seiner menschlichen Eigenart geschmacklos gewordener Dauergymnasiast. — — — —

Nach und nach nahm das Festmahl den Charakter einer seltsamen, aber überaus komischen, allgemeinen Betrunkenheit an. —

Keiner kümmerte sich mehr um den anderen — jeder lebte, sozusagen, ein Leben für sich.

Der fürstliche Zentralgüterdirektor Dr. Hyacinth Braunschild (als solcher hatte sich der joviale ältere Herr, schwer bezecht, alsbald dem Pikkolo vorgestellt) war auf einen Stuhl gestiegen und hielt dort unter zahlreichen Bücklingen eine, zumeist aus »Böhs« bestehende Huldigungsanrede an »Seine Durchlaucht, seinen allergnädigsten

Gönner und Brotherren«, wobei ihm nach jedem längeren Satz das Gigerl mit dem Monokel allemal einen Zigarrenring als Orden verlieh.

Daß der Herr fürstliche Zentralgüterdirektor bei solchen Anlässen nicht infolge Gleichgewichtsverlustes vom Sessel herabstürzte, hatte er lediglich der Umsicht des »Notars« zu verdanken, der — wie weiland Siegfried mit der Tarnkappe bei König Gunther — hinter ihm stand und achtgab, daß die Anziehungskraft der Erde ihre Amtsgewalt nicht ungebührlich mißbrauchte.

Ein anderer der Herren saß auf dem Boden, die Beine gekreuzt wie ein Fakir, den Blick starr auf die Nase gerichtet und einen Champagnerpfropfen auf dem Scheitel balancierend, und bildete sich offenbar ein, er sei ein indischer Büßer, während ein zweiter — vordem sein Tischnachbar — den Inhalt einer Schaumrolle ums Kinn gestrichen hatte und bemüht war, sich vor einem Taschenspiegel vermittelst eines Obstmessers zu rasieren.

Ein dritter hatte eine lange Reihe Schnapsgläser, gefüllt mit verschiedenfarbigen Likören, aufgestellt und gab sich, wie er laut behauptete, kabbalistischen Berechnungen hin, in welcher Aufeinanderfolge er sie zu trinken habe.

Wieder ein anderer stand, ohne es im geringsten zu bemerken, mit dem linken seiner belackschuhten Füße in einem eisgefüllten Sektkühler, jonglierte alle Porzellanteller, deren er in der Geschwindigkeit habhaft werden konnte, und stimmte, als der letzte zerschellt auf dem Boden lag, mit krächzender Stimme das alte Studentenlied an:

> »Der Zie—higel—stein
> ist selten allein;
> er folget geselligen Trie—ieben,
> und ist er allein,

> so ist er wahrschein—
> lich irgendwo liegen geblie—ben.«

Und dann mußten alle, auch der Pikkolo — oder sollten es wenigstens — den Refrain singen:

> »Stumpfsinn,
> Stumpfsinn,
> du mein Vergnügen!
> Stumpfsinn,
> Stumpfsinn,
> du mei—ne Lust! — — —«

Wie es hatte geschehen könnte, daß plötzlich mitten in diesem besoffenen Durcheinander der Schauspieler Zrcadlo stand wie aus dem Boden gewachsen, war dem Herrn kaiserlichen Leibarzt ein Rätsel.

Auch der »Notar« hatte anfangs seine Anwesenheit nicht bemerkt, und daher kamen seine unwirschen Zeichen, er möge sich auf der Stelle entfernen, zu spät, oder sie blieben unbeachtet, und den Mann gewaltsam zu entfernen, schien gewagt, denn sonst wäre der Zentralgüterdirektor inzwischen sicherlich vom Stengel gefallen und hätte sich infolgedessen noch vor Bezahlen der Rechnung den Hals brechen können.

Von den Gästen war der »Fakir« der erste, der des seltsamen Eindringlings ansichtig wurde.

Entsetzt sprang er auf und starrte ihn an, felsenfest überzeugt, eine Astralgestalt aus dem Jenseits habe sich infolge seiner Andachtsübungen materialisiert und beabsichtige, ihm den Kragen umzudrehen.

Das Aussehen des Schauspielers hatte in der Tat etwas geradezu Abschreckendes; er war diesmal nicht geschminkt, so daß die gelbe Pergamentfarbe seiner Haut noch wächserner hervortrat und sich die eingesunkenen Augen wie welkgewordene schwarze Kirschen daraus abhoben.

Die meisten der Herren waren zu schwer bezecht, um sogleich das Sonderbare des Vorfalls zu erfassen, und insbesondere dem Herrn Zentralgüterdirektor war die Fähigkeit, sich zu wundern, derart abhandengekommen, daß er nur holdselig lächelte und, im Glauben, ein neuer Freund gedenke durch seine Anwesenheit die Tafelrunde zu verschönen, vom Stuhl herabkletterte, um den gespenstischen Eindringling mit einem Bruderkuß zu begrüßen.

Zrcadlo ließ ihn, ohne die Miene zu verziehen, ruhig herankommen.

Er schien, wie damals im Palais des Barons Elsenwanger, sich in tiefem Schlaf zu befinden.

Erst, als der Herr Zentralgüterdirektor bis dicht vor ihn hingeschwankt war und, sein gewohntes Böh, Böh lispelnd, die Arme ausbreitete, um ihn an die Brust zu ziehen, hob er mit einem Ruck den Kopf und blickte ihn feindselig an.

Was sich gleich darauf abspielte, geschah so blitzartig schnell und kam so überraschend, daß der kaiserliche Leibarzt Flugbeil im ersten Moment annahm, das Bild im Spiegel habe ihn getäuscht:

Der Herr Zentralgüterdirektor hatte bis dahin die Augen in seiner Trunkenheit geschlossen gehabt, kaum schlug er sie — nur noch einen Schritt von dem Schauspieler entfernt — auf, da hatte sich dessen Gesicht auch schon in eine Totenmaske verwandelt, so grauenhaft im Ausdruck, daß unwillkürlich auch der Herr kaiserliche Leibarzt in seinem verdunkelten Zimmer aufsprang und in den Spiegel starrte.

Den Zentralgüterdirektor traf der Anblick des leichenhaft verzerrten Antlitzes wie ein Schlag zwischen die Augen.

Im Nu war sein Rausch verflogen, aber es schien mehr als bloßer Schrecken zu sein, was sich in seinen Zügen malte, seine Nasenflügel wurden mit einemmal scharf und dünn, wie bei jemand, der unversehens betäubenden Äther eingeatmet hat, der Unterkiefer fiel ihm gelähmt herab, die emporgekrampfte Lippe wurde farblos und ließ die Zähne sehen, und seine Wangen, aschgrau und wie nach innen gesogen, bekamen blaurote, runde Flecken; sogar die Hand, die er zur Abwehr vorgestreckt hatte, zeigte deutlich das Stocken des Blutes und war schneeweiß.
Ein paarmal schlug er mit den Armen wild um sich, dann brach er, ein ersticktes Gurgeln in der Kehle, zusammen. — — — —
Der Herr kaiserliche Leibarzt begriff auf der Stelle, daß es hier keine Hilfe mehr gab, dennoch wäre er dem Verunglückten gern beigesprungen, wenn es nicht der allgemeine Tumult verhindert hätte.
Nach wenigen Sekunden war der Tote von seinen laut durcheinanderschreienden Freunden und dem Wirt hinausgetragen; Tisch und Sessel lagen umgestürzt umher, aus zerbrochenen Flaschen ergoß sich roter und schäumender Saft in Lachen auf den Boden. — — — —
Einen Augenblick lang unschlüssig, was er tun solle, und ganz betäubt von dem Begebnis, das sich in grausiger Greifbarkeit und dennoch schemenhaft und unwirklich, da er es nur im Spiegel mit angesehen, vor ihm abgespielt hatte, war sein erster klarer Gedanke:
»Wo ist der Zrcadlo?« — —
Er drehte das elektrische Licht auf und prallte zurück:
Der Schauspieler stand dicht vor ihm. — Wie ein Stück übriggebliebene Dunkelheit in seinem schwarzen Talar, regungslos, scheinbar wieder in tiefstem Schlaf, so wie vorhin, als der Betrunkene auf ihn zugetaumelt war.

Der kaiserliche Leibarzt faßte ihn scharf ins Auge, jeden Moment mit kaltem Blut gewärtig, ihn eine neue schreckhafte Absonderlichkeit begehen zu sehen — aber nichts geschah: Der Mann rührte sich nicht — gleich einer aufrechtstehenden Leiche.

»Was suchen Sie hier?« fragte er kurz und befehlend und blickte mit gespannter Aufmerksamkeit nach den Adern am Hals des Schauspielers; aber nicht die leiseste Spur eines Pulsschlages ließ sich in ihnen wahrnehmen: »Wer sind Sie?«

Keine Antwort.

»Wie heißen Sie?«

Keine Antwort.

Der kaiserliche Leibarzt dachte nach; dann zündete er ein Streichholz an und leuchtete dem Somnambulen in die Augen.

Die Pupillen, kaum zu unterscheiden von der tiefdunklen Iris, blieben weit offenstehen und reagierten nicht im geringsten auf den grellen Lichtschein.

Er faßte den schlaff herabhängenden Arm am Handgelenk: — ein Klopfen — wenn es sich überhaupt fühlen ließ und nicht Einbildung war — so zart und langsam, als sei es ein fernes Echo des zögernden Pendelschlages der Uhr an der Wand und nicht eigenes Leben. Eins — z—zwei — d—drei — v—vie—r —. Höchstens 15 Schläge in der Minute.

Angestrengt zählte der kaiserliche Leibarzt weiter, fragte wieder laut und scharf:

»Wer sind Sie? — Antworten Sie!«

Da, mit einemmal, fing der Puls des Schauspielers an zu rasen, sprang von fünfzehn auf hundertundzwanzig. — Dann ein zischender Laut, so heftig wurde der Atem durch die Nasenlöcher angesogen.

Als sei eine unsichtbare Wesenheit aus der Atmosphäre in ihn eingeströmt, glänzten plötzlich die Augen des Schauspielers und lächelten den kaiserlichen Leibarzt unschuldig an. Seine Haltung bekam etwas Weiches, Nachgiebiges, und durch den starren Ausdruck der Miene schmolz ein fast kindliches Gebärdenspiel hindurch.

Der kaiserliche Leibarzt glaubte zuerst, der wahre Mensch sei in dem Somnambulen erwacht, und fragte freundlich: »Nun, sagen Sie mir doch, wer sind Sie eigent — — —«, aber das Wort erstarb ihm im Mund: — Dieser Zug um die Lippen des andern! — (jetzt, jetzt wurde es deutlicher und deutlicher) — und dieses Gesicht! Dieses Gesicht! — Wieder ergriff es ihn, wie damals bei Elsenwanger, nur viel klarer und bestimmter noch: Dieses Gesicht kannte er — hatte es oft und oft gesehen. — Jeder Zweifel war ausgeschlossen.

Und langsam, ganz langsam, als ob sich Schalen von seinem Gedächtnis lösten, erinnerte er sich, daß er es einst — vielleicht zum erstenmal in seinem Leben — in einem blitzenden Gegenstand, einem silbernen Teller vielleicht, erblickt hatte, bis er schließlich mit voller Sicherheit wußte: So und nicht anders mußte er selbst als Kind ausgesehen haben.

Wohl war die Haut, aus der es hervorschaute, alt und runzlig und das Haar ergraut, aber der Ausdruck der Jugend strahlte hindurch wie Licht — jenes unbegreifliche Etwas, das kein Maler der Welt festhalten kann.

»Wer ich bin?« kam es aus dem Mund des Schauspielers; der kaiserliche Leibarzt glaubte, seine eigene Stimme von einstmals zu hören; sie war die eines Knaben zwar, aber doch zugleich die eines Greises; ein seltsamer Doppelklang tönte aus ihr, als sprächen zwei Kehlen: die eine — aus der Vergangenheit — kam von weit her, die andere — aus der Gegenwart — war wie der Nachhall eines Schallbodens, der die erste laut und hörbar machte.

Auch was sie sprachen, war ein Gemisch aus kindlicher Unschuld und dem drohenden Ernst eines alten Mannes:

»Wer ich bin? Hat es je, seit die Erde steht, einen Menschen gegeben, der auf diese Frage die richtige Antwort wüßte? — Ich bin die unsichtbare Nachtigall, die in dem Käfig sitzt und singt. Aber nicht jedes Käfigs Stäbe schwingen mit, wenn sie singt. Wie oft habe ich in dir ein Lied angestimmt, daß du mich hören möchtest, aber du warst taub dein Leben lang. Nichts im ganzen Weltenraum war dir stets so nah und eigen wie ich, und jetzt frägst du mich, wer ich bin? Manchem Menschen ist die eigene Seele so fremd geworden, daß er tot zusammenbricht, wenn der Zeitpunkt gekommen ist, daß er sie erblickt. Er erkennt sie dann nicht mehr, und sie erscheint ihm zum Medusenhaupt verzerrt; sie trägt das Antlitz der üblen Taten, die er vollbracht hat und von denen er heimlich fürchtet, sie könnten seine Seele befleckt haben. Mein Lied kannst du nur hören, wenn du es mitsingst. Ein Missetäter ist der, der das Lied seiner Seele nicht hört — ein Missetäter am Leben, an andern und an sich selbst. Wer taub ist, der ist auch stumm. Schuldlos ist, wer immerwährend das Licht der Nachtigall hört, und ob er gleich Vater und Mutter erschlüge.«

»Was soll ich hören? Wie soll ich es hören?« fragte der kaiserliche Leibarzt, in seinem Erstaunen völlig vergessend, daß er einen Unzurechnungsfähigen, vielleicht sogar Wahnsinnigen, vor sich hatte. Der Schauspieler beachtete ihn nicht und redete weiter mit seinen beiden Stimmen, die einander so seltsam durchdrangen und ergänzten:

»Mein Lied ist eine ewige Melodie der Freude. Wer die Freude nicht kennt — die reine grundlose freudige Gewiß-

heit, die ursachlose: Ich bin, der ich bin, der ich war und immer sein werde —, der ist ein Sünder am Heiligen Geist. Vor dem Glanz der Freude, die in der Brust strahlt wie eine Sonne am inneren Himmel, weichen die Gespenster der Dunkelheit, die den Menschen als die Schemen begangener und vergessener Verbrechen früherer Leben begleiten und die Fäden seines Schicksals verstricken. Wer dies **Lied der Freude** hört und singt, der vernichtet die Folgen jeglicher Schuld und häuft nie mehr Schuld darauf.
Wer sich nicht freuen kann, in dem ist die Sonne gestorben, wie könnte ein solcher Licht verbreiten?
Sogar die unreine Freude steht näher dem Licht als der finstere trübselige Ernst. — —
Du frägst, wer ich bin?: Die Freude und das Ich sind dasselbe. Wer die Freude nicht kennt, der kennt auch sein Ich nicht.
Das innerste Ich ist der Urquell der Freude, wer es nicht anbetet, der dient der Hölle. Steht denn nicht geschrieben: ›Ich‹ bin der Herr, dein Gott; du sollst nicht andere Götter haben neben mir? —
Wer das Lied der Nachtigall nicht hört und singt, der hat kein Ich; er ist ein toter Spiegel geworden, in dem fremde Dämonen kommen und gehen — ein wandelnder Leichnam wie der Mond am Himmel mit seinem erloschenen Feuer. —
Versuch's nur und freue dich! —
So mancher, der's versucht, frägt: Worüber soll ich mich freuen? Die Freude braucht keinen Grund, sie wächst aus sich selbst wie Gott; Freude, die einen Anlaß braucht, ist nicht Freude, sondern Vergnügen. —
So mancher will Freude empfinden und kann nicht — dann gibt er der Welt und dem Schicksal die Schuld. Er bedenkt nicht: Eine Sonne, die das Leuchten fast vergessen

hat, wie könnte die mit ihrem ersten schwachen Dämmerschein schon die Gespensterschar einer tausendjährigen Nacht verjagen? Was einer sein ganzes Leben hindurch an sich selber verbrochen hat, läßt sich nicht gutmachen in einem einzigen kurzen Augenblick!

Doch in wen einmal die ursachlose Freude eingezogen ist, der hat hinfort das ewige Leben, denn er ist vereint mit dem ›Ich‹, das den Tod nicht kennt — der ist immerdar Freude, und wäre er auch blind und als Krüppel geboren. — Aber die Freude will gelernt sein — sie will ersehnt sein, aber was die Menschen ersehnen, ist nicht die Freude, sondern — — der Anlaß zur Freude.

Nach ihm gieren sie und nicht nach der Freude.«

»Wie sonderbar!« überlegte der kaiserliche Leibarzt, »da spricht aus einem wildfremden Menschen, von dem ich nicht einmal weiß, wer und was er ist, mein eigenes Ich zu mir! — Hat es mich denn verlassen, und ist es jetzt *sein* Ich geworden? — Wenn es so wäre, könnte ich selbst doch nicht mehr denken! — Kann man denn leben, ohne ein Ich zu besitzen? — — Es ist alles dummes Zeug«, fuhr er ärgerlich in seine Gedankenfolge hinein — »der starke Wein ist mir zu Kopf gestiegen.«

»Sonderbar finden Sie das, Exzellenz?« fragte der Schauspieler spöttisch mit plötzlich veränderter Stimme.

»Jetzt hab' ich ihn!« dachte der Leibarzt grimmig bei sich und übersah dabei den merkwürdigen Umstand, daß der andere in seinem Hirn gelesen hatte — »jetzt endlich wirft der Komödiant die Maske ab.« — Aber wiederum hatte er sich geirrt.

Zrcadlo richtete sich hoch auf, blickte ihm fest in die Augen und fuhr sich mit der Hand über die glattrasierte Oberlippe, als wüchse dort ein langer Schnurrbart, zwirbelte ihn und zog ihn an den Mundwinkeln herab.

Es war eine ungekünstelte, einfache Bewegung — so wie eine alte Gewohnheit —, aber sie wirkte so drastisch, daß der Herr kaiserliche Leibarzt ganz verblüfft war und einen Moment wirklich einen Schnurrbart zu sehen glaubte.
»Sonderbar finden Sie das, Exzellenz? Glauben Sie im Ernst, daß die Menschen, die da so für gewöhnlich in den Gassen herumlaufen, ein Ich besitzen? — Sie besitzen gar nichts, sind vielmehr jeden Augenblick von einem anderen Gespenst besessen, das in ihnen die Rolle des Ichs spielt. — Und erleben Exzellenz denn nicht jeden Tag, daß sich Ihr ›Ich‹ auf andere Menschen überträgt? — Haben Exzellenz noch nie beobachtet, daß Leute unfreundlich gegen Sie sind, wenn Sie von ihnen unfreundlich denken?«
»Das mag daher kommen«, widersprach der Leibarzt, »weil am Gesicht abzulesen ist, ob man unfreundlich denkt oder nicht.«
»Soso.« — Das Phantom mit dem Schnurrbart lächelte boshaft. — »Und bei einem Blinden? Wie steht's mit dem? Sieht der es auch am Mienenspiel?«
»Der merkt's eben am Ton der Rede«, wollte der Herr kaiserliche Leibarzt erwidern, aber er unterdrückte den Einwurf, denn im Herzen fühlte er, daß der andere recht hatte.
»Mit dem Verstand, Exzellenz, kann man sich alles zurechtmachen. Gar mit einem, der nicht besonders scharf ist und Ursache und Wirkung verwechselt. — Stecken Sie doch gefälligst den Kopf nicht in den Sand, Exzellenz! Die Politik des Vogels Strauß ziemt sich nicht für einen — Pinguin.«
»Sind Sie aber ein unverschämter Kerl!« brauste der kaiserliche Leibarzt auf, jedoch das Phantom ließ sich nicht beirren:

»Besser, ich bin unverschämt, als Sie sind's, Exzellenz. — Glauben Sie, es war keine Unverschämtheit von Ihnen, mit der Brille der Wissenschaft das verborgene Leben eines ›Mondsüchtigen‹ durchschauen zu wollen? — Wenn's Ihnen nicht paßt, Exzellenz, bitte hauen Sie mir ruhig eine herunter, falls Sie das erleichtern sollte, aber bedenken Sie vorher gefälligst: Mich treffen Sie doch nicht! — Höchstens den armen Zrcadlo. — — Und, sehen Sie, so ähnlich verhält sich die Sache mit dem ›Ich‹. — Wenn Sie die elektrische Lampe dort zertrümmern, glauben Sie, daß dadurch die Elektrizität beschädigt wird? — Sie haben vorhin gefragt — oder, besser gesagt, Sie haben sich *gedacht:* ›Hat mich mein Ich denn verlassen und sich auf den Schauspieler übertragen‹? — Ich antworte Ihnen darauf: Das wahre Ich ist nur an der *Wirkung* zu erkennen. Es hat keine Ausdehnung; und eben, weil es keine hat, ist es — überall. Verstehen Sie wohl: über—all! — Es steht ›über‹ dem ›all‹ — ist überall gegenwärtig. —

Es darf Sie nicht wundern, daß Ihr sogenanntes ›eigenes‹ Ich aus einem anderen deutlicher spricht als aus Ihnen selbst. — Sie sind leider, wie fast alle Menschen, von Kindesbeinen an in dem Irrtum befangen gewesen, unter ›Ich‹ Ihren Körper, Ihre Stimme, Ihr Denkvermögen oder, weiß Gott, was sonst noch, zu verstehen — und deshalb haben Sie keine blasse Ahnung mehr, was eigentlich Ihr ›Ich‹ ist. — — — Das Ich fließt durch den Menschen *hindurch,* deshalb ist ein Umlernen im Denken nötig, um sich selbst im eigenen Ich wiederfinden zu können. — — Sind Sie Freimaurer, Exzellenz? Nein? Schade. — Wenn Sie's wären, wüßten Sie, daß in gewissen Logen der ›Geselle‹, wenn er ›Meister‹ werden soll, *rückwärts* schreitend, in das Heiligtum des Meisters

eintreten muß. — Und wen findet er darin? Niemand! — Wenn er jemand darin fände, wär's doch ein ›Du‹ und nicht das ›Ich‹. Das *Ich* ist der Meister! — — —
›Ist denn der Mensch hier vor mir ein unsichtbarer Oberlehrer‹ — könnten Sie jetzt mit einer gewissen Berechtigung fragen, Exzellenz —, ›daß er mich unterrichtet, ohne von mir dazu aufgefordert zu sein?!‹ Beruhigen Sie sich, Exzellenz; ich bin hier, weil in Ihrem Leben der richtige Zeitpunkt gekommen ist. Für manche kommt er überhaupt nie. — Übrigens bin ich kein Oberlehrer. Das sei ferne. Ich bin ein Mandschu.«
»Was sind Sie?« platzte der kaiserliche Leibarzt heraus.
»Ein Mandschu. Aus dem Hochland Chinas. Aus dem ›Reich der Mitte‹. Wie Sie aus meinem langen Schnurrbart leicht hätten entnehmen können. Das ›Reich der Mitte‹ liegt östlich vom Hradschin. — Selbst wenn Sie sich je entschließen könnten, über die Moldau hinüber nach Prag zu gehen, hätten Sie von dort immer noch ein erkleckliches Stück nach der — ›Mandschurei‹. — —
Ich bin nun keineswegs ein Toter, wie Sie vielleicht aus dem Umstand schließen könnten, daß ich mich des Körpers des Herrn Zrcadlo bediene wie eines Spiegels, um Ihnen zu erscheinen — im Gegenteil: Ich bin sogar ein — Lebendiger. Im innersten Osten gibt es außer mir noch mehrere — Lebendige. Aber lassen Sie sich nicht etwa verleiten, mit Ihrer Droschke und dem Isabellhengst ›Karlitschek‹ ins Reich der Mitte reisen zu wollen, um dort meine ›nähere‹ Bekanntschaft zu machen! Das Reich der Mitte, in dem wir *wohnen,* ist das Reich der ›wirklichen‹ Mitte. Es ist der Mittelpunkt der Welt, der überall ist. — Im unendlichen Raum ist jeder Punkt ein Mittelpunkt. — Sie verstehen, was ich meine?«
»Will er mich frozzeln?« dachte der Herr kaiserliche

Leibarzt mißtrauisch. »Wenn er ein Weiser ist, warum redet er so burschikos?«

Das Gesicht des Schauspielers lächelte unmerklich.

»Feierlich, Exzellenz, ist bekanntlich nur ein Tropf. Wer im Humor nicht fähig ist, den Ernst zu fühlen, der ist auch nicht fähig, den falschen ›Ernst‹, den ein Mucker für das Um und Auf der Männlichkeit hält, humoristisch zu finden, und ein solcher wird ein Opfer der verlogenen Begeisterungen, der fälschlich sogenannten ›Lebensideale.‹ — Die allerhöchste Weisheit wandelt im Narrenkleid! — Warum? Weil alles, was einmal als Kleid — und nur als ›Kleid‹ — erkannt und durchschaut ist — auch der Leib — notgedrungen nur ein Narrenkleid sein kann. — — Für jeden, der das wahre ›Ich‹ sein eigen nennt, ist der eigene Leib, so wie auch der der andern: ein Narrenkleid, nichts weiter. — Glauben Sie, das ›Ich‹ könnte es in der Welt aushalten, wenn die Welt wirklich so wäre, wie sie der Menschheit auszuschauen scheint? — Gut, Sie können einwenden: ringsum, wohin man blickt, ist Blut und Entsetzen. — Aber, woher kommt das? — Ich will es Ihnen sagen: Alles in der äußeren Welt beruht auf dem merkwürdigen Gesetz der ›Plus‹- und ›Minus‹-Zeichen. — Der ›liebe Gott‹, scheint es, hätte die Welt erschaffen. Haben Sie sich je gefragt, ob es nicht das Spiel des ›Ichs‹ war? — Seit die Menschheit denken kann, hat es wohl in jedem Jahr Tausende gegeben, die in dem Gefühl der sogenannten — der falschen! — ›Demut‹ schwelgten. Was ist das anderes als ›Masochismus‹, mit dem Mäntelchen einer selbstbelügerischen Frömmelei bekleidet? — Das nenne ich in meiner Sprache das ›Minus‹-Zeichen. Und solche ›Minuszeichen‹, aufgehäuft im Laufe der Zeit, wirken wie ein saugendes Vakuum ins Reich des Unsichtbaren hinein. Das ruft dann ein blutdürstiges, schmerzschaffendes *sadistisches* Pluszeichen hervor — einen Wirbelsturm von Dämonen, die sich der Gehirne der Menschen bedienen, um Kriege zu entfesseln, Mord und Totschlag zu erzeugen —, so, wie ich mich hier des Mundes eines bewußten Schauspielers bediene, um Ihnen, Exzellenz, einen Vortrag zu halten.

Jeder ist Werkzeug, bloß weiß er's nicht. — Nur das ›Ich‹ allein ist nicht Werkzeug; es steht im Reich der Mitte, fern von Plus- und Minuszeichen. Alles übrige ist Werkzeug — eines das Werkzeug des andern; das Unsichtbare ist das Werkzeug des ›Ich‹.

In jedem Jahr einmal, am 30. April, ist Walpurgisnacht. Da, heißt es im Volksmund, wird die Welt des Spukes frei. — Es gibt auch kosmische Walpurgnisnächte, Exzellenz! Sie liegen in der Zeit zu weit auseinander, als daß die Menschheit sich ihrer erinnern könnte, darum gelten sie jedesmal als neue, noch nie dagewesene Erscheinung.

Jetzt ist der Anbruch einer solch kosmischen Walpurgisnacht.

Da kehrt sich das Oberste zu unterst und das Unterste zu oberst. Da platzen Geschehnisse beinahe ohne Ursache aufeinander — da ist nichts mehr ›psychologisch‹ begründet wie in den gewissen Romanen, die das ›Unterleibsproblem‹ der Li—iebe, sinnig verhüllt, damit es um so schamloser leuchte, als Kernpunkt des Daseins hinstellen und das Heiraten eines Bürgertöchterchens, das keine Mitgift hat, als erlösendes Moment im Dichtwerk erblicken. —

Die Zeit ist wieder da, wo die Hunde des wilden Jägers ihre Ketten zerreißen dürfen, aber auch für *uns* ist etwas entzweigebrochen: das oberste Gesetz des Schweigens! Der Satz: ›Völker Asiens, hütet eure heiligsten

Güter‹ hat keine Gültigkeit mehr für uns. — Wir geben ihn preis zum Wohl derer, die reif zum ›Fliegen‹ sind: Wir dürfen reden.
Das allein ist der Grund, weshalb ich zu Euer Exzellenz spreche. Es ist das Gebot der Stunde, nicht etwa Dero privates Verdienst. — Die *Zeit* ist da, in der das ›Ich‹ zu vielen reden soll.
Mancher wird meine Sprache nicht verstehen; über den mag es wie die Unruhe im Innern kommen, die einen Tauben befällt, wenn er ahnt: ›Jemand redet zu mir, aber ich weiß nicht, was er will, das ich tun solle‹. — Ein solcher wird dem Wahnwitz verfallen, irgend etwas vollbringen zu müssen, was in Wahrheit nicht der Wille des ›Ichs‹ ist, sondern der Befehl der teuflischen ›Pluszeichen‹ am Bluthimmel des kosmischen Walpurgisnacht.
Was ich Euer Exzellenz gesagt habe, geschah für diesmal von einem magischen Bild ausgehend, das sich im Zrcadlo nur spiegelte — die Worte selbst kamen aus dem Reich der Mitte; Sie wissen: aus dem ›Ich‹, das über — allem ist!
Euer Exzellenz hochwohlgeborene Altvordern haben über ein Jahrtausend dem Ehrgeiz, Leibärzte zu sein, gefrönt, wie wäre es, wenn Exzellenz nunmehr in Erwägung zögen, sich ein wenig um dero Seelen wertes Befinden zu kümmern?
Bisher haben Exzellenz — ich kann es zu meinem Leidwesen nicht verhehlen — Dero Flug nicht hoch genug genommen. Der ›Schnell‹ mit seinen Paprikas grenzt nicht so unmittelbar, wie es wünschenswert wäre, an das zu erstrebende Reich der Mitte. — Flügelansätze haben ja Exzellenz, daran ist kein Zweifel (wie es jenen ergeht, die gar keine haben, konnten Sie vorhin an dem Herrn Zentralgüterdirektor bemerken), sonst hätte ich mich gar nicht erst herbemüht — Flügel zwar noch nicht, wie

gesagt, aber Flügelansätze, etwa so wie ein — wie ein — Pinguin.« — — — —

Ein Schlag auf die Klinke unterbrach den Vortrag des beschnurrbarteten Gespenstes; der Spiegel an der langsam sich öffnenden Tür ließ das Zimmer mit allem, was darin war, quer über seine Fläche wandern, daß es aussah, als habe jeder Gegenstand den Halt verloren, und herein trat ein Schutzmann:
»Bitte schän, meine Herren, es is zwälf Uhr! Das Lakal gilt sich heite als gäsperrt!« — — — —
Noch ehe der Herr kaiserliche Leibarzt zu einer der vielen Fragen ausholen konnte, die seine Brust erfüllten, war der Schauspieler bereits schweigend hinausgeschritten.

FÜNFTES KAPITEL

Aweysha

Jedes Jahr am 16. Mai, zum Fest des heiligen Johann von Nepomuk, des Schutzpatrons von Böhmen, pflegte, angeordnet vom Hausherrn selbst, im Erdgeschoß des Palais Elsenwanger ein großes Gesindeabendessen stattzufinden, dem nach uralter Hradschiner Sitte die Herrschaft in eigener Person vorzusitzen hatte.

In dieser Nacht, beginnend punkt 8 Uhr und abschließend mit dem letzten Schlag der zwölften Stunde, galten alle Standesunterschiede zwischen Herr und Diener als aufgehoben: Man aß und trank gemeinsam, redete einander mit »Du« an und gab sich die Hand.

Wo ein Sohn im Hause war, mußte dieser die Herrschaft vertreten; wo nicht, da oblag die Pflicht der ältesten Tochter. — —

Baron Elsenwanger fühlte sich seit dem Erlebnis mit dem Mondsüchtigen so angegriffen, daß er seine Großnichte, die junge Komtesse Polyxena, hatte bitten lassen müssen, seine Stelle einzunehmen.

»Weißt d', Xenerl«, sagte er, als er sie in seinem Bibliothekszimmer (umgeben von zahllosen Büchern, von denen er in seinem Leben auch nicht ein einziges jemals berührt hatte) vor seinem Schreibtisch sitzend empfangen hatte, einen Strickstrumpf in der Hand und die Nadeln dicht ans Licht einer Kerze haltend, wenn ihm eine Masche entfallen war — »weißt d' Xenerl, ich hab' halt g'meint, du bist eh so gut wie meine Tochter, und es sind ja auch lauter bewährte Leut'. — Und wenns d' nachher schlafen willst und nöt erst so spät nach Haus gehen, dann schlafst d' halt im Gastzimmer, gelt Xenerl?«

Polyxena lächelte geistesabwesend und wollte, nur um irgend etwas zu sagen, erwidern, daß sie sich bereits ihr Bett ins Bilderzimmer habe stellen lassen, erinnerte sich aber noch rechtzeitig, welche Aufregung ein solcher Entschluß bei ihrem Onkel hervorrufen müßte, und schwieg. —

Wohl eine halbe Stunde noch saßen sie wortlos in dem dämmrig dunklen Zimmer einander gegenüber — er in seinem Ohrensessel, ein gelbes Wollknäuel zu seinen Füßen und alle paar Minuten qualvoll aus tiefster Brust aufseufzend, als wolle ihm das Herz brechen —, sie, zurückgelehnt in einem Schaukelstuhl unter vergilbten Folianten, eine Zigarette rauchend und mit halbem Sinn auf das leise eintönige Klirren seiner Stricknadeln horchend. —

Dann sah sie, wie seine Hände plötzlich innehielten, den Strumpf fallen ließen, und er selbst fast unmittelbar darauf, mit vornübernickendem Kopf in den totenähnlichen Schlaf des Alters versank.

Ein unerträgliches Gemisch aus körperlicher Müdigkeit und innerem, immerwährendem Verzehrtsein von irgend etwas, für das sie keinen Namen wußte, hielt sie in ihren Sessel gebannt. —

Einmal beugte sie sich schon vor und wollte aufstehen

— — »vielleicht wird es besser, wenn ich das Fenster öffne und die kühle Regenluft hineinlasse?« — der Gedanke, der alte Mann könne darüber aufwachen und wieder irgendein ödes Greisengespräch mit ihr beginnen, lähmte ihren Entschluß.

Sie sah sich in dem fast nur mehr von dem schwachen Schein der Kerze erhellten Zimmer um. —

Ein dunkelroter Teppich mit langweiligem Girlandenmuster bespannte den Boden; jede Arabeskenschlinge kannte sie auswendig, so oft hatte sie als kleines Mädchen darauf gespielt. — Jetzt noch fühlte sie den mürben Staubgeruch im Hals, der davon ausging und sie — wie viele, viele Male! — zu nervösem Weinen gebracht und so manche Stunde ihrer Kindheit vergiftet hatte.

Und dieses ewige, jahrelange: »Xenerl, gib Sie acht, daß Sie sich keine Fleckerle nicht ins Kleiderle macht!«: Das Morgenrot ihrer frühesten Jugend war grau darunter geworden. — Voll Haß zerbiß sie ihre Zigarette und warf sie weit von sich. —

Wie ein beständiges Hin- und Herflüchten von einem Ort der Trostlosigkeit zum andern kam ihr die Zeit ihrer Kindheit vor, wenn sie jetzt daran zurückdachte, qualvoll erinnert durch den Anblick der langen Reihen stockfleckiger Bücher, in denen sie einst in der vergeblichen Hoffnung, ein Bild darin zu finden, so oft geblättert hatte; — wie das verzweifelte Umherflattern eines jungen Singvogels war es gewesen, der verirrt in einem alten Gemäuer, verschmachtend nach einem Tropfen Wasser sucht: — eine Woche nach Hause in das trübselige Schloß ihrer Tante Zahradka, dann über einen qualvollen Sonntag hieher und wieder zurück.

— Sie blickte lang und nachdenklich zu ihrem alten Onkel hinüber, dessen welke, blutleere Augenlider so fest geschlossen waren, daß sie sich gar nicht vorstellen konnte, er würde sie je wieder aufschlagen.

Jetzt wußte sie auch mit einemmal, was sie so an ihm haßte — an ihm und an ihrer Tante —, trotzdem die beiden ihr nie ein böses Wort gesagt hatten —: Es war der Anblick ihrer schlafenden Gesichter gewesen!

Auf ein winziges Erlebnis, scheinbar belanglos wie ein Sandkorn, in ihrer frühesten Kindheit ging es zurück:

Sie hatte in einem Bettchen gelegen, kaum vier Jahre alt, und war plötzlich erwacht — vielleicht im Fieber, vielleicht gewürgt von einem angstvollen Traum —, hatte geschrien, aber niemand kam — hatte sich aufgerichtet, und da saß ihre Tante mitten im Zimmer, schlafend, so tief und bewußtlos schlafend, daß kein Rufen sie erwecken konnte, die ringförmigen Schatten der Brillengläser um die Augen wie ein toter Geier und im Gesicht ein versteinerter Ausdruck unversöhnlichster Grausamkeit.

Und von da an hatte sich in dem Kindergemüt ein unbestimmter Abscheu vor allem festgesetzt, was irgendwie dem Abbild des Todes glich. Anfangs war es lange eine unbestimmte Furcht vor schlafenden Gesichtern geblieben, dann später wuchs es aus in einen dumpfen instinktiven Haß. In einen Haß gegen alles Tote, Blutleere — so tief, wie es nur in einem Herzen Wurzel fassen kann, in dem eine Lebensgier, schlummernd niedergehalten seit Geschlechtern, nur auf einen günstigen Augenblick lauert, um, einer Lohe gleich, hervorzubrechen und das ganze Dasein im Nu in Brand zu setzen.

Greisentum hatte sie umgeben, solange sie sich erinnern konnte — Greisentum des Leibes, des Denkens, des Redens und des Handelns, Greisenhaftigkeit in allem, was geschah — Bilder von Greisen und Greisinnen an den Wänden — die ganze Stadt und die Straßen und die

Häuser greisenhaft, verwittert, gefurcht; sogar das Moos an den uralten Bäumen im Garten ein grauer Greisenbart.
Dann war die Erziehung im Kloster von Sacré-Cœur gekommen. — Anfangs wie ein helles Licht infolge des Ungewohnten, aber nur für kurze Tage, dann immer blasser und trüber werdend, viel zu weihevoll und ruhig — zu sehr wie müdes Abendrot, als daß sich nicht eine zum Raubtier geschaffene Seele heimlich zum Sprung geduckt hätte.
Dort im Kloster fiel das Wort »Liebe« zum erstenmal: Liebe zum Erlöser, den Polyxena stündlich vor Augen hatte, ans Kreuz genagelt, mit blutigen Malen, blutender Brustwunde und blutigen Tropfen unter der Dornenkrone — Liebe zum Gebet, in dem zur Sprache wurde, was gleichzeitig ihr vor Augen stand: Blut, Märtyrertum, Geißelung, Kreuzigung, Blut, Blut. — Dann die Liebe zu einem Gnadenbild, in dessen Herzen sieben Schwerter staken. Blutrote Ampeln. Blut. Blut.
Und das Blut als das Sinnbild des Lebens wurde die Inbrunst ihrer Seele, fraß sich ein ins Innerste.
Von all den jungen adligen Mädchen, die im Kloster von Sacré-Cœur erzogen wurden, war sie bald die inbrünstigste.
Aber auch — die brünstigste, ohne es zu wissen.
Das bißchen Französisch, das bißchen Englisch, das bißchen Musik und Geschichte und Rechnen und all das andere — sie begriff es kaum. Hatte es im nächsten Augenblick vergessen.
Nur die Liebe blieb haften.
Aber die Liebe zum — — Blut.
Lange, ehe sie Ottokar kennengelernt, war sie aus dem Kloster nach Hause zurückgekehrt, und als die fast ver-

gessene Greisenhaftigkeit sie abermals umhüllte wie etwas zu neuer Gegenwart Wiedererwachtes, da schien ihr das, was sie so lange mit heißester Liebe umfangen — das Märtyrerschicksal des Erlösers —, langsam in eine Vergangenheit zu versinken, die noch tausend Jahre früher lag als all das Grabähnliche, das die Umgebung an sich trug. Nur das Blut in seiner Farbe des Lebens rieselte unablässig wie ein ewiger Quell hindurch von »drüben« her, aus der Zeit des Gekreuzigten bis zu ihr; ein dünner, sickernder, roter Faden.

Und alles, was sie lebendig sah und jung, das verband sie unbewußt mit dem Begriff »Blut«. In allem, was schön war und sie anzog und mit Sehnsucht erfüllte: Blumen, spielende Tiere, quellender Frohsinn, Sonnenschein, junge Menschen, Duft und Wohlklang, alles tönte in dem Wort, das ihre Seele unablässig — unhörbar noch — murmelte, wie aus dem unruhigen Schlaf, der dem Erwachen vorhergeht: — in dem Wort Blut, Blut.

Dann war eines Tages das Zimmer bei Elsenwanger aufgesperrt worden zu einem Bankett, in dem das Bild ihrer Urahne hing, der Gräfin Polyxena Lambua; und als sie es erblickte mitten unter all den andern, von denen die meisten ebenfalls ihre leiblichen Vorfahren waren, beschlich sie das unheimliche Gefühl, als sei es gar kein Gemälde einer Verstorbenen, sondern der Widerschein eines Wesens, das irgendwo in Wirklichkeit existieren müsse, viel lebendiger als irgend etwas, was sie je gesehen. — Sie hatte gesucht, sich die Empfindung auszureden, aber sie kam immer wieder: »Es hängt hier umgeben von lauter toten Gesichtern — es wird wohl die Ähnlichkeit mit meinem eigenen Schicksal sein, die mich so unheimlich berührt«, hatte sie sich gesagt, aber doch nie recht daran zu glauben vermocht.

Aber das allein war es nicht; die Sache verhielt sich anders, ging über ihr Begriffsvermögen hinaus:
Das Bild, das dort an der Wand hing, war gewissermaßen sie selber — so, wie ein Samenkorn das Konterfei der Pflanze, die es dereinst werden soll, in sich trägt, verborgen den äußeren Sinnen und dennoch in allen organischen Einzelheiten klar umrissen, so hatte jenes Bild in ihr seit Kindheit an gehangen, war die vorbestimmte Matrize, in die ihre Seele hineinwachsen mußte mit jeder Faser und Zelle, bis auch die kleinste Vertiefung der Form von ihr ausgefüllt sein würde.
Die plötzlich erwachende, unterbewußte Erkenntnis, sich mit allen noch schlummernden und allen bereits offenbar gewordenen Eigenschaften selber erblickt zu haben, hatte das Gefühl hervorgerufen, das Gemälde ihrer Urahne sei lebendiger als irgend etwas, was sie je gesehen.
Lebendiger als irgend etwas anderes in der Welt kann aber nur der Mensch sich selbst vorkommen.
Sie kannte das Gesetz nicht, auf dem alles Magische beruht: »Wenn zwei Größen einander gleich sind, so sind sie ein und dasselbe und nur einmal vorhanden, auch wenn Zeit und Raum ihr Dasein scheinbar trennen.«
Hätte sie es gekannt und erfaßt, sie wäre fähig gewesen, ihr Schicksal bis ins kleinste vorauszuwissen. —
Ähnlich wie das Bild später auf Ottokar wirkte, so wirkte es auch auf sie; nur wurde sie davon nicht verfolgt wie er, denn sie verwuchs allmählich damit und wurde es selbst. — Und hätte sie als des Bildes lebendige Repräsentantin nicht auf Erden existiert, nie würde es Ottokar in Bann haben schlagen können; so aber war es mit der Zauberkraft ihres Blutes geladen, und das seine witterte das Vorhandensein eines wirklichen lebenden Wesens und fühlte sich magnetisch zu ihm hingezogen.

Als Polyxena später Ottokar im Dom traf — keine Macht der Welt hätte verhindern können, was damals geschehen war; das Schicksal brachte nach ehernen Gesetzen zur Reife, was längst gesät war. Was im Körper als Form versiegelt und beschlossen gelegen, hatte sich in die Tat verwandelt — war aus Samenkorn zur Frucht geworden. — Nichts sonst.

Was der Weise mit dem Tier gemeinsam hat: niemals Reue zu empfinden über irgendwelche vollbrachte Tat — das kam auch über sie, als das Blut in ihr den Sieg davongetragen hatte:

Die Unschuld des Weisen und die Unschuld des Tieres machten das Gewissen verstummen.

Tags darauf schon war sie zur Beichte gegangen mit klarer Erinnerung an das, was man sie im Kloster gelehrt hatte: Daß sie tot umfallen werde, wenn sie eine Sünde verschweige.

Und sie hatte tief im Innersten gewußt: Sie werde verschweigen und trotzdem lebend stehenbleiben. Und sie hatte recht behalten und dennoch — geirrt: Das, was bis dahin als ihr »Selbst« geschienen, war tot umgefallen; aber ein anderes »Selbst« — das, das dem Bilde ihrer Urahne entsprach — nahm im selben Augenblick die Stelle des ersten ein.

Es ist nicht Zufall oder blinde Willkür, daß der Mensch die Aufeinanderfolge seiner Geschlechter mit dem Namen »Stammbaum« bezeichnet, es ist in Wahrheit der »Stamm« eines »Baumes«, der nach langem Winterschlaf und nach soundso oft wechselnder Färbung seiner Blätter immer und immer wieder ein und dieselben Zweige treibt:

Die tote Polyxena im Bilderzimmer war lebendig geworden und die lebendige tot umgefallen — sie lösten einander ab, und jede blieb schuldlos; die eine verschwieg in der Beichte, was die andere hatte begehen müssen. Und jeder neue Tag lockte neue Knospen aus dem jungen Zweig des alten Baumes — neue und doch uralte, wie sie der »Stammbaum« von je hervorzubringen gewohnt war: In Polyxena verschmolz Liebe und Blut zu einem einzigen unzertrennbaren Begriff.

Von einer süßen, wollüstigen Begierde gepeitscht, die die Greise und Greisinnen ihrer Umgebung für überspannten Wissenstrieb hielten, wandelte sie von da an auf dem Hradschin umher, von einer historischen Stätte, auf der Blut vergossen worden war, zur andern, von einem Märtyrerbild zum andern; — jeder graue, verwitterte Stein, an dem sie früher achtlos vorübergegangen war, erzählte ihr von Blutvergießen und Folterqual, aus jedem Fußbreit Erde hauchte der rötliche Dampf; wenn sie den erzenen Ring an der Kapellentür anfaßte, an den sich König Wenzel angeklammert gehalten, bevor ihn sein Bruder erschlug, durchrieselte sie die Todesangst, die an dem Metall klebte, aber: verwandelt in glühheiße, rasende Brunst.

Der ganze Hradschin mit seinen schweigsamen, erstarrten Bauten war für sie ein redender Mund geworden, der ihr mit hundert lebendigen Zungen immer neue Begebnisse des Schreckens und Entsetzens aus seiner Vergangenheit zuzuflüstern wußte. — — —

Polyxena zählte mechanisch die Schläge der Turmglocken, die den Anbruch der achten Stunde verkündeten, und ging dann die Treppe hinab in die Gesindestube.

Ein alter Diener in gestreifter Jacke kam ihr entgegen, küßte sie auf beide Wangen und führte sie zu ihrem Sitz zuoberst eines langen Eichentisches ohne Gedeck.

Ihr gegenüber am untersten Ende saß der Kutscher des Fürsten Lobkowitz, ein junger Russe mit finsterem Gesicht und tiefliegenden schwarzen Augen, der nebst anderen Bedienten aus adligen Häusern zu Gast geladen war — neben ihr, als Tischnachbar, ein Tatar aus der Kirgisensteppe — eine runde, rote, fezartige Kappe auf dem glattrasierten Schädel. Man sagte ihr, er sei Bereiter des Prinzen Rohan und ehemals Karawanenführer des Asienforschers Csoma de Körös gewesen.

Božena in Straßentoilette, einen alten Schmelzdeckel mit nickender Feder, ein Weihnachtsgeschenk der Gräfin Zahradka, über den aufgesteckten Zöpfen, trug die Speisen herein: zuerst Rebhühner mit Kraut und sodann in Scheiben geschnittene Knödel aus schwarzem Mehl mit Powidl, zu deutsch: Zwetschgenmus.

»Laß dir's schmecken, Polyxena, und iß und trink!« sagte die alte Köchin Elsenwangers und zwinkerte den jungen Spül- und Stubenmädchen ermutigend zu, die sich so dicht wie möglich um sie herumgesetzt hatten, wie um eine Glucke, der es obliege, sie unter ihre Fittiche zu nehmen, falls es der adligen Falkin am Ende doch beifallen sollte, aus ihrer Höhe raubgierig herabzustoßen. — — —

Anfangs lastete eine gewisse Befangenheit auf der Gesellschaft, die aus etwa zwanzig Männern, Frauen und Mädchen jeden Alters bestand, denn vielen von ihnen war die Sitte, mit der Herrschaft zusammen an einem Tische zu essen, neu, und sie fürchteten, beim Gebrauch der Messer und Gabeln irgendwelche Unschicklichkeit zu begehen, aber Polyxena wußte sie rasch in eine ungezwungene Stimmung zu bringen, indem sie bald den einen, bald den andern in Gespräche verwickelte, an denen auch die übrigen teilnehmen konnten.

Bloß Molla Osman, der Tatar, verzehrte schweigend mit den Fingern, die er alle Augenblicke in einer Schüssel Wasser abspülte, sein Mahl, und auch der finstere Russe ließ kein Wort hören und blickte sie nur von Zeit zu Zeit lang und durchdringend, fast haßerfüllt an.

»Erzählt doch mal«, begann sie, als die Speisen abgetragen worden und die Tschaj- und Weingläser gefüllt waren. »Was ist eigentlich damals geschehen? Ist es wirklich wahr, daß oben ein Mondsüchtiger — — —?«

»Ja freilich, Euer Gnaden Komtesse«, fiel Božena eifrig ein, verschluckte sich infolge eines Rippenstoßes, den ihr die Köchin versetzte, und verbesserte rasch ihre Anrede: »Ja freilich, Polyxena, ich hab ich's mit eigenen Augen gesegen! Es war fuchbar. Gleich, wie sich der Brock angfangt hat zum Bellen, hab ich gewußt, genau wie der gnädige Herr Baron gesagt hat: Jezis, Maria und Joseph! No und dann hat's ihm die Hände gerissen, und er ise sich rundumadum geflogen, no — wie soll ich sagen — wie ein feiriger Gockel, so gliehende Augen hat er sich ghabt. Wenn ich meinen Schottek« — sie griff nach einem Amulett, das sie am Halse trug — »nicht zum Glick bei mir ghabt hätt, ich glaub, ich wäre ich heit eine Leiche. So wild hat e' mich angschaugt. Aber dann hat's ihm über die Taxishecken gschmissen, und er ise sich 'runtegflogen; jako — jako z rouru, wie ausm Rohr. Pan Loukota«, sie wandte sich an den greisen Kammerdiener, »ise sich Zeuge.«

»Blädsinn«, murmelte der Alte und schüttelte unwillig den Kopf, »es war alles ganz anders.«

»No natrierlich, jetzt auf amals sagen Sie wieder: Sie sin sich nicht zeigungsfähig, pane Loukota«, ereiferte sich Božena, »abe gefircht ham Sie sich doch.«

»Was? Durch die Luft ist er geflogen?« fragte Polyxena ungläubig.

»Ano, prosim. — Bitt schän: ja.«
»Wirklich frei geschwebt?«
»Prosim.«
»Und glühende Augen hat er gehabt?«
»Prosim.«
»Und dann, höre ich, soll er sich in Gegenwart meiner Tante und meines Großonkels und der übrigen Herren so wie — verwandelt haben?«
»Ano, prosim, ganz lang und dinn, wie ein Bäsenstiel, ise sich geworden«, beteuerte Božena.»Ich hab ich's durch Schlisselloch — — —«, verlegen hielt sie inne, denn sie fühlte, daß sie sich verschnappt hatte; — »no ja, freilich, weiter hab' ich nix gesegen. — Ich war ich ja nicht dabei; die gnädige Frau Gräfin hat mich doch zur ›bähmischen Liesel‹ — — —« ein neuerlicher Rippenstoß seitens der Köchin schloß ihr vollends den Mund.
Eine Weile schwiegen alle betreten.
»Wie heißt der Mann eigentlich?« fragte der Russe halblaut seinen Nachbar.
Der Angeredete zuckte die Achseln.
»Zrcadlo, soviel ich weiß«, antwortete Polyxena statt seiner. »Ich denke, er wird ein fahrender Komödiant von der Fidlowacka — vom Jahrmarkt — sein.«
»Ja; so — nannte man ihn.«
»Du glaubst also, er heißt anders?«
Der Russe zögerte: »Ich — ich weiß nicht.«
»Aber ein Komödiant ist er doch? Nicht wahr?«
»Nein. Bestimmt nicht«, ließ sich der Tatar vernehmen.
»Du kennst ihn?« — »Sie kennen ihn, Pane Molla?« riefen alle durcheinander.
Der Tatar hob abwehrend die Hände: »Ich habe ihn nur einmal gesprochen. — Aber ich glaube, ich irre mich nicht: — er ist das Werkzeug eines Ewli.« — Das Gesinde

starrte ihn ratlos an. — »Ich weiß, hier in Böhmen kennt man das nicht, aber bei uns im Osten ist es nicht gar so selten.«

Und, von Polyxena aufgefordert, die Sache näher zu erklären, erzählte er in kurzen Sätzen, jedes Paar Worte vorher im Geiste aus seiner Muttersprache ins Deutsche übersetzend:

»Ein Ewli ist ein Fakirzauberer. — Ein Fakirzauberer braucht einen Mund, sonst kann er nicht reden. — Darum wählt er sich den Mund eines Toten, wenn er reden will.«

»Du glaubst also, der Zrcadlo ist ein Toter?« fragte der Russe mit allen Anzeichen plötzlicher Aufregung.

»Ich weiß nicht. — Vielleicht ist er ein Halb — —«, fragend wandte sich der Tatar an Polyxena: »Wie sagt man das? Ein Halb — —?«

»Ein Scheintoter?«

»Ja. Ein Scheintoter. — Wenn der Ewli durch den Mund eines andern reden will, geht er zuerst aus sich selbst heraus und geht dann in den andern hinein. — Das macht er so:« — einen Augenblick dachte der Tatar nach, wie er es am besten erklären solle; dann legte er sich den Finger auf die Stelle oberhalb des Zwerchfelles, wo die Rippen mit dem Brustbein verbunden sind: — »Hier sitzt die Seele. — Die zieht er hinauf;« — er zeigte auf seine Gurgel und dann auf die Nasenwurzel — »erst hierher, dann dorthin. — Dann verläßt er seinen Körper mit dem Atem und geht in den Toten ein. Durch die Nase, durch den Hals, in die Brust. — Wenn der Leib des Toten noch nicht zerstört ist, steht der Tote auf und ist lebendig. — Aber er ist dann der Ewli.«

»Und was geschieht unterdessen mit dem Ewli selbst?« fragte Polyxena gespannt.

»Der Körper des Ewli ist wie tot, solange sein Geist in

dem andern ist. — Ich habe oft Fakire und Schamanen gesehen. — Sie sitzen immer wie tot. Das kommt, weil ihr Geist in andern ist. — Man nennt das Aweysha. — Aber ein Fakir kann auch Aweysha mit lebenden Menschen machen. — Nur müssen sie schlafen oder müssen betäubt sein, wenn er in sie eintritt. — Manche, und besonders Abgeschiedene, die zu ihren Lebzeiten einen sehr starken Willen gehabt haben oder noch eine Mission auf der Erde erfüllen sollen, die können sogar in *wache* Lebendige eintreten, ohne daß diese es merken, aber meistens benutzen auch sie die Körper von Scheintoten oder Lebendigen. — Wie zum Beispiel den Zrcadlo. — — — —
Warum schaust du mich so an, Sergej?«
Der Russe war bei den letzten Worten aufgesprungen, hatte einen schnellen Blick mit einem andern Bedienten gewechselt und hing förmlich an den Lippen des Tataren. —
»Nichts, nichts, Molla; ich staune bloß.«
»Bei mir daheim«, fuhr der Tatar fort, »kommt es oft vor, daß ein Mann, der bis dahin ganz ruhig gelebt hat, plötzlich nicht mehr weiß, wie er heißt, und wegwandert. Dann sagen wir: ein Ewli oder ein Schamane hat von seinem Körper Besitz ergriffen. — Die Schamanen sind Ungläubige, aber sie können dasselbe wie die Ewliah. — Das Aweyshamachen hat mit dem Koran nichts zu tun. — Wenn wir früh aufwachen und fühlen, daß wir nicht ganz so sind wie vorher abends beim Schlafengehen — so fürchten wir, daß ein Abgeschiedener in uns steckt, und atmen heftig ein paarmal aus, um wieder frei zu werden.«
»Warum, glaubst du, wollen denn die Toten in die Körper der Lebenden eindringen?« fragte Polyxena.
»Vielleicht, um zu genießen. — Vielleicht, um etwas auf der Erde nachzuholen, was sie zu tun versäumt haben. —

Oder, wenn sie grausam sind: um ein großes Blutbad anzurichten.

»Da wäre es ja möglich, daß der Krieg — —«

»Gewiß« — bestätigte der Tatar. »Alles, was die Menschen gegen ihren Wunsch tun, kommt aus dem Aweysha her — ob so oder so. — Wenn die Menschen eines Tages übereinander herfallen wie die Tiger, meinst du, sie täten es, wenn nicht irgendwer Aweysha mit ihnen gemacht hätte?«

»Sie tun es, denke ich, weil sie — nun, weil sie eben begeistert sind für — für irgend etwas; für eine — Idee vielleicht.«

»Nun, das ist doch Aweysha.«

»Also ist Begeisterung und Aweysha dasselbe?«

»Nein; zuerst kommt Aweysha. Daraus entsteht dann Begeisterung. — Man merkt es meist nicht, wenn jemand Aweysha mit einem macht. Aber die Begeisterung, die fühlt man, und daher glaubt man, daß sie in einem von selbst entstanden ist. — Weißt du, es gibt verschiedene Arten Aweysha. — Manche Menschen können Aweysha bei anderen machen, bloß indem sie eine Rede halten. — Aber es ist doch immer nur Aweysha, bloß ein mehr natürliches. — — Mit jemand, der sich nur auf sich selbst verläßt, kann kein Mensch auf der Welt Aweysha machen. Auch nicht ein Ewli oder ein Schamane.«

»Und du meinst, weil ein Ewli mit uns Aweysha gemacht hat, ist der Krieg entstanden?«

Der Tatar schüttelte lächelnd den Kopf.

»Oder ein Schamane?«

Wiederum Kopfschütteln.

»Also wer sonst?«

Molla Osman zuckte die Achseln; Polyxena sah ihm an, daß er nicht reden wollte; seine ausweichende Antwort:

»Wer nur an sich selbst glaubt und nachdenkt, ehe er handelt, mit dem kann keiner Aweysha machen«, bestärkte sie darin. — — — —
»Du bist Mohammedaner?«
»N—nein, nicht ganz. — Du siehst: ich trinke Wein.« Der Tatar hob sein Glas und trank ihr zu.
Polyxena lehnte sich zurück und studierte schweigend seine ruhevollen Züge. Ein rundes, glattes Gesicht, frei von jeder Leidenschaft oder Erregung. — —
»Aweysha?! — Was das für ein sonderbarer Aberglaube ist;« — sie nippte an ihrem Tschaj. »Was er wohl sagen würde, wenn ich ihn fragte, ob auch Bilder Aweysha machen können? — — Ach was, er ist ja doch nur ein Stallknecht!« — Und sie ärgerte sich, daß sie ihm so lange zugehört hatte — ärgerte sich mehr und mehr, je klarer ihr wurde, daß sie sich noch niemals mit irgendeinem ihrer Verwandten auch nur annähernd so interessiert unterhalten hatte — fühlte sich wie an ihrer Rasse beleidigt. — — Sie kniff die Augen halb zu, damit er nicht merke, daß sie ihn ununterbrochen beobachtete. »Wenn ich ihn in meiner Gewalt hätte, ich ließe ihm den Kopf abschlagen«, wollte sie sich in eine Art Blutrausch hineinreden, um ihren gekränkten Hochmut wieder aufzurichten, aber es gelang ihr nicht. —
Das Gefühl der Grausamkeit allein konnte in ihr nicht aufsteigen, wenn es nicht mit Liebe oder Wollust gepaart war — und beides prallte von dem Tataren ab wie an einem unsichtbaren Schild. — — — Sie blickte auf: Ein Teil der jüngeren Dienerschaft hatte sich während ihres Zwiegesprächs mit dem Asiaten im Hintergrund des langgestreckten Zimmers zusammengeschart und unterhielt sich halblaut, aber anscheinend im höchsten Grade erregt.
Ein paar Worte flogen zu ihr herüber: »Das Proletariat

hat nichts zu verlieren als seine Ketten.« — Der Bediente, den der Russe vorhin so vielsagend angeblickt hatte, führte das Wort; er war ein junger Mann mit stierem Blick, offenbar ein Prager Tscheche, tat äußerst belesen und warf mit sozialistischen Zitaten nur so um sich: »Besitz ist Diebstahl.«

Dann längeres Gemurmel, in dem der Name »Jan Zizka« immer wieder vorkam. — »Das ist doch alles hirnverbrannter Unsinn«, zischte ein anderer hinein, nur mit Mühe den Flüsterton einhaltend, und drehte sich, wie um seinem Ärger Luft zu machen, auf dem Absatz einmal um seine Achse, »kurz und klein werden wir geschossen, wenn wir nur mucksen. — Maschinengewehre! Ma—schi—nen—geweh—re!!« — Es brachte keine Wirkung hervor, was er sagte — immer schien der Russe eine Erwiderung zu wissen. — Das Schlagwort »Jan Zizka« blieb beständig Refrain. —

Plötzlich fiel der Name »Ottokar Vondrejc.« — Polyxena hatte ihn deutlich gehört; es war ihr durch Mark und Bein gefahren.

Sie beugte sich unwillkürlich vor, um genau zu verstehen, was man da verhandelte.

Der Russe bemerkte ihre Bewegung und machte den andern rasch ein Zeichen, worauf diese sofort das Gespräch abbrachen und sich so unauffällig wie möglich auf ihre Plätze begaben.

»Warum tun sie das?« überlegte Polyxena; instinktiv fühlte sie, daß es sie und ihre Kaste betraf, was da gesprochen worden war. »Wenn's bloß Unzufriedenheit mit den Löhnen oder etwas dergleichen gewesen wäre — sie hätten sich nicht so aufgeregt benommen.«

Daß der Name Ottokars genannt worden war, beunruhigte sie am meisten. »Wissen sie vielleicht

etwas?« — gewaltsam schüttelte sie den Gedanken ab. —
»Feiges Dienstbotengesindel. — Was kümmert es mich.
Sollen sie sich denken, was sie wollen. Ich werde tun und
lassen, was mir paßt.« —

Sie versuchte in den Mienen Boženas zu lesen; sie wußte
genau, daß Ottokar früher zu Božena in Beziehungen
gestanden hatte — aber es war ihr stets gleichgültig gewesen. Sie war viel zu stolz und hochmütig, um auf ein
Küchenmädchen eifersüchtig zu sein. — »Nein, Boženas
Gesicht war gleichmütig und freundlich. — Also mußte
Ottokars Namen in einem andern Zusammenhang er-
wähnt worden sein.« —

Ein mühsam verhaltener Haß in den Augen des russischen
Kutschers sagte ihr, daß es sich um Dinge gehandelt haben
müsse, die über Persönliches hinausgingen.

Ein Gerede, das sie vor einigen Tagen zufällig in einem
Laden mit angehört hatte, fiel ihr ein:

Unten in Prag seien die üblichen albernen Unruhen im
Gang. — Der Pöbel plane wieder einmal irgendwelche
»Kundgebungen« — Fenstereinschlagen oder ähnliche
»demokratische« Verrücktheiten.

Erleichtert atmete sie auf. — Was kümmerte es sie, wenn
es weiter nichts war! — Ein Aufstand in Prag: — Lap-
palie. —

Bisher war so etwas noch niemals über die Brücken herüber auf den Hradschin gekommen. An den Adel traute
sich die Bestie nicht heran.

Kalt und spöttisch erwiderte sie den Blick des Russen.

Und doch überlief es sie, so deutlich spürte sie den drohenden Haß, der von ihm ausging. —

Aber es steigerte sich nicht bis zur Furcht in ihr — wurde
langsam ein Kitzel, eine Art lüsternes Haarsträuben, wie
sie sich ausmalte, es könnte eines Tages doch ernst werden

und zu — Blutvergießen kommen. — — — — »Grundwasser« — mitten in ihrer Gedankenreihe war plötzlich das Wort »Grundwasser« aufgeschossen. Eine Stimme in ihr schien es gerufen zu haben. — »Warum: Grundwasser?« — welchen Zusammenhang hatte es mit dem, woran sie dachte? — Sie wußte nicht einmal genau, was das war: »Grundwasser«. — Irgend etwas, was in der Erde schläft, bis es dann plötzlich steigt und steigt, die Keller erfüllt, Mauern unterwäscht, alte Häuser über Nacht einstürzen macht, oder etwas Ähnliches. —
Und aus dieser unbewußten Vorstellung wuchs ein Bild hervor: Blut war's, das da emporstieg aus der Tiefe — ein Meer von Blut, das aus dem Boden drang, aus den Gittern der Kanäle quoll, die Straßen erfüllte, bis es in Strömen sich in die Moldau ergoß.
— Blut, das wahre Grundwasser Prags.
Eine Art Betäubung kam über sie.
Ein roter Nebel legte sich ihr vor die Augen; sie sah, daß er von ihr langsam weg auf den Russen zuschwebte, dessen Gesicht, wie unter drosselnder Angst, fahl wurde. — Sie fühlte, daß sie irgendwie den Sieg über den Mann davongetragen hatte. Ihr Blut war stärker gewesen als das seinige.
»Es ist etwas dran an diesem — an diesem — Aweysha«; — sie blickte auf die Hände des Russen: Tatzen eines Ungeheuers, breit, furchtbar, wie zum Würgen geschaffen — jetzt lagen sie hilflos und wie gelähmt auf dem Tisch.
»Die Stunde ist noch lange nicht da, wo ihr Proletarier eure Ketten zerbrechen könnt«, höhnte sie innerlich. —
Sie *wußte* mit einemmal, daß auch sie »Aweysha« machen konnte, wenn sie wollte — es vielleicht immer schon gekonnt hatte — — sie und ihr Stamm, seit Jahrhunderten.

SECHSTES KAPITEL

Jan Zizka von Trocnov

Beim letzten Schlag zwölf Uhr hatte sich das Gesinde ehrerbietig erhoben: Die Stunde der Gemeinschaft war vorüber.
Polyxena stand im Bilderzimmer, unschlüssig, ob sie sich von Božena beim Entkleiden helfen lassen solle. — Dann schickte sie sie hinaus.
«Kiß die Haand, Euer Gnaden Komtesse» — das Mädchen haschte nach ihrem Ärmel und drückte einen Kuß darauf.
«Gute Nacht, Božena; geh Sie nur.« —

Polyxena setzte sich auf den Rand des Bettes und blickte in die Kerzenflamme.
»Jetzt schlafen gehen?« Der Gedanke war ihr unerträglich.
Sie trat an das Bogenfenster, das hinaus auf den Garten ging, und zog die schweren Vorhänge auseinander.
Der Mond hing als schmale leuchtende Sichel über den Bäumen: ein vergeblicher Kampf gegen die Finsternis.
Der kiesbestreute Weg zum Gittertor war matt erhellt von dem Lichterschein, der aus dem Erdgeschoß fiel. —

Unförmige Schatten glitten darüber hinweg, sammelten sich, fuhren auseinander, dehnten sich, verschwanden, kehrten zurück, wurden lang und dünn, reckten die Hälse über die dunkeln Rasenflecke hin, um eine Weile wie schwarze Dunstschleier zwischen den Sträuchern aufrecht zu stehen, schrumpften wieder ein und steckten die Köpfe zusammen, als hätten sie irgend etwas Geheimnisvolles erkundet, das sie sich in lautloser Sprache ins Ohr raunen müßten. — — Das Silhouettenspiel der Gestalten unten in der Gesindestube.

Dicht hinter der dunkeln, massigen Parkmauer, als sei dort die Welt zu Ende, stieg der Himmel aus nebliger Tiefe, sternenlos — ein nach oben gähnender, unermeßlicher Abgrund. — —

Polyxena suchte aus den Bewegungen der Schatten zu erraten, was die da unten hinter den Fensterscheiben wohl miteinander sprechen mochten.

Ein vergebliches Bemühen. — — —

»Ob Ottokar schon schlief?«

Ein weiches, sehnsüchtiges Empfinden kam über sie. Nur einen Augenblick, dann war es wieder vorbei. Ihr Träumen war anders als das seine. Wilder, heißer. Sie konnte nicht lange verweilen bei friedvollen Vorstellungen; sie war sich nicht einmal klar, ob sie ihn wirklich liebte. —

Was sein würde, wenn sie von ihm getrennt wäre? — Zuweilen hatte sie darüber nachgedacht — aber nie eine Antwort bekommen. Es war so vergeblich gewesen wie vorhin das Erratenwollen, was die Schatten miteinander sprächen.

Ihr eigenes Innere war ihr eine unergründliche Leere — undurchdringlich und verschlossen wie die Finsternis vor ihr. Nicht einmal Schmerz konnte sie empfinden, wenn sie sich auszudenken versuchte, Ottokar sei möglicherweise im selben Augenblick gestorben. — Sie wußte, daß er herzkrank war und daß sein Leben an einem dünnen Faden hing — er hatte es ihr selbst gesagt, aber seine Worte waren an ihr vorbeigegangen, als hätte er sie an ein Bild hin — — — — — sie drehte sich um — —, »ja an dieses Bild, an das Bild dort an der Wand, hin gesprochen.«

Sie wich den Augen des Bildes ihrer Ahne aus, nahm die Kerze, ging von einem Gemälde zum anderen und leuchtete es an: Eine tote Reihe starrer Gesichter.

Keines sprach zu ihr; — »und wenn sie jetzt lebendig vor mir stünden: sie wären mir fremd; ich habe nichts mit ihnen gemeinsam. Sie sind in ihren Gräbern zu Asche geworden.«

Ihr Blick streifte das weiße, aufgeschlagene Bett. —

»Sich da hineinlegen und schlafen?« — es schien ihr unfaßbar. »Ich glaube, ich würde nie mehr aufwachen« — das schlafende Gesicht ihres Onkels mit den blutleeren, geschlossenen Augenlidern fiel ihr ein. — »Der Schlaf ist etwas Furchtbares. Vielleicht noch schrecklicher — als der Tod.«

Sie schauderte. — So deutlich, daß traumloser Schlaf in einen ewigen Tod des Bewußtseins übergehen könne, hatte sie es noch nie empfunden wie jetzt beim Anblick des weißen Grablinnens.

Ein panischer Schrecken erfaßte sie plötzlich: »Um Gottes willen, nur fort, nur fort aus diesem Zimmer voll Leichen! — Der Page dort an der Wand, — so jung und schon verwest, kein Blut mehr in den Adern! — Die Haare neben sich im Sarg. Ausgefallen aus dem grinsenden Totenschädel. — Verweste Greise in der Gruft. Greise, Greise. — Weg, weg mit diesen Greisen.« — — —

Erleichtert atmete sie auf, als unten eine Türe ging und gleich darauf Schritte über den Kies knirschten. —

Sie hörte, wie die Dienerschaft leise murmelnd voneinander Abschied nahm, blies rasch die Kerze aus, um von unten nicht gesehen zu werden, und öffnete leise das Fenster; — horchte hinab.

Der russische Kutscher blieb an dem Gittertor stehen, suchte umständlich nach Streichhölzern in seinen Taschen, bis die übrigen Gäste verschwunden waren, und zündete sich eine Zigarre an. —

Er schien noch auf jemand zu warten; Polyxena erkannte es an der heimlichen Art, mit der er in den Schatten zurücktrat, wenn sich ein Geräusch im Hause vernehmen ließ, und dann wieder durch die Stäbe spähte, wenn es verstummt war.

Endlich gesellte sich der junge tschechische Lakai mit dem stieren Blick zu ihm.

Auch er wollte offenbar die Gesellschaft der übrigen meiden, denn er blieb noch eine Weile bei dem Russen stehen, nachdem er sich vorher vergewissert hatte, daß ihm niemand nachkomme.

Polyxena lauschte angestrengt, was die beiden miteinander flüsterten, aber sie konnte kein Wort verstehen, trotz der Totenstille, die ringsum herrschte.

Dann wurde unten im Gesindezimmer das Licht abgedreht, und der Kiesweg verschwand mit einem Ruck vor ihren Augen, wie von der Dunkelheit eingeschluckt. —

»Daliborka« — hörte sie plötzlich den Russen sagen.

Sie hielt den Atem an.

Da! Wieder. — Diesmal konnte kein Zweifel obwalten: — »Daliborka« — sie hatte es genau verstanden.

Also handelte es sich doch um Ottokar? Sie erriet, daß die beiden vorhatten, jetzt noch, trotz der späten Stunde, zur Daliborka zu gehen, und irgend etwas planten, was die anderen nicht wissen sollten.

Der Turm war längst geschlossen; was konnten sie dort wollen?
Bei Ottokars Pflegeeltern einbrechen? Lächerlich. — Bei so armen Leuten? — Oder ihm etwas antun? — Aus Rache vielleicht?
— Sie verwarf den Gedanken als mindestens ebenso absurd. — Ottokar, der nie mit Leuten ihres Schlages verkehrte, kaum mit ihnen sprach — wodurch hätte er sich ihren Haß zuziehen können?! —
— »Nein, es muß sich um tieferliegende Dinge drehen« — sie ahnte es so deutlich, daß sie es wie Gewißheit empfand.
Das Gittertor fiel leise ins Schloß, und sie hörte, daß die Schritte der beiden sich langsam entfernten.
Einen Augenblick schwankte sie, was sie tun solle. »Hierbleiben? — Und — und schlafen gehen?! — Nein, nein, nein! — Also: den beiden nach!«
Es galt, so rasch wie möglich zu handeln; jede Minute konnte der Portier das Tor abschließen, und dann war ein Entkommen aus dem Hause unmöglich.
Sie tappte im Finstern nach ihrem schwarzen Spitzentuch — getraute sich nicht, die Kerze anzuzünden: »Nur diese furchtbaren, greisenhaften Leichengesichter an den Wänden nicht noch einmal sehen!« — Nein, lieber sich allen möglichen Gefahren in den einsamen nächtlichen Straßen aussetzen. —
Es war nicht Neugierde, die sie hinaustrieb — eher noch die Furcht, allein bis zum Morgen in dem Bilderzimmer bleiben zu müssen, dessen Luft ihr plötzlich dumpfig und erstickend vorkam, wie erfüllt von Gespensteratem. —
Sie war sich nicht völlig klar, warum sie den Entschluß faßte; sie fühlte nur: sie mußte es tun — aus irgendwelchen Gründen. — — —

Vor dem Gittertor überlegte sie, welche Richtung zur Daliborka sie einschlagen müsse, um nicht mit den beiden Männern zusammenzustoßen.
Es blieb ihr keine Wahl als der lange Umweg durch die Spornergasse und über den Waldsteinplatz.
Vorsichtig drückte sie sich an den Häusermauern entlang und huschte dann, so schnell sie konnte, von Ecke zu Ecke.
Vor dem Fürstenbergschen Palais standen mehrere Menschen schwätzend beisammen; sie fürchtete, an ihnen vorüberzugehen und erkannt zu werden; denn sie nahm an, es könnten etliche aus der Gesindegesellschaft darunter sein; — — es dauerte eine Ewigkeit, bis die Gesellschaft sich endlich trennte.
Dann lief sie die gewundene »alte Schloßstiege« hinauf, zwischen ragenden schwarzen Steinmauern, hinter denen die Äste ·der Bäume, blütenbeladen, in der Dunkelheit weißlich schimmernd, die Mondstrahlen auffingen und die Luft mit betäubendem Geruch erfüllten.
Bei jeder Krümmung des Wegs minderte sie ihre Eile und trachtete, zuerst die Finsternis zu durchspähen, ehe sie ihren Gang fortsetzte — um nicht unversehens irgend jemand in die Hände zu laufen.
Sie hatte bereits den größeren Teil der Strecke zurückgelegt, da schien es ihr plötzlich, als röche sie Tabakrauch.
»Der Russe«, war ihr erster Gedanke, und sie blieb sofort unbeweglich stehen, um sich nicht durch das Rascheln ihrer Kleider zu verraten.
Die Finsternis ringsum schien undurchdringlich — nicht die Hand vor Augen war zu sehen; der obere Rand der Mauer zu ihrer Rechten, der den schwachen Glanz der tief am Himmel hängenden Mondsichel zurückwarf, glomm, mit Laubschatten durchfleckt, wie matter Phosphorschein und

machte es ihr durch sein irreleitendes, dunstiges Leuchten unmöglich, auch nur die nächste Stufe zu unterscheiden.
Sie horchte mit angespannten Sinnen in die Dunkelheit hinein, aber kein Laut war zu hören.
Nicht ein Blatt regte sich.
Manchmal kam es ihr vor, als vernehme sie ein leises, verhaltenes Hauchen ganz dicht in ihrer Nähe — so, als dränge es unmittelbar aus der Mauer zu ihrer Linken; — sie bohrte ihre Blicke in die Finsternis und bog, sorgsam jegliches Geräusch vermeidend, lauschend den Kopf vor — da war es verschwunden.
Kam auch nicht mehr wieder. — —
»Vermutlich war es mein eigener Atem, oder hat sich ein Vogel im Schlaf bewegt« — und tastend streckte sie den Fuß aus, um die kommende Stufe nicht zu verfehlen, da flammte eine brennende Zigarette dicht neben ihr grell auf und beleuchtete eine Sekunde lang ein Gesicht, so schreckhaft nahe dem ihren, daß sie es im nächsten Augenblick berührt hätte, wäre sie nicht in ihrem Entsetzen noch rechtzeitig zurückgefahren. —
Das Herz stand ihr still — sie glaubte einen Moment, der Boden unter ihren Füßen bräche ein, dann raste sie besinnungslos in die Nacht hinein und hielt erst inne, als ihr die Knie versagten und sie, auf dem obersten Absatz der Schloßstiege angekommen, im Sternenlicht des freien Himmels Umrisse von Bauten und die neblig trübschimmernde Stadt zu ihren Füßen erkennen konnte.
Erschöpft, halb ohnmächtig, lehnte sie sich an die steinernen Pfeiler des Torbogens, unter dem ein Seitenpfad, den oberen Hang des Hirschengrabens entlang, hin zur Daliborka führte.
Jetzt erst wurde ihrem inneren Blick das Gesicht und die Gestalt, die sie gesehen hatte, lebendig in allen Einzel-

heiten: Ein Mann mit schwarzen Brillengläsern — ein Buckliger mußte es gewesen sein, so glaubte sie wenigstens ihn wieder vor sich zu sehen —, mit langem, dunklem Gehrock, rotem Backenbart, ohne Hut, struppigem, perückenhaftem Haar und sonderbar aufgeblähten Nüstern. — —

Wie sie wieder leichter Atem schöpfen konnte, beruhigte sie sich allmählich.
»Ein harmloser Krüppel, der zufällig dort gestanden hat und vielleicht ebenso erschrocken ist wie ich. — Was ist weiter dabei!« — sie schaute die Schloßstiege hinab: — »Gott sei Dank, er geht mir nicht nach.« — —
Trotzdem klopfte ihr das Herz infolge des überstandenen Schreckens noch lange und heftig, und sie blieb wohl eine halbe Stunde auf der marmornen Balustrade der Treppe sitzen, um sich zu erholen, bis sie anfing, in der kalten Nachtluft zu frösteln, und Stimmen von Leuten, die die Stufen heraufstiegen, ihr vollends zum Bewußtsein brachten, weshalb sie hierher gekommen war. — — —
Sie raffte sich auf, schüttelte den letzten Rest von Zaghaftigkeit ab und biß die Zähne zusammen, um ihres Zitterns vollends Herr zu werden. —
Der unbestimmte Trieb, zur Daliborka zu gehen, erfüllte sie wieder und gab ihr neue Kraft. — Um zu erforschen, was der Russe und sein Begleiter dort vorhatten — vielleicht um Ottokar vor einer Gefahr, die ihm möglicherweise drohte, zu warnen? —, sie versuchte nicht einmal, sich über den Zweck ihres Vorhabens klar zu werden.
Ein gewisser Stolz, den einmal gefaßten, wenn auch anscheinend gänzlich sinnlosen Entschluß zu Ende zu führen — und sei es auch nur um der Befriedigung willen, Ausdauer und Mut bewiesen zu haben —, verscheuchte ihre

flüchtig auftauchenden Bedenken, ob es nicht doch gescheiter wäre, sie ginge heim und legte sich schlafen. —
Den schattenhaften Bau des Hungerturmes mit seiner steinernen Zipfelmütze als beständigen Wegweiser durch die Dunkelheit vor Augen, klomm sie die steilen Wiesenabhänge empor, bis sie die kleine Ausfallpforte erreicht hatte, die in den Hirschgraben mündete.
Mit dem unbestimmten Vorhaben, in den Lindenhof zu gehen und an Ottokars Fenster zu klopfen, wollte sie das alte Gemäuer betreten, da hörte sie halblaute Stimmen in der Tiefe, und ein Zug Menschen, wie sie annahm dieselben, die ihr die Schloßstiege nachgekommen waren — bewegte sich, durch die Gebüsche tappend, dem Fuß des Turmes zu.
Sie erinnerte sich, daß in das mittlere Stockwerk der Daliborka von außen ein Mauerloch gebrochen war, knapp groß genug, um einen Menschen in gebückter Stellung durchzulassen; — aus dem allmählich verstummenden Geflüster und dem Geräusch rutschender und fallender Steine schloß sie, daß die Leute es benützten, um ins Innere des Turmes zu gelangen.
Mit einigen hastigen Sätzen übersprang sie die zerbröckelten Einlaßstufen und lief auf das Wächterhäuschen zu, aus dem ein matterhelltes Fenster ihr entgegenglänzte.
Sie legte das Ohr an die mit grünen Kattunggardinen verhängten Scheiben — — —
»Ottokar. — Otto—kar!« — sie hauchte es, so leise sie konnte. —
Lauschte: —
Ein Knacken, kaum hörbar, drin im Zimmer, als sei ein Schlafender in seinem Bett erwacht.
»Ottokar?« — sie klopfte ganz zart mit dem Fingernagel an das Glas — »Ottokar?«

»Ottokar?« kam es wie ein geflüstertes Echo zurück — »Ottokar, bist du's?«
Polyxena wollte sich enttäuscht wegschleichen, da fing die tonlose Stimme drin an zu reden — so, wie wenn jemand aus dem Schlummer mit sich selbst spricht. — Ein stammelndes, gequältes Gemurmel, von Pausen tiefen Schweigens unterbrochen; dazwischen leises Knistern, als striche eine Hand unruhig über eine Bettdecke hin.
Polyxena glaubte, Sätze aus dem Vaterunser zu verstehen. — Das Ticken eines Pendels wurde deutlicher und deutlicher, je mehr sich ihr Gehör für die Geräusche schärfte. Und nach und nach, wie sie horchte und horchte, schien ihr die klanglose Stimme immer bekannter und bekannter zu werden.
Sie begriff: Es waren Worte des Gebetes, die da gesprochen wurden, aber sie überhörte ihren Sinn und wem sie galten.
Unklare Erinnerungen, daß zu dieser Stimme ein altes gütiges Gesicht mit weißer Haube gehören müsse, hielten sie im Bann. — »Es kann nur die Ziehmutter Ottokars sein — aber ich habe sie doch nie gesehen!?«
Urplötzlich fiel es wie eine Hülle von ihrem Gedächtnis — —:
»Heiland gekreuzigter! Du mit der blutigen Dornenkrone« — — — dieselben Worte hatte derselbe Mund einst, vor langer Zeit, an ihrem eigenen Bette gemurmelt — sie sah im Geiste, wie sich runzlige Hände dabei falteten — sah die ganze Gestalt vor sich, wie sie jetzt wohl da drinnen lag, hilflos und gichtbrüchig; und sie wußte jetzt: Es war ihre alte Kindsfrau, die ihr so oft mild die Wangen gestreichelt und besänftigende Wiegenlieder vorgesungen hatte.
Erschüttert lauschte sie den hoffnungsmüden stockenden

Worten, die, fast nicht mehr verständlich, durch die Ritzen des Fensters an ihr Ohr drangen:
»Muttergottes, du gebenedeiete unter den Weibern — — — — laß meinen Traum nicht Wirklichkeit werden — — — — nimm das Unheil von Ottokar — und leg seine Sünden auf die meinigen.« — — — Das Ticken der Uhr verschlang den letzten Teil des Satzes — »Wenn es aber sein muß und du willst es nicht von ihm wenden, so gib, daß ich mich geirrt habe und die nicht die Schuld trägt, die ich lieb habe.« — Polyxena fühlte die Worte, als bohre sich ihr ein Pfeil ins Herz — — »Befreie ihn, Muttergottes, aus der Gewalt derer, die jetzt im Turm sind und Mord planen. — —

Hör nicht hin, wenn ich dich in meinen Schmerzen immer wieder anflehe, mich sterben zu lassen. —
Erfüll ihm die Sehnsucht, die ihn verzehrt, aber laß seine Hände rein bleiben von Menschenblut; verlösch sein Leben, eh sie mit Mord besudelt sind. Und wenn's dafür eines Opfers bedarf, so verlängere meine Tage in Qualen und verkürze die seinen, damit er die Sünde nicht begehen kann — — — Und rechne ihm die Schuld nicht zu für das, wonach's ihn zieht. Ich weiß, er sehnt sich danach — nur ihretwegen. —
Behalte auch ihr die Schuld nicht; du weißt: i hab' sie lieb gehabt vom ersten Tag, als ob sie mein eigen's Kind wär. — gib ihr, Muttergottes — — — — —,« — —

Polyxena raste davon; sie fühlte instinktiv, daß da noch Worte zum Himmel gesandt werden könnten, die das Bild, das in ihr hing, mitten durchreißen müßten — und sie wehrte sich dagegen wie unter dem Zwang des Selbsterhaltungstriebs. — Das Bild der Ahne in ihr witterte die drohende Gefahr, aus der lebenden Brust zurück in die tote Wand des Elsenwangerschen Zimmers verbannt zu werden. — — —

In dem mittleren Stockwerk der Daliborka, dem kreisrunden, furchtbaren Raum, in dem einst die Sachwalter der strafenden Gerechtigkeit ihre Opfer dem Wahnsinn und Hungertod preisgegeben hatten, saß eine Schar von Männern dichtgedrängt auf dem Boden um das Loch herum, durch das vor alters die Leichen der Hingerichteten in den Keller hinabgeworfen worden waren.

In den Mauernischen staken Azetylenfackeln, und ihr blendendes Licht fraß die Farbe aus den Gesichtern und Kleidern der Versammelten — aus jeder Fuge und Unebenheit, so daß alles zerlegt schien in bläulich grellen Schnee und harte, tiefschwarze Schlagschatten. — —

Polyxena hatte sich in den finstern oberen Raum geschlichen, den sie von ihren Zusammenkünften mit Ottokar her genau kannte — lag flach auf dem Bauch und beobachtete durch die runde Öffnung im Boden, die die beiden Stockwerke miteinander verband, was unten vor sich ging. — Es schienen ihr zumeist Arbeiter aus Maschinen- oder Munitionsfabriken zu sein, die da zusammengekommen waren — breitschultrige Männer mit harten Gesichtern und ehernen Fäusten — Ottokar, der neben dem russischen Kutscher saß, sah mit seiner schmächtigen Gestalt gegen sie aus wie ein Kind.

Wie sie bemerkte, waren sie ihm sämtlich fremd, denn er kannte nicht einmal ihre Namen.

Abseits von der Gruppe, auf einem Steinblock, kauerte, den Kopf tief auf die Brust gesenkt, wie schlafend, der Schauspieler Zrcadlo.

Der Russe mußte offenbar — bevor sie gekommen war, eine Rede gehalten haben, denn allerhand Fragen, die darauf hinwiesen, wurden an ihn gestellt. — Auch ein Heft, aus dem er wahrscheinlich einzelne Stellen vorgelesen hatte, wanderte von Hand zu Hand.

»Peter Alexejewitsch Kropotkin«, buchstabierte der links neben ihm sitzende tschechische Lakai das Titelblatt des Heftes, bevor er es ihm zurückgab. »Is das ein russischer General? — No, und werden mir sich dann mit die russischen Truppen gegen die Juden verbünden, bis es soweit is, Pane Sergej —«

Der Russe fuhr hoch: »Mit Soldaten verbünden? Wir? — Wir wollen doch selber die Herren sein! Weg mit den Truppen! Haben jemals Soldaten etwas anderes getan, als auf uns zu schießen? — Wir kämpfen für Freiheit und Gerechtigkeit gegen alle Tyrannei — wir wollen den Staat zertrümmern, die Kirche, den Adel, das Bürgertum; sie haben uns lange genug regiert und zum Narren gehalten. — Wie oft soll ich dir das noch sagen, Vaclav! — Das Blut des Adels muß fließen, der uns täglich demütigt und knechtet: nicht ein einziger von ihnen darf übrigbleiben, weder Mann noch Greis, noch Weib noch Kind. —« Er hob seine furchtbaren Hände in die Höhe wie Hämmer — konnte, schäumend vor Wut, nicht mehr weitersprechen.

»Ja, Blut muß fließen!« rief der tschechische Lakai rasch überzeugt, »da sind mir sich einig.«

Ein beifälliges Gemurmel erhob sich.

»Halt, da mach' ich nicht mit« — Ottokar war aufgesprungen, und sofort trat lautlose Stille ein. »Über Wehrlose herfallen? Bin ich ein Bluthund? — Ich protestiere. Ich — —«

»Schweig! Du hast's versprochen, Vondrejc; du hast geschworen!« — schrie der Russe und wollte ihn am Arm packen.

»Nichts hab' ich versprochen, Pane Sergej« — Ottokar

stieß erregt die Faust zurück, die nach ihm griff. »Ich hab' geschworen, nichts zu verraten, was ich hier sehen werde, und wenn man mir die Zunge aus dem Halse risse. Und das werde ich halten. — Ich hab' euch die Daliborka aufgesperrt, damit wir hier zusammenkommen können und beraten, was geschehen soll; du hast mich angelogen, Sergej; du hast gesagt, wir wollten — —«, er kam nicht weiter, der russische Kutscher hatte sein Handgelenk erwischt und riß ihn nieder. — Ein kurzes Ringen entstand, wurde aber sofort unterbrochen.

Ein riesiger Arbeiter mit breitem Tigergesicht stand drohend auf und funkelte den Russen an: »Loslassen, Pane Sergej! Hier kann sich jeder reden, wie er will. Verstähn sie mich? — Ich bin der Gerber Stanislav Havlik. — Gut, es wird sich Blut fließen und muß sich Blut fließen. Es gäht sich nicht mehr anderst. — Aber es gibt sich Menschen, die was kein Blut nicht segen können. Und er ise sich bloß ein Musikant.«

Der Russe wurde blaß bis in die Lippen — kaute wütend an seinen Fingernägeln und musterte unter den gesenkten Augenlidern hinweg die Gesichter der anderen, um zu erfahren, wie sie sich zu der Sache stellen würden. —

Zwietracht paßte ihm jetzt am allerwenigsten. Es galt, unter allen Umständen die Zügel in der Hand zu behalten. Worauf es ihm einzig und allein ankam, war: sich selbst an die Spitze einer Bewegung zu setzen, gleichgültig, welchen Namen sie tragen würde.

An die Möglichkeit, nihilistische Theorien durchzuführen, hatte er nie im Leben geglaubt, war auch viel zu klug dazu. — Derlei Hirngespinste überließ er Träumern und Narren.

Aber mit nihilistischen Schlagworten eine törichte Menge aufzupeitschen, um dann aus dem Wirrwarr der Folgen

irgendeine Machtstellung für sich herauszufischen — einmal im Wagen zu sitzen, statt immer nur auf dem Bock —, das, erkannte er mit richtigem Kutscherblick, war das wahre Rezept aller Anarchistenlehre. Der verborgene Wahlspruch der Nihilisten: »Geh du weg und laß mich hin«, war längst auch der seinige geworden.
Er zwang sich zu einem Grinsen und lenkte ein:
»Sie haben recht, Pane Havlik, wir werden schon allein ganze Arbeit machen. — — Was wir alle wollen, ist doch dasselbe!« — Er zog sein Heft wieder aus der Tasche und las vor:
»Hier steht: ›Die kommende Revolution wird den Charakter der Allgemeinheit annehmen, ein Umstand, der sie vor allen vorhergehenden Umwälzungen auszeichnen wird. Es wird nicht mehr ein Land allein sein, das vom Sturm ergriffen wird; die gesamten Länder Europas werden hineingezogen werden. — Wie im Jahre 1848, so wird auch heute der Anstoß, der von einem Lande ausgeht, notwendigerweise alle übrigen Länder in Bewegung setzen und den revolutionären Brand in ganz Europa entfachen.‹ — Und dann steht hier:« er blätterte um —: »— — sie haben uns die Arbeitsfreiheit versprochen, diese herrschenden Klassen, aber sie haben uns in Fabriksklaven verwandelt (»Sie sind doch gar nicht Fabrikarbeiter, Pane Sergej« — ließ sich eine spöttische Stimme aus dem Hintergrund vernehmen), sie haben uns in Untergebene der ›Herren‹ verwandelt. Sie haben es übernommen, die Industrie zu organisieren, um uns ein menschenwürdiges Dasein zu sichern, aber endlose Krisen und tiefes Elend sind das Resultat; den Frieden haben sie uns versprochen, und zum Krieg ohne Ende haben sie uns geführt. Alle ihre Versprechen haben sie gebrochen.‹« — (»Stimmt. Stimmt aufs Haar? Was? Was sagt man?« rief der tschechische

Lakai wichtigtuerisch dazwischen und blickte, den Beifall heischend, der zu seinem Erstaunen ausblieb, mit stieren Augen umher.) — — »Hört jetzt, was seine Durchlaucht Fürst Peter Kropotkin — mein Vater hat seinerzeit die Ehre gehabt, bei ihm Leibkutscher zu sein — weiter schreibt: ›Der Staat ist der Beschützer der Ausbeutung und der Spekulation, er ist der Beschützer des durch Raub und Betrug entstandenen Privateigentums. Der Proletarier, dessen einziges Gut die Kraft und Geschicklichkeit seiner Hände ist‹ « — er hob wie zum Beweis seine muskulösen Pranken in die Höhe —, » ›hat nichts vom Staate zu erwarten; für ihn ist er nichts weiter als eine Körperschaft, die bestrebt ist, um jeden Preis seine Befreiung zu verhindern‹ — Und weiter: ›Schreiten die herrschenden Klassen vielleicht vorwärts im praktischen Leben? Weit entfernt davon: In wahnsinniger Verblendung schwenken sie die Fetzen ihrer Fahnen, verteidigen sie den egoistischen Individualismus, den Wettkampf Mann gegen Mann, Nation gegen Nation («Auf gegen die Juden!« hetzte die Stimme im Hintergrund): die Allmacht des Zentralistischen Staates. — Sie schreiten vom Protektionismus zum freien Austausch und vom freien Austausch zum Protektionismus, sie gehen von der Reaktion zum Liberalismus und vom Liberalismus zur Reaktion, vom Muckertum zum Atheismus und vom Atheismus zum Muckertum. (»Muk, Muk«, spöttelte es wieder aus dem Hintergrund, und einige lachten.) Immer furchtsam, den Blick nach der Vergangenheit gerichtet, tritt ihre Unfähigkeit, nur das geringste dauerhafte Werk zu schaffen, mehr und mehr zutage.‹ — Und hört weiter: ›Wer dem ›Staate‹ das Wort redet, muß auch den Krieg gutheißen. Der Staat ist und muß bestrebt sein, seine Macht fortwährend zu vergrößern; er muß bestrebt sein, die benachbarten Staaten an Stärke zu übertreffen, wenn er nicht ein Spielzeug in ihren Händen sein will. — Deshalb ist der Krieg für die Staaten Europas stets unentbehrlich. Aber: noch ein oder zwei Kriege werden der baufälligen Staatsmaschine den Gnadenstoß versetzen.‹«

»Alles recht schön und gut«, unterbrach ein alter Handwerker ungeduldig, »aber was soll jetzt geschehen?«

»Du hörst doch: Die Juden totschlagen und den Adel! Iberhaupt alles, was sich patzig macht«, belehrte ihn der tschechische Lakai. »Wir missen ihnen zeigen, wer die wirklichen Herren im Lande sin.«

Der Russe schüttelte verbissen und ratlos den Kopf, dann wandte er sich, wie hilfesuchend, an den Schauspieler Zrcadlo, der aber immer noch, ohne an dem Streit teilzunehmen, auf seinem Stein sitzend, vor sich hindämmerte. Noch einmal raffte er sich zu einer Rede auf: »Was jetzt geschehen soll, fragt ihr mich? — Ich möchte euch fragen: Was muß geschehen? — Die Truppen sind im Feld. Es gibt nur noch Weiber und Kinder zu Haus und — uns! — Worauf warten wir?«

»Es gibt aber noch Eisenbahnen und Telegraphen«, wendete der Gerber Havlik gelassen ein. »Wenn wir morgen losschlagen, sind sich iebermorgen die Maschinengewähre in Prag. Und dann? — No servus.«

»Nun, dann — werden wir zu sterben wissen«, schrie der Russe, »wenn's soweit kommt, was ich nicht glaube« — er schlug mit der flachen Hand auf sein Heft: »Wer zagt, wenn es das Heil der Menschheit gilt? Die Freiheiten geben sich nicht von selbst, man muß sie sich nehmen!«

»Panove — meine Herren! Ruhe und kaltes Blut, ich bitt schän« — mit einer weit ausholenden pathetischen Geste ergriff der tschechische Lakai das Wort: »Panove! Ein alter diplomatischer Satz ise sich der folgende: Zuerscht Geld, dann noch amol Geld und dann erscht recht Geld! — Ich frage: Hat der Pan Kropotkin« — er machte mit den Fingern die Bewegung des Münzenzählens —, »hat der Kropotkin Penize? — Hat er — Geld?«

»Er ist tot«, murrte der Russe.

»Tot? — No — ja — dann?« der Lakai machte ein langes Gesicht. »Dann ise sich doch alles Reden umesunst.«

»Geld werden wir haben wie Mist!« rief der Russe. »Ist denn nicht die silberne Statue des heiligen Nepomuk im Dom dreitausend Pfund schwer? Liegen nicht im Kapuzinerkloster Millionen Perlen und Diamanten? Ist vielleicht nicht im Palais der Zahradka die uralte Herrscherkrone und ein Schatz vergraben?«

»Damit kann man kein Brot nicht kaufen«, ertönte die Stimme des Gerbers Havlik. »Wie das zu Geld machen?«

»Lächerlich«, frohlockte der Lakai, der sofort wieder Mut gefaßt hatte, »wozu is denn das städtische Versatzamt da! Ibrigens: Wer zagt, wenn's das Heil der Menschheit gilt?!«

Ein Stimmengewirr — für und wider — brach los; jeder wollte seine Meinung anbringen, nur die Arbeiter blieben ruhig.

Als der Lärm sich gelegt hatte, stand einer von ihnen auf und sagte ernst: »Was hier geschwätzt wird, geht uns nichts an. Das sind Menschenreden. — Wir wollen hören, was Gott zu uns spricht« — er deutete auf Zrcadlo — —, »aus seinem Munde soll Gott zu uns sprechen! — Unsere Vorväter waren Hussiten und haben nicht gefragt: ›Warum‹, wenn's geheißen hat: in den Tod stürmen. Wir werden's auch können. — Wir wissen nur das eine: So geht's nicht weiter. — — Sprengstoff ist da. Genug, um den ganzen Hradschin in die Luft fliegen zu lassen. — Wir

haben's beiseite geschafft, Pfund für Pfund und versteckt. — Soll er reden, was geschehen soll!«
Totenstille trat ein, und alles blickte gespannt auf Zrcadlo.
— In höchster Aufregung beugte sich Polyxena über das Loch in der Decke.
Sie sah, daß der Schauspieler taumelnd aufstand, aber er brachte kein Wort hervor — zog nur, abwärts streichend, an seiner Oberlippe; dann bemerkte sie, daß der Russe die Hände verkrampfte, als strenge er sich aus voller Macht an, den Mondsüchtigen durch seinen Willen zu beeinflussen.
Das Wort »Aweysha« fiel ihr ein, und sofort erriet sie, was der Russe — vielleicht unklar für ihn selbst — bezweckte: Er wollte den Schauspieler als Werkzeug verwenden.
Und es schien ihm auch glücken zu wollen: Zrcadlo bewegte bereits die Lippen.
»Nein, das darf nicht geschehen!« — Sie hatte nicht die leiseste Vorstellung, was sie tun müßte, um den Somnambulen nach ihrem Willen zu lenken, sie wiederholte nur immer und immer wieder den Satz: »Das darf nicht geschehen!« —
Die nihilistischen Theorien des Russen hatten ihr Verständnis nur gestreift — bloß das eine war haftengeblieben: Der Pöbel wollte die Herrschaft über den Adel an sich reißen! —
Das Blut ihrer Rasse bäumte sich gegen einen solchen Gedanken. —
Mit richtigem Instinkt begriff sie, was das treibende Gift in diesen Lehren war: die Gier des »Knechtes«, sich zum »Herrn« aufzuschwingen — der Pogrom in anderer Form. — Daß die Schöpfer dieser Ideen, Kropotkin oder

Tolstoj, den sie mit dazu zählte, und Michael Bakunin unschuldig darin waren, wußte sie nicht, aber sie hatte ihre Namen von je aus tiefster Seele gehaßt. —
— »Nein, nein, nein — ich, ich, ich will nicht, daß es geschieht!« knirschte sie in sich hinein.
Zrcadlo schwankte hin und her, als stritten zwei gegensätzliche Kräfte, die sich die Waage hielten, miteinander um die Oberherrschaft, bis eine dritte, unsichtbare Macht den Wettkampf für sich entschied; aber als er endlich die ersten Worte hervorstieß, klangen sie unsicher.
Voll Triumph fühlte Polyxena, daß sie abermals, wenn auch noch nicht vollends, den Sieg über den russischen Kutscher davongetragen hatte. — Was auch immer der Somnambule jetzt sprechen würde — sie wußte: — Es konnte unmöglich im Sinne ihres Gegners sein.
Der Schauspieler stieg, mit einemmal ruhig und sicher geworden, auf seinen Stein wie auf eine Rednerbühne.
Allgemeine Stille trat ein.
»Brüder! Ihr wollt, daß Gott zu euch spricht? — Jegliches Menschen Mund wird zum Munde Gottes, wenn ihr glaubt, daß es Gottes Mund ist.
Der Glaube macht es allein, daß sich des Menschen Mund in Gottes Mund verwandelt. Jedes Ding wird Gott, sobald ihr glaubt, daß es Gott ist!
Und wenn irgendwo Gottes Mund zu euch spräche und ihr glaubtet, daß es Menschenmund sei: — so ist auch schon Gottes Mund zum Menschenmund erniedrigt.
Warum glaubt ihr nicht, daß euer eigener Mund Gottes Mund sein kann? Warum sagt ihr nicht zu euch selber: ›Ich bin Gott, ich bin Gott, ich bin Gott?‹
Wenn ihr es sagtet und glaubtet, so hätte euch der Glaube geholfen in der selbigen Stunde.
So aber wollt ihr, daß Gottes Stimme dort spricht, wo

kein Mund ist — daß seine Hand eingreift, wo kein Arm ist. — In jedem Arm, der euern Willen hemmt, seht ihr: Menschenarm — in jedem Mund, der euch widerspricht: Menschenmund. In eurem eigenen Arm seht ihr nur: Menschenarm — in eurem eigenen Mund: nur Menschenmund, nicht Gottes Arm und nicht Gottes Mund! Wie soll Gott sich euch denn offenbaren, wenn ihr nicht an ihn glaubt, und: daß er überall ist?

Viele sind unter euch, die da glauben: Gott verhänge das Schicksal, und zur gleichen Zeit glauben sie: sie könnten Herr über ihr Schicksal werden. — Also glaubt ihr: ihr könntet Herr über Gott werden und dennoch Menschen bleiben? —

Ja, ihr könnt Herr über das Schicksal werden, aber nur wenn ihr wißt, daß ihr Gott seid; denn nur Gott kann Herr über das Schicksal sein.

Wenn ihr glaubet, daß ihr nur Menschen seid und von Gott getrennt und von Gott geschieden und ein anderes als Gott, so bleibet ihr unverwandelt, und das Schicksal steht über euch.

Ihr fragt: Warum hat Gott den Krieg entstehen lassen? — Fragt euch selbst: Warum habt ihr ihn entstehen lassen? Seid ihr denn nicht Gott?

Ihr fragt: Warum enthüllt uns Gott nicht die Zukunft? — Fragt euch selbst: Warum glaubt ihr nicht, daß ihr Gott seid: dann wüßtet ihr um die Zukunft, denn ihr schaffet sie euch selbst — jeder *den* Teil, der ihm obliegt, und aus dem Teil, den er selbst schüfe, könnte jeder das Ganze erkennen und vorher wissen.

So aber bleibet ihr Sklaven des Schicksals; und das Schicksal rollt wie ein fallender Stein, und der Stein seid ihr: ein Stein aus Sandkörnern gefügt und gekittet, und ihr rollet mit ihm und fallet mit ihm.

Und wie er rollt und wie er fällt, so ändert er seine Form in immer neue und neue Formen gemäß den unwandelbaren Gesetzen der ewigen Natur.
Auf die Sandkörner, die seinen Leib bilden, hat der Stein nicht acht. Wie könnte er denn? — Alles, was aus Erde besteht, kümmert sich nur um den eigenen Leib.
Bisher war der große Menschheitsstein ein lockerer Stein, aus Sandkörnern verschiedener Farbe wirr durcheinandergemengt; jetzt erst nimmt er die Form an, die jedes einzelne Sandkorn im kleinen hat: Er wird die Form eines einzigen, riesigen Menschen. —
Jetzt erst geschieht die Erschaffung des Menschen aus Hauch und — Lehm.
Und die, die ›Kopf‹ sind, nüchterner, denkender, die werden zusammen *sein* Kopf sein; und die, die ›Gefühl‹ sind, weiches, ertastendes, schauliches, beschauliches — die werden sein Gefühl sein!
So werden die Völker beisammenstehen, nach Art und Artung eines jeglichen und nicht nach Wohnsitz, Abstammung oder Sprache.
Hättet ihr von Anbeginn daran geglaubt, daß ihr Gott seid — so wär's im Anbeginn so geworden; so aber habt ihr warten müssen, bis das Schicksal Hammer und Meißel — Krieg und Elend — zur Hand nahm, um den widerspenstigen Stein zu behauen.
Ihr hofft, daß aus dem Munde dessen, den ihr Zrcadlo — den ›Spiegel‹ — nennt, Gott zu euch sprechen wird? — Hättet ihr den Glauben gehabt, daß er Gott ist und nicht nur sein Spiegel, so hätte euch Gott die volle Wahrheit gesagt über das, was da kommen wird.
So aber kann nur ein Spiegel zu euch reden und euch einen winzigen Teil der Wahrheit enthüllen. —
Ihr werdet es hören und dennoch nicht wissen, was ihr

tun sollt. — Wißt ihr doch nicht einmal jetzt, daß ihr den wertvollsten Teil der Geheimnisse, die ein Mensch ertragen darf, solang er noch sterblich ist, in wenigen Worten bereits empfangen habt!

Ein Linsengericht werdet ihr bekommen, so ihr nicht nach mehr begehret — — — — — —«

»Wie geht der Krieg aus? Wer gewinnt?« — platzte der tschechische Lakai mitten in die prophetische Rede hinein. — »Die Deitschen, Pane Zrcadlo? — Was ist das Ende?«

»Das — das Ende?« — Der Schauspieler kehrte ihm langsam und verständnislos das Gesicht zu; seine Züge wurden schlaff, und in den Augen erlosch das Leben; »Das Ende? — Der Brand von London und der Aufstand in Indien, das — das ist der Anfang — vom Ende.«

Die Leute umdrängten den Besessenen und bestürmten ihn mit Fragen, aber er gab keine Antwort mehr — glich einem Automaten ohne jede Empfindung.

Der russische Kutscher stierte mit verglasten Augen vor sich hin — die Zügel, mit denen er die Aufrührer zu lenken gehofft hatte, waren seinen Händen entfallen.

Sein Spiel war verloren. — Wo der Sektiererwahnsinn losbrach, gab's für ihn, den Machtbegierigen, keine führende Rolle mehr. Ein unfaßbares Gespenst hatte ihn vom Bock herabgestürzt und lenkte den Wagen.

Polyxena richtete, um ihre Sehkraft wiederzugewinnen, den Blick auf das dunkelgähnende Loch, um das die Menge herumgesessen war: Die ganze Zeit über hatte der Schauspieler dicht unter einer der Acetylenfackeln gestanden. — Das grelle, schneidende Licht hatte sie fast blind gemacht.

Immer wieder tauchte der Reflex der Flamme, der sie

auf der Netzhaut brannte, aus dem schwarzen Hintergrund empor. — — — —

Andere Bilder gesellten sich hinzu, schemenhafte Gesichter drängten aus der Tiefe da unten, dem äußern Sinne erkennbar geworden infolge der Ermüdung der Augennerven. Die Ausgeburten einer seelischen Walpurgisnacht rückten heran.

Polyxena fühlte, daß jede Fiber in ihr zuckte und bebte in einer neuen fremdartigen Erregung.

Die Worte des Schauspielers hallten in ihr nach — hatten irgend etwas geweckt, was ihr bis dahin vollkommen unbekannt gewesen war.

Auch die Männer mußte es wie fanatischer Taumel ergriffen haben; sie sah, daß ihre Mienen verzerrt waren und sie wild durcheinander gestikulierten — hörte ihre Schreie: »Gott hat zu uns gesprochen —« — »Ich bin Gott, hat er gesagt.«

Ottokar lehnte an der Wand, sprachlos, Lippen und Gesicht bleich, die flackernden Augen unverwandt auf den wie aus Stein gehauen dastehenden Schauspieler gerichtet.

Sie blickte wieder auf die gähnende, dunkle Öffnung und fuhr zusammen: stiegen da nicht Gestalten herauf, in Kleider aus Nebel gehüllt, gespenstische Wirklichkeit und nicht mehr Reflexe: Ottokar, noch einmal — sein Ebenbild als Schatten der Vergangenheit, ein Szepter in der Hand! —

Dann ein Mann mit einem rostigen Helm und einer schwarzen Binde über den Augen, wie Jan Zizka, der Hussit — und ihre Urahne, die Gräfin Polyxena Lambua, die hier im Turm wahnsinnig geworden war, in grauem Kerkergewand; — sie lächelte grausig zu ihr empor, und alle mischten sich unter die Aufrührer, ohne von ihnen gesehen zu werden.

Und das Ebenbild Ottokars verschmolz mit dem Lebendigen, der Mann mit dem Helm trat hinter den Schauspieler und verschwand; — statt seiner schwarzen Binde fiel plötzlich ein Schlagschatten über Zrcadlos Gesicht, und der rostige Helm war in wirres Haupthaar verwandelt.
Der Schemen der toten Gräfin huschte neben den Russen und umschloß mit den Händen würgend seinen Hals.
Er schien es zu spüren, denn er rang angstvoll nach Atem. Ihre Gestalt löste sich allmählich auf unter dem sengenden Schein der Acetylenfackeln, aber die weißen Finger blieben unsichtbar.
Polyxena begriff, was ihr die Bilder in stummer Sprache sagen wollten: — Sie richtete ihre ganze Willenskraft auf Zrcadlo und dachte daran, was ihr der Tatar über das Aweysha erzählt hatte.
Fast im selben Augenblick kam Leben in den Schauspieler; sie hörte das Zischen, wie er die Luft heftig durch die Nasenlöcher in sich riß. Die Männer prallten zurück, als sie ihn so verwandelt sahen.
Der Gerber Havlík deutete mit steifem Arm auf die Schattenbinde und schrie:
»Jan Zizka! Jan Zizka von Trocnov!«
»Jan Zizka von Trocnov«, lief es in scheuem Geflüster von Mund zu Mund.
»Jan Zizka von Trocnov«, kreischte der tschechische Lakai und bedeckte sein Gesicht mit beiden Händen: »Die ›böhmische Liesel‹ hat gesagt, daß er kommen wird!«
»Die ›böhmische Liesel‹ hat's prophezeit!« kam es wie ein Echo aus dem Hintergrund. — — —
Zrcadlo streckte suchend die linke Hand aus, als kniete vor ihm ein unsichtbarer Mensch, nach dessen Haupt er fassen wolle.

In seinen Augen lag der Ausdruck der Blindheit.

»Kde maš svou ples« — hörte ihn Polyxena murmeln — »Mönch, wo hast du deine Tonsur?«

Dann hob er langsam, Zoll für Zoll, die Faust und ließ sie plötzlich, wie auf einen Amboß, schmetternd niederfallen.

Ein Ruck des Entsetzens fuhr durch die Menge, als habe er in Wirklichkeit, wie Zizka zur Zeit der Taboriten, einem Pfaffen den Schädel zertrümmert.

Polyxena glaubte den Schemen eines Mannes in grauer Kutte niederstürzen zu sehen. — Die Historien aus den Hussitenkriegen, die sie in ihren Kinderjahren heimlich gelesen, traten vor ihren Blick: — auf weißem Pferd der schwarze Zizka in eiserner Rüstung vor seinen Kämpferscharen, blitzende Sensen und stachlige Morgensterne; zerstampfte Felder, brennende Dörfer, geplünderte Klöster. —

Sie sah im Geiste die blutige Schlacht gegen die »Adamiten«, die — Männer und Weiber nackt —, angeführt von dem rasenden Borek Klatovsky, nur mit Messern und Steinen in den Händen sich auf die Hussiten stürzten, sich in ihre Kehlen verbissen, bis man sie niederschlug wie tolle Hunde und die letzten vierzig umzingelte und auf Scheiterhaufen lebendig briet — sie hörte das Kriegsgetümmel in den Straßen Prags, die mit Ketten versperrt waren, um den Ansturm der wahnwitzigen Taboriten aufzuhalten — hörte die Schreckensrufe der fliehenden Besatzung auf dem Hradschin, das prasselnde Einschlagen der steinernen Kanonenkugeln, das Klirren der Streitkolben und Klingen der Äxte, das Sausen der Schleudern. —

Sie sah, wie der Fluch der sterbenden Adamiten: »Der einäugige Zizka solle erblinden«, an ihm in Erfüllung

ging — sah den Pfeil schwirren, der ihn in das noch sehende Auge traf — sah ihn, gestützt linke und rechts von seinen Hauptleuten, auf einem Hügel in die Nacht seiner Blindheit hineinstarren, während unten zu seinen Füßen im Sonnenschein die Schlacht tobte — hörte ihn Befehle geben, die die Scharen seiner Feinde niedermähten wie Sicheln das Getreide — sah den Tod von seiner vorgestreckten Hand ausgehen wie einen schwarzen Blitz. — — Und dann — und dann, das Furchtbarste von allem: Zizka, an der Pest gestorben und dennoch — dennoch — lebendig! Seine Haut auf eine Trommel gespannt! Ihr scheppernder, grauenhaftes Bellen jagt alle in die Flucht, die es hören.
Jan Zizka von Trocnov, der Blinde und Gehäutete, reitet — ein Gespenst auf verwestem Pferd — unsichtbar seinen Horden voran und führt sie von Sieg zu Sieg! — — — —
Das Haar sträubte sich ihr bei dem Gedanken, daß der Geist Zizkas auferstanden und in den Körper des besessenen Schauspielers gefahren sein könne.
Wie ein Sturmwind brachen die Worte Zrcadlos, die er zu den Aufrührern sprach, aus seinem Munde hervor, bald schrill und gebieterisch — dann wieder heiser, aufpeitschend, in kurzen, abgebrochenen Sätzen hintereinander herjagend und die Wurzeln der Besinnung aus jedem Hirn reißend.
Schon der Klang der einzelnen Silben betäubte wie mit Keulenschlägen. — Was sie bedeuten? Sie konnte es nicht erfassen, so laut rauschte ihr vor Aufregung das Blut in den Ohren — sie erriet nur, was er sagte, an dem wilden Feuer in den Augen der Männer, an den geballten Fäusten, an den sich duckenden Köpfen, wenn die Rede nach geflüsterten Pausen von Zeit zu Zeit losbrach wie ein Orkan und über die Herzen hinfegte. — — — —

Immer noch sah sie die drosselnden Finger ihrer Ahne um den Hals des russischen Kutschers gelegt.

»Die Bilder meiner Seele sind zu Gespenstern geworden und tun dort unten ihr Werk«, fühlte sie, und es kam wie schnelle Erkenntnis über sie, daß sie losgelöst von ihnen sei und für eine Weile ein eigenes Selbst sein könne.

Ottokars Gesicht schaute zur Decke auf, als fühle er mit einemmal ihre Nähe — seine Augen blickten fest in die ihren.

Der Ausdruck des Traumes und der Abgezogenheit lag darin, den sie so gut an ihm kannte.

»Er sieht und hört nichts«, wußte sie, »die Worte des Besessenen sind nicht für ihn bestimmt; das Gebet der Stimme im Lindenhof geht in Erfüllung: »Muttergottes, Gebenedeite, erhöre die Sehnsucht, die ihn verzehrt, aber laß seine Hände rein bleiben von Menschenblut.«

Wie ein brausendes Lied aus Orgelklängen hüllte es sie plötzlich ein: das Gefühl einer unermeßlichen Liebe zu Ottokar, wie sie nie für möglich gehalten, daß es je ein Menschenherz empfinden könnte. —

Als sei der dunkle Vorhang der Zukunft für einen Augenblick entzweigerissen, sah sie Ottokar dastehen: ein Zepter in der Hand — — der Schemen, der sich vorhin mit ihm verschmolzen hatte, wurde Fleisch und Wirklichkeit für sie — — und auf dem Haupt eine Herrscherkrone.

Jetzt verstand sie, welche Sehnsucht Ottokar verzehrte — ihretwegen!

»Meine Liebe ist nur ein schwacher Widerschein der seinen« — sie kam sich vor wie zerschmettert, konnte nicht mehr denken.

Wie fernes Murmeln pochte die Rede Zrcadlos an ihr Bewußtsein: Er sprach von Böhmens versunkener Pracht und von dem Glanz einer neuen kommenden Herrlichkeit. — Und jetzt: — — »König!« — hatte er nicht »König« gesagt?

Sie sah, daß Ottokar zusammenzuckte und unverwandt zu ihr emporstarrte, als erkenne er sie plötzlich — fahl im Gesicht wurde, sich ans Herz griff und mit dem Umsinken kämpfte.

Dann zerriß ein ohrenbetäubendes Getöse die Luft und verschlang die letzten Worte des Schauspielers.

»Jan Zizka! — Jan Zizka von Trocnov wird unser Führer sein!«

Zrcadlo deutete auf Ottokar und brüllte ein Wort in die aufgeregte Menge.

Sie verstand es nicht — sah nur, daß ihr Geliebter ohnmächtig niederstürzte — hörte ihren eigenen gellenden Schrei:

»Ottokar! Ottokar!«

Ein Heer von weißen Augen war plötzlich zu ihr emporgekehrt. Sie fuhr zurück.

Sprang auf. Prallte mit jemand zusammen, der da in der Dunkelheit gestanden haben mußte.

»Es ist der Bucklige von der Schloßstiege«, schoß es ihr durch den Kopf, dann riß sie die Türe des Turmes auf und stürmte über den Lindenhof in ein Nebelmeer hinein.

SIEBENTES KAPITEL

Abschied

Mit Riesenschritten nahte der Zeitpunkt heran, der alljährlich ein Ereignis ersten Grades im Leben des Herrn kaiserlichen Leibarztes bedeutete: der 1. Juni! Die Reise nach Karlsbad!
Jeden Morgen bei Sonnenaufgang umkreiste der rotbewestete Kutscher die königliche Burg, »bis das Fenster klang« und er der Haushälterin allerlei für den gnädigen Herrn bestimmte frohe Botschaften hinaufrufen konnte: das neue Riemzeig sei blank geputzt, die mit Email-Kutschenlacksolventnaphthaersatz gestrichene Reisekutsche glücklich trocken geworden, und Karlitschek habe bereits im Stall gewiehert. —
Der Herr kaiserliche Leibarzt konnte den Tag des Aufbruchs kaum mehr erwarten.
Es gibt keine Stadt der Welt, der man so gern den Rücken kehren möchte, wenn man in ihr wohnt, wie Prag; aber auch keine, nach der man sich so zurücksehnt, kaum, daß man sie verlassen hat.
Auch der Herr kaiserliche Leibarzt war ein Opfer dieser sonderbaren Anziehungs- und Abstoßungskraft, obwohl

er eigentlich gar nicht in Prag wohnte, vielmehr — im Gegenteil — auf dem Hradschin.

Die Reisekörbe standen bereits gepackt im Zimmer umher. Der Herr kaiserliche Leibarzt hatte in der verflossenen Nacht einen Tobsuchtsanfall bekommen, sämtliche junge und alte »böhmische Liesels«, Zrcadlos, Mandschus und »Grüne Frösche« zum Teufel gejagt — kurz: einen Energiesturm aus seiner Brust heraufbeschworen, der ihn befähigte, in weniger als einer Stunde alles, was sich in Schränken und Kommoden für den Karlsbader Aufenthalt Geeignetes vorfand, in die Schlünde der Felleisen und Ledertaschen hineinzustopfen — etwa wie ein wirklicher Pinguin Fische in die Schnäbel seiner Jungen — und schließlich die dickgeschwollenen Koffer, denen die Rockschöße, Halsbinden und Unterhosen nur so zum Maul heraushingen, so lange zu behüpfen und zu beflattern, bis ihr Widerstand endgültig gebrochen war und die Riegel seufzend ins Schloß knipsten.
Nur ein Paar Pantoffeln mit eingestickten Tigerköpfen und Vergißmeinnichtkränzen aus Glasperlen sowie ein Nachthemd hatte er zurückbehalten und beides vor Ausbruch seiner Raserei sorgfältig mit Bindfaden am Kronleuchter befestigt, damit sie sich nicht vor seinem blinden Wüten verkröchen und dann wochenlang unauffindbar seien. — — —

Erstere trug er jetzt an den Füßen, in letzteres — eine Art bis auf die Knöchel herabwallendes Bußgewand mit goldenen Knöpfen und hinten einer Kämmererspange, um, zu Sitzbadezwecken, ein Hochstecken der hinderlich langen Schlippen bewerkstelligen zu können — hatte er seinen hagern Leib gehüllt.

In diesem Aufzug durchmaß er ungeduldigen Schrittes sein Zimmer.
So glaubte er wenigstens.
In Wirklichkeit lag er im Bett und schlief — zwar den unruhigen Schlaf des Gerechten vor der Abreise, aber immerhin: Er schlief und träumte.
Das Träumen war eine lästige Begleiterscheinung des Karlsbader Unternehmens — er kannte das —; jedesmal im Mai pflegte es sich einzustellen; und gar in diesem Mai hatte es geradezu unerträgliche Formen angenommen. In früheren Jahren hatte er hartnäckig alles, was ihm in solchen Fällen träumte, tagebücherlich vermerkt — im Wahn, es zu bannen, bis er dahinterkam, daß es dadurch nur schlimmer wurde.
So war ihm schließlich nichts anderes übriggeblieben, als sich mit der unleidlichen Tatsache abzufinden und auf die übrigen elf Monate zu hoffen, in denen ihm erfahrungsgemäß tiefer bewußtloser Schlummer gewiß war. — Beim Hinundherwandern blieb sein Blick zufällig auf dem Abreißkalender über dem Bett haften, und verblüfft las er, daß dort immer noch der 30. April, das niederträchtige Datum der Walpurgisnacht, hing.
»Das ist ja gräßlich«, murmelte er, »vier volle Wochen noch bis zum 1. Juni? Und die Koffer schon gepackt! Was soll ich jetzt nur anziehen? Ich kann doch nicht im Hemd zum ›Schnell‹ frühstücken gehen!« — Der Gedanke, alles wieder aufsperren zu müssen, war ihm entsetzlich. Er malte sich aus, wie die zum Platzen vollen Reisetaschen sogleich die ganze Garderobe ausspeien müßten — womöglich rülpsend und ächzend, als hätten sie Brechweinstein gefressen. Im Geiste sah er bereits zahllose Krawatten jeglicher Gattung sich auf ihn zuschlängeln wie Nattern; der Stiefelzieher wollte ihn, aus Wut, so lange einge-

sperrt gewesen zu sein, mit Krebsscheren in die Ferse beißen — und gar ein rosa Strickgeflecht — ähnlich einem Kinderhäubchen, nur mit weißen weichen Glacélederriemen statt Bändern — — es war die höchste Unverschämtheit, daß sich ein toter Gebrauchsgegenstand so etwas erlauben durfte! — — »Nein«, beschloß er im Traum, »die Koffer bleiben zu!«

In der Hoffnung, doch vielleicht falsch gelesen zu haben, setzte der Herr kaiserliche Leibarzt seine Brille auf und wollte den Kalender nochmals nachprüfen, da wurde das Zimmer plötzlich eiskalt, und die Gläser beschlugen sich im Nu mit Wasserdampf.

Als er sie abnahm, stand ein Mann vor ihm, nackt, nur ein Schurzfell um die Lenden, dunkelhäutig, hochgewachsen, unnatürlich schmal und eine schwarze Mitra, aus der goldene Funken herausleuchteten, auf dem Haupt.

Der Herr kaiserliche Leibarzt wußte sofort, daß es der Luzifer war — wunderte sich aber nicht im geringsten, denn es wurde ihm gleichzeitig klar, daß er tief innerlich eine solche Erscheinung längst erwartet hatte.

»Du bist der Mann, der alle Wünsche in Erfüllung gehen lassen kann?« fragte er und verbeugte sich unwillkürlich. »Kannst du auch — —?«

»Ja, ich bin der Gott, in dessen Hände die Menschen ihre Wünsche legen«, fiel ihm das Phantom in die Rede und deutete auf das Lendentuch; »ich bin der einzig Gegürtete unter den Göttern; die andern sind geschlechtslos.

Nur *ich* kann Wünsche verstehen; wer in Wahrheit geschlechtslos ist, der hat für immer vergessen, was Wünsche sind. Die unerkennbare, tiefste Wurzel jedes Wunsches ruht stets im Geschlecht, wenn auch die Blüte — der wache Wunsch — scheinbar nichts mit Geschlechtlichkeit zu tun hat. —

Der einzige Erbarmer unter den Göttern bin ich. — Es gibt keinen Wunsch, den ich nicht auf der Stelle hörte und erfüllte.

Aber nur die Wünsche der Seelen höre ich und bringe sie dem Lichte. Darum heißt ich: luci — fero.

Für die Wünsche, die aus dem Munde der wandelnden Leichname kommen, ist mein Ohr taub. — Deshalb entsetzen sich diese ›Toten‹ vor mir.

Ich zerfleische die Leiber der Menschen erbarmungslos, wenn ihre *Seele* es wünscht — wie ein erbarmungsreicher Chirurg, erbarmungslos aus höherem Wissen, brandige Glieder erkennt und entfernt, so auch ich.

Manches Menschen *Mund* schreit nach dem Tod, indes seine Seele nach Leben schreit — dem zwing' ich das Leben auf. Viele lechzen nach Reichtum, aber ihre Seele sehnt sich nach Armut, um durch das — Nadelöhr einzugehen — —, die mach' ich zu Bettlern auf Erden.

Deine Seele und die deiner Väter haben sich nach Schlaf im irdischen Dasein gesehnt: Drum hab' ich euch zu Leibärzten gemacht — hab' eure Leiber in eine steinerne Stadt gesetzt und euch mit Menschen aus Stein umgeben.

Flugbeil, Flugbeil, ich weiß, was du willst! — Du sehnst dich, wieder jung zu sein! — Aber du zweifelst an meiner Macht und meinst, ich könnte die Vergangenheit nicht mehr zurückbringen, und wirst mutlos und möchtest lieber wieder schlafen gehen. — — Nein, Flugbeil, ich lasse dich nicht! — Denn auch deine *Seele* fleht: Sie will jung sein.

Darum werde ich euer *beider* Wunsch erfüllen.

Ewige Jugend ist ewige Zukunft, und in dem Reich der Ewigkeit wacht auch die Vergangenheit wieder auf als ewige Gegenwart.« — — —

Der Herr kaiserliche Leibarzt bemerkte, daß die Erscheinung bei den letzten Worten durchsichtig wurde und statt ihrer — da, wo die Brust gewesen war — eine Ziffer immer deutlicher und deutlicher erschien, bis nur mehr das Datum »30. April« übrigblieb.

Um dem Spuk ein für allemal ein Ende zu setzen, wollte er die Hand ausstrecken und den Zettel abreißen, aber es gelang ihm nicht, und er sah ein, daß er wohl noch für eine Zeit die »Walpurgisnacht« mit ihren Gespenstern über sich werde ergehen lassen müssen.

»Ich habe ja eine schöne Reise vor mir«, tröstete er sich, »und die Verjüngungskur in Karlsbad wird mir guttun.«

Da es ihm nicht glücken wollte, aufzuwachen, blieb ihm nichts anderes übrig, als in festen, traumlosen Schlummer zu versinken. — — — — — — — — — — —

Punkt 5 Uhr früh pflegte regelmäßig ein scheußlicher schriller Ton, hervorgerufen durch einen elektrischen Straßenbahnwagen, der um diese Zeit unten in Prag beim böhmischen Theater in eine Kurve bog und die Schienen zum Heulen brachte, die Schläfer auf dem Hradschin zu wecken.

Der Herr kaiserliche Leibarzt war so gewöhnt an diese unliebsame Lebensäußerung der verächtlichen »Welt«, daß sie ihn gar nicht mehr störte und er vielmehr anfing, sich unruhig im Bett hin und her zu werfen, als diesen Morgen der Ton befremdlicherweise ausblieb.

»Es muß etwas los sein da unten«, schob sich eine Art logischer Erwägung durch sein Bewußtsein und zog ein Heer dumpfer Erinnerungen an die letzten Tage hinter sich drein.

Des öfteren hatte er — gestern noch — durch sein Fernrohr geguckt, und jedesmal waren die Straßen überfüllt von Menschen gewesen; sogar über die Brücken war das

Getümmel gewogt und das unaufhörliche »Slava«- und »Nas zdar«-Geschrei hatte sich in langgezogenen »Haahaahaa«-Rufen bis zu seinem Fenster verirrt. Gegen Abend war dann über dem Hügelrücken im Nordosten Prags das riesige Transparentbild Zizkas, beleuchtet von zahlreichen Fackeln, sichtbar geworden wie ein weißes Spektrum aus der Unterwelt. — Seit Kriegsausbruch zum erstenmal wieder.

Er hätte der Sache weiter keine Beachtung geschenkt, wenn ihm nicht schon vorher allerlei sonderbare Gerüchte zu Ohren gekommen wären: Zizka habe sich, auferstanden von den Toten, leibhaftig und wirklich (die Haushälterin beschwor es sogar unter allen Zeichen höchster Erregung mit sämtlichen zehn Fingern), da und dort nächtlicherweile in den Gassen gezeigt.

Daß den Prager Fanatikern nie etwas unwahrscheinlich genug dünkt, um es nicht so lange weiterzuerzählen, bis sie es selber glauben und ein Massenauflauf entstanden ist, wußte er aus langer Erfahrung; aber eine derartig hirnverbrannte Idee festen Fuß fassen zu sehen, war ihm denn doch neu.

Kein Wunder daher, daß er sich im Halbschlaf das Ausbleiben des Trambahngeräusches als Anzeichen ausbrechender Unruhen deutete — überdies mit voller Berechtigung, denn tatsächlich stand Prag wieder einmal im Zeichen des Auflaufs.

— — — Einige Stunden später erschien ihm, mitten ins schönste Drösen hinein — wie weiland dem Belsazar — eine Hand, nur war es die eines Hausknechts namens Ladislaus, und obendrein schrieb sie nicht (hätte es auch gar nicht können), sondern überreichte ihm vielmehr eine Visitenkarte, darauf zu lesen war:

> STEFAN BRABETZ
>
> behördlich concessionirtes Prifa'd-Organ zur Aufrechterhaltung der öffentlichen Sicherheit sorgfältigste Überwachung des Ehelebens nebst Eruirung discreter Kinder sowie ununterbrochenes Imaugebehaltung säumiger Schuldner, Wechseleßkommt und Häuserverkauf. Jeder verlorene Hund wird unter Garantie der Wiedererkenntniß zurückgebracht.
>
> !Zahllose Dankschreiben!

»Walpurgisnacht«, murmelte der kaiserliche Leibarzt und glaubte allen Ernstes einen Augenblick, er träume noch.
»Was will der Mensch?« fragte er laut.
»Das weiß ich nicht«, war die lakonische Antwort.
»Wie sieht er denn aus?«
»Jeden Tag anderscht, bitt schän.«
»Was soll das heißen?« —
»No, der Stefan Brabetz ziecht sich doch alle fünf Minuten um. Weil er nicht will, daß man weiß, daß er's is.«
Der Herr kaiserliche Leibarzt dachte eine Weile nach. — — »Gut, er soll hereinkommen.«
Somit ließ sich ein heftiges Räuspern auf der Türschwelle vernehmen, und an dem entschwindenden Hausknecht vorbei huschte auf lautlosen Gummisohlen ein Mann ins Zimmer, mit beiden Augen schielend, eine aufgeklebte Warze auf der Nase, die Brust voller Blechorden, unter dem verbindlich gekrümmten Arm eine Aktentasche nebst Strohhut, und ließ einen Schwall serviler Phrasen los, der mit den Worten schloß:

»Womit ich Euer Exlenz gnä' Herrn kaiserlich-käniglichen Leibharz meine alleruntertänigste Aufwartung zu machen gestatte.«

»Was wünschen Sie?« fragte der Pinguin scharf und machte unter der Bettdecke eine unwirsche Flatterbewegung.

Der Spitzel wollte wieder zu säuseln beginnen, wurde aber jäh unterbrochen:

»Was Sie wünschen, will ich wissen!«

»Es — bitt schän, Pardon —, es handelt sich nämlich um die gnädigste Fräulein Komtesse. — Natrierlich, bitt schän, Exlenz, eine sehr eine hochansehnliche junge Dame. Nicht, daß ich auf sie sag! Gotteswillen!«

»Was für eine Komtesse?« fragte der Leibarzt erstaunt.

»No — — Exlenz werden schon wissen.«

Flugbeil schwieg; er scheute sich aus Taktgefühl, weiter nach dem Namen zu forschen. »Hm. — Nein. Ich kenne keine Komtessen.«

»Alsdann — bitte: nicht, Exlenz.«

»Ja. Hm. — Übrigens: was habe *ich* damit zu tun?«

Der Detektiv ließ sich schwalbenhaft und ehrerbietig auf die Sesselkante nieder, drehte seinen Hut, schielte süßlich lächelnd zur Decke empor und wurde dann plötzlich beredt:

»Tschuldigen schon, Exlenz, aber ich hab' ich mir gedenkt, die Freilein Komtesse is nämlich eine wunderschäne junge Dame mit noch zarten Formen, wie man so sagt. No und so und ieberhaupt. — — No, und da hab' ich mir gedenkt, es ise sich doch jammerschad, daß sich eine vornehme Dame, und noch dazu in jungen Jahren, wo sie's doch noch nicht nätig hat, an einen elendigen Lumpen wie den Vondrejc wegschmeißt, der was keinen Heller nicht in der Tasche hat. Und so. — — — No und gar, wo

Exlenz gnä' kaiserlich-käniglidie Leibharz im Haus ein- und ausgehen. — — Und es im Haus doch viel bequemer wär. — —
Ibrigens, wenn es zu Hause nicht paßt, wißt' ich ein anderes Haus, wo ein jeds Zimmerl einen extern Ausgang hat. Und so.«
»Interessiert mich nicht. Schweigen Sie!« — fuhr der Pinguin auf, senkte aber noch im selten Atem versöhnlich die Stimme, denn er hätte gern gewußt, was weiter kommen werde. — »Ich habe keine Verwendung für — für den Artikel.«
»Alsdann; bitte nicht, Exlenz!« — hauchte das »Privatorgan« sichtlich enttäuscht. — »Ich habe ja auch nur gemeint. — — Schade! — Es hätt' mich nur ein Wort an die Freilein Komtesse gekostet, denn ich weiß etwas auf sie. — — No, und außerdem hab' ich mir halt gedenkt, Exlenz hätten dann« — die Stimme des Herrn Brabetz bekam einen spitzigen Ton — »auch nicht mehr — zur — ›bähmischen Liesel‹ zu gehen gebräucht. — Tje.«
Der Herr kaiserliche Leibarzt erschrak — wußte einen Moment lang nicht, was er sagen solle — —
»Sie glauben doch nicht am Ende, ich sei deshalb zu der alten Vettel gegangen? — Sind Sie verrückt?«
Der Detektiv hob abwehrend die Hände: »Ich und so was glauben? Mein Ehrenwort! Exlenz!« — Er vergaß mit einemmal zu schielen und blickte den kaiserlichen Leibarzt lauernd an — »ich weiß doch von selbstverstehtsich, daß Exlenz — gewisse — andere — Gründe — gehabt haben, als Exlenz — Pardon — zur ›bähmischen Liesel‹ — tje — gegangen sind. No und deswegen bin ich ja eigentlich gekommen! — Tje — andere Gründe.«

Der Pinguin erhob sich neugierig vom Polster: »Und die wären?«
Brabetz zuckte die Achseln. »Ich leb' ich doch von — von Dischkretion. — Ich will ja auch nicht direkt sagen, daß Exlenz in die Verschwärung, die was mit der Liesel zusammenhängt, verwickelt sin, obwohl...«
»Was: obwohl?«
»Obwohl heitigentags sehr angesehene Leute im Verdacht des Hochverrats stehen.«
Der Herr kaiserliche Leibarzt glaubte nicht recht gehört zu haben —
»Hochverrat?«
»Nein; im Verdacht; im Ver—dachtä! — — Tje. — Im Verdach—tä!« — Da der kaiserliche Leibarzt den Wink offenbar nicht verstand, wurde der Spitzel deutlicher: »Tje. — No und ein Verdacht« — er betrachtete gramerfüllt seine Plattfüße — »geniegt. Leider! — Es wär von rechtswegen meine Pflicht, an gewisser Stelle untertänigs zu vermelden — und so — wenn ich etwas von einem Verdachte weiß. — Tje — Ich bin ich nämlich ein pflichttreuer Mensch; mein Ehrenwort. — Außer, freilich, wenn ich zu der Überzeigung komm, daß ein Verdacht entkräftet is — —. No, und schließlich wäscht ja im täglichen Läben eine Hand die andere« — er blickte unwillkürlich auf seine schmutzigen Fingernägel.
In dem Herrn kaiserlichen Leibarzt kochte die verhaltene Wut.
»Mit anderen Worten: Sie wollen ein Trinkgeld?«
»Bitt schän, ganz nach Euer Exlenz Ermessen.«
»Gut.« — Der kaiserliche Leibarzt klingelte.
Der Hausknecht erschien.
»Ladislaus, pack den Kerl beim Kragen und schmeiß ihn die Stiegen hinunter!«

»Zu dienen.« —
Eine ungeheure Tatze entfaltete sich wie ein Palmenblatt, verfinsterte das Zimmer, und eine Sekunde später waren Spitzel und Hausknecht verschwunden, als seien sie bis dahin nur ein Filmbild gewesen.
Der Herr kaiserliche Leibarzt lauschte: ein Krach unten im Flur!
Dann polterten schwere Fußtritte die Stiegen hinab. — Dem lebenden Geschoß nach.
»Na Servus, der Ladislaus hebt den Kerl, scheint mir, auf und wirft ihn vielleicht gar noch die Schloßstiege hinunter. Er nimmt die Sache wörtlich«, brummte der kaiserliche Leibarzt, kreuzte die Arme über der Brust und schloß die Lider, um die gestörte Morgenruhe wiederherzustellen.

Kaum eine Viertelstunde war vergangen, als ein Winseln ihn aufschreckte.
Gleich darauf öffnete jemand vorsichtig die Tür, und Baron Elsenwanger, gefolgt von seinem gelben Jagdhund Brock, schlich, den Finger warnend auf die Lippen gelegt, auf den Zehenspitzen herein.
»Grüß dich Gott, Konstantin! Ja, wo kommst denn du her so in aller Frühe?« — rief der kaiserliche Leibarzt erfreut, aber es verschlug ihm sofort die Rede, als er ein leeres, blödsinniges Lächeln im Gesicht seines Freundes gewahrte. »Armer Teufel«, murmelte er, tief erschüttert, »er hat sein bißchen Verstand verloren.«
»Pst, pst«, flüsterte der Baron geheimnisvoll, »pst, pst. — Nur nöt, nur nöt!« — Dann blickte er sich scheu um, zog hastig einen vergilbten Briefumschlag aus der Tasche und warf ihn aufs Bett. »Da nimm, Flugbeil. — Aber: nur nöt, nur nöt!«

Der alte Jagdhund zog den Schwanz ein, richtete die halbblinden, milchigglänzenden Augen unverwandt auf seinen wahnsinnigen Herrn und öffnete rund das Maul, als wollte er heulen, aber es kam kein Ton aus seiner Kehle.
Ein unheimlicher Anblick.
»Was willst du, was ich nicht soll?« fragte der kaiserliche Leibarzt mitleidig.
Elsenwanger hob den Finger: »Taddäus, ich bitt' dich. — Aber nur nöt, nur nöt! — — Weißt d' — —, weißt d' — —, weißt d'« — mit jedem seiner Flüsterworte kam er dem Ohr Flugbeils näher, bis er es fast mit dem Mund berührte. »Die Polizei is mir auf der Spur, Taddäus. — — Und die Dienerschaft weiß auch schon davon. Pst, pst. — Alle sin s' fortgeloffen. — Die Božena auch.«
»Was? Deine Dienerschaft ist weggelaufen? Warum denn? Und wann?«
»Heut früh. Pst, pst. Nur nöt, nur nöt! — Weißt d', gestern war einer bei mir. Einer mit schwarze Zähn'. Und schwarze Handschuh. Und gscheangelt hat er auf beide Augen. — Weißt d', einer von der — — von der Bolizei.«
»Wie hat er geheißen?« fragte der kaiserliche Leibarzt.
»Brabetz, hat er gsagt, heißt er.«
»Und was wollte er von dir?«
»Das Xenerl ist auf und davon, hat er g'sagt. — Pst, pst. — Ich weiß schon, warum sie weg ist. — Sie hat alles erfahren! — Pst, nur nöt. — Weißt d', und ein Geld hat er wollen; sonst sagt er all's, hat er gsagt.«
»Du hast ihm doch hoffentlich keins gegeben?«
Der Baron sah sich wieder scheu um: »I' hab ihn halt vom Wenzel d' Stiegen 'runderschmeißen lassen.«
»Merkwürdig, wie richtig Verrückte manchmal doch handeln«, dachte der Pinguin bei sich.

»Pst, aber jetzt is der Wenzel auch weg. Der Brabetz hat ihm halt alles g'sagt.«

»Ich bitte dich, Konstantin, überleg doch ruhig: Was könnte er ihm denn gesagt haben?!«

Elsenwanger deutete auf das vergilbte Kuvert.

Der kaiserliche Leibarzt nahm es — es war offen und, wie man auf den ersten Blick sehen konnte, leer: »Was soll ich damit, Konstantin?«

»Jezis, Maria und Josef, nur nöt, nur nöt!« jammerte der Baron.

Der kaiserliche Leibarzt sah ihn ratlos an.

Elsenwanger näherte sich — Furcht in den Augen — wieder seinem Ohr und ächzte:

»Der Bogumil — der Bogumil — der Bogumil.«

Der kaiserliche Leibarzt fing an zu verstehen: sein Freund hatte — wahrscheinlich rein zufällig — irgendwo im Bilderzimmer den Briefumschlag gefunden und sich so lange eingebildet, das Papier stamme von seinem toten Bruder Bogumil — alle möglichen Erinnerungen an Zrcadlo hineinmischend —, bis er darüber den Verstand verloren hatte.

»Weißt d', Taddäus, es kann ja sein: Er hat mich enterbt, weil ich ihn nie drunten in der Teinkirch besucht hab'. Aber, Jezis, Maria, mir kann sich doch nicht nach — Prag gehen! — Gibt's weg, Taddäus, gibt's weg! Nur nöt, nur nöt. — Ich derf doch net wissen, was drin steht! Ich wär' doch sonst enterbt! — — Heb's auf, Flugbeil, heb's gut auf; na, na, naa, nur net neischaugen! Net neischaugen. — Und schreib drauf, daß es mir ghört, wenn du amal stirbst. Weißt d': daß es mir ghört! — Aber versteck's gut, hörst d'? Bei mir is es nimmer sicher; alle wissen davon. Drum sin s' fort. — Das Xenerl is auch fort.«

»Was? Deine Nichte«, rief der Leibarzt, »ist fort? Wohin denn?«

»Pst, pst. Fort is. Weil s' jetzt alles weiß.« — Unablässig beteuerte Elsenwanger auf Flugbeils Frage, Polyxena sei verschwunden, »weil sie alles wisse«. Mehr war aus ihm nicht herauszubringen.

»Weißt d', Taddäus, die ganze Stadt is auf. Alle wissen davon. Gestern am Abend war der Zizkaberg beleuchtet, weil sie das Testament gesucht haben. — — Und der Brock« — er zwinkerte geheimnisvoll nach dem Jagdhund hin — »muß auch was gmerkt haben. — Schau nur, wie er sich fürcht'. — No, und bei der Zahradka is die Fliegenpest ausgebrochen. — Alles voller Fliegen. Das ganze Palais!«

»Konstantin, um Gottes willen, was redest du da zusammen!« rief der kaiserliche Leibarzt. »Du weißt doch, in ihrem Haus war nie eine Fliege! Sie bildet sich das bloß ein. Glaub doch nicht alles, was du hörst!«

»Meiner Seel und Gott!« beteuerte der Baron und schlug sich auf die Brust. »Mit meine eignen Augen hab ich's gsegen.«

»Die Fliegen?«

»Ja. Alles schwarz.«

»Von Fliegen?«

»Ja, von die Fliegen. — Aber ich muß jetzt gehen. Sonst merkt's die Polizei. — Und: hörst d', gut aufheben! — Und net vergessen: wenn's d' stirbst: Es ghört mir! Aber net drin lesen, sonst bin ich enterbt. — Nur nöt, nur nöt. — Und niemand sagen, daß i hier war! — — Servus, Flugbeil, Servus!«

Auf den Zehenspitzen, leise, wie er gekommen war, schlich der Wahnsinnige hinaus.

Mit eingekniffenem Schwanz der Jagdhund hinterdrein.

Das Gefühl unsäglicher Bitternis überkam den Pinguin.
Er stützte den Kopf in die Hand.
»Wieder einen hat der Tod bei lebendigem Leib geholt. — Armer, armer Kerl!«
Er mußte an die »böhmische Liesel« denken und ihren Jammer, daß die schöne Jugend dahin war. — — —
»Was das nur sein mag mit der Polyxena? — Und — und mit den Fliegen? — — Sonderbar, ihr ganzes Leben hat die Zahradka sich gegen eingebildete Fliegen geschützt — so lang, bis sie wirklich gekommen sind. — Es ist rein, als hätte sie sie allmählich herbeigewünscht.«
Eine dumpfe Erinnerung stieg in ihm auf, es habe ihm heute nacht ein nackter Mann mit einer Mitra auf dem Kopf etwas von der Erfüllung unbewußter Wünsche erzählt — irgend etwas, was sich ganz gut mit dem Erscheinen der Fliegen in Verbindung bringen ließ. — —
»Ich muß fort«, scheuchte es ihn plötzlich auf. »Ich muß mich doch anziehen. — — Wo nur das Frauenzimmer mit den Hosen wieder bleibt — Besser, ich fahr' heute schon. — Nur weg aus diesem grämlichen Prag! — Da dunstet ja der Wahnwitz wieder einmal aus allen Gassen. — Ich muß nach Karlsbad, mich verjüngen.«
Er klingelte.
Wartete. Niemand kam.
Er klingelte nochmals.
»Na endlich!« — Es klopfte.
»Herein!« — —
Erschrocken warf er sich in die Kissen zurück und zog die Bettdecke bis zum Kinn: — Statt der Haushälterin stand die Gräfin Zahradka auf der Schwelle, eine Ledertasche in der Hand.
»Um Himmels willen, Gnädigste, ich — ich hab' nur ein Hemd an!«

»Kann ich mir denken, daß Sie nicht in Reitstiefeln schlafen«, murrte die Alte, ohne ihn anzusehen.

»Die hat heute wieder mal ihren Rappel«, dachte der kaiserliche Leibarzt und wartete, was die Gräfin sagen werde.

Sie schwieg eine Weile und starrte in die Luft.

Dann riß sie die Handtasche auf und reichte ihm eine uralte Reiterpistole:

»Da! Wie ladet man das Zeug?«

Flugbeil betrachtete die Waffe und schüttelte den Kopf:

»Es ist ein Steinschloßgewehr, Gnädigste. Man kann es heutzutage kaum mehr laden.«

»Ich will aber!«

»Nun, man müßte zuerst Pulver in den Lauf schütten, dann eine Kugel und Papier hineinstampfen. — Und dann Pulver auf die Pfanne geben. — Wenn der Feuerstein niederschlägt, entzündet der Funke das Ganze.«

»Gut, ich danke.« Die Gräfin steckte die Pistole wieder ein.

»Gnädigste werden doch nicht am Ende Gebrauch von der Waffe machen wollen? — Wenn Sie fürchten, es könnte zu Unruhen kommen, wär's doch das beste, Sie führen aufs Land.«

»Sie meinen, ich soll vor dem Gesindel davonlaufen, Flugbeil?« — Die Greisin lachte grimmig auf. — — »Das fehlte noch! — Reden mir sich von etwas anderm.« —

»Wie geht es der Komtesse?« begann der kaiserliche Leibarzt stockend nach einer Pause.

»Die Xena ist fort.«

»Was?! — Fort?! Um Gottes willen, ist ihr etwas geschehen? — Weshalb sucht man sie nicht?«

»Suchen? Warum? — Glauben Sie, es wird besser, wenn man sie findet, Flugbeil?«

»Aber wie ist denn das alles zugegangen? — So erzählen Sie doch, Gräfin!«

»Zugegangen? — Sie ist seit Johanni von zu Hause fort. — Sie wird wohl beim Ottokar — Vond—rejc sein. — Hab's mir immer gedacht, daß es so kommen muß. — Das Blut! — — — Ja, und da war kürzlich ein Kerl bei mir, langer gelber Vollbart, grüner Zwicker. (»Aha, der Brabetz!« murmelte der Pinguin.) — Hat gesagt: Er weiß was auf sie. — Hat Schweigegeld haben wollen. — Hab' ihn natürlich hinausgeschmissen.«

»Und hat er denn nicht Genaueres erzählt? Ich bitte Sie! — Gnädigste!!«

»Gsagt hat er, er weiß, daß der Ottokar mein unehelicher Sohn is.«

Der kaiserliche Leibarzt richtete sich empört auf: »Und das haben Sie sich gefallen lassen? Ich werde dafür sorgen, daß man den Halunken unschädlich macht!«

»Kümmern Sie sich nich um meine Angelegenheiten, Flugbeil!« brauste die Gräfin auf. »Die Leute reden noch ganz andere Sachen über mich. — Haben Sie's denn nie gehört?«

»Ich wäre doch sofort eingeschritten«, versicherte der Pinguin, »ich — —«

Aber die Alte ließ ihn nicht zu Wort kommen. —
»Weil mein Mann, der Zahradka — der Obersthofmarschall selig —, verschollen is, heißt es: Ich hab' ihn vergiftet und seine Leiche im Keller versteckt. — — Gestern erst wieder, in der Nacht, haben sich drei Kerle heimlich hinuntergeschlichen, um ihn auszugraben. — Ich hab' sie mit der Hundspeitsche hinausgehauen.«

»Ich glaube, Gnädigste, Sie sehen da ein wenig zu schwarz«, fiel der kaiserliche Leibarzt lebhaft ein. »Vielleicht kann ich die Sache aufklären. — Es geht nämlich auf dem Hradschin die Sage, im Palais Morzin, wo Sie jetzt wohnen, sei ein Schatz versteckt; den haben die vielleicht ausgraben wollen.«

Die Gräfin gab keine Antwort — flackerte mit ihren schwarzen Augen im Zimmer umher.

Eine lange Paus entstand.

»Flugbeil?« stieß sie endlich hervor, »Flugbeil!«

»Ich bitte sehr, Gnädigste?«

»Flugbeil, sagen S': Halten Sie's für möglich, daß, wenn man einen Toten nach vielen Jahren ausgräbt — — daß da — Fliegen — — aus der Erde kommen?«

Den kaiserlichen Leibarzt überlief es eiskalt.

»Flie — Fliegen?«

»Ja. Schwärmeweis.«

Der kaiserliche Leibarzt zwang sich gewaltsam zur Ruhe; er drehte den Kopf zur Wand, damit die Zahradka das Grauen in seinem Gesicht nicht sehen solle.

»Fliegen können nur von einer frischen Leiche kommen, Gräfin. Schon nach wenigen Wochen ist der Körper eines Menschen, wenn er in der Erde liegt, verwest«, sagte er tonlos.

Die Gräfin dachte ein paar Minuten nach, ohne ein Glied zu rühren. Völlig erstarrt.

Dann stand sie auf und ging zur Tür — wandte sich noch einmal um:

»Wissen Sie das bestimmt, Flugbeil?«

»Es ist ganz sicher, ich kann mich nicht irren.«

»Gut. — — Adieu, Flugbeil!«

»Küss' — die Hand —, Gnä — Gnädigste« — der kaiserliche Leibarzt brachte die Worte kaum heraus. — Die Schritte der alten Frau verhallten in dem steinernen Vorzimmer. — — — —

Der kaiserliche Leibarzt wischte sich den Schweiß von der Stirn:

»Die Gespenster meines Lebens nehmen Abschied von mir! — — — Entsetzlich. Entsetzlich. — Eine Stadt des Irrsinns und des Verbrechens hat mich umgeben und meine Jugend gefressen! — Und ich hab' nicht gehört und nicht gesehen. War taub und blind.«

Es klingelte wie rasend. — »Meine Hosen! Zum Donnerwetter, warum bringt man mir meine Hosen nicht?« —

Er sprang aus dem Bett und lief im Hemd zum Treppengeländer:

Alles wie ausgestorben.

»Ladislaus! — La — dis — laus!« —

Nichts rührte sich.

»Die Haushälterin scheint wahrhaftig davongelaufen zu sein wie die Diener Konstantins. — Und der Ladislaus! Verdammter Esel! — Wetten möcht' ich, daß er den Brabetz totgeschlagen hat.«

Er riß das Fenster auf:

Keine Seele auf dem Schloßplatz.

Durch das Teleskop zu schauen, hatte keinen Zweck: Das Ende des Rohrs war mit einem Klappenverschluß bedeckt, und er konnte doch nicht — halbnackt — auf die Brüstung hinaustreten, um ihn zu entfernen.

Soviel er mit freiem Auge unterscheiden konnte, wimmelten die Brücken von Menschen.

»Narretei, verfluchte! — — Jetzt bleibt mir also nichts anderes übrig, als die Koffer wieder auszupacken! —«

Er wagte sich an eines der ledernen Ungeheuer heran und öffnete ihm den Rachen, wie der gottselige Androklus dem Löwen, es quoll ihm eine Flut von Kragen, Stiefel, Handschuhen und Strümpfen entgegen. — Nur keine Hosen.

Ein Felleisen hauchte die Seele in Form einiger zerknüllter Gummimäntel, durchspickt mit Bürsten und Kämmen aus und sank dann entleert und seufzend zusammen.

Ein anderes hatte seinen Inhalt mit Hilfe einer rötlichen Flüssigkeit, die es mehreren Mundwasserflaschen zu entlocken gewußt, nahezu verdaut.

Im Bauch eines Korbes von sonst recht vertrauenswürdigem Aussehen fing es hoffnungsvoll an zu klingeln, kaum, daß der Pinguin die Hand ans Schloß legte — aber es war nur der versehentlich eingepackte Küchenwecker, der, von der engen Umarmung zahlreicher Schlummerpolster und feuchter Handtücher betäubt gewesen, nunmehr ahnungsfroh wie eine Lerche sein schmetterndes Morgenlied angestimmt hatte.

Bald glich das Zimmer dem Tummelplatz eines Hexensabbats, angeordnet behufs Inventuraufnahme von Tietz oder Wertheim.

Nur eine einzige utensilienfreie Insel war dem Pinguin verblieben, von der er aus, gestreckten Halses, das unter der plutonischen Schaffenskraft seiner Hände aufgetürmte vulkanische Gelände ringsum überschauen konnte.

Mit zornglimmenden Augen spähte er zu seinem Bette hin, von dem Wunsche durchglüht, seiner Taschenuhr auf dem Nachtkastl habhaft zu werden, um nachsehen zu können, wie spät es sei, und von jäh ausbrechendem Ordnungssinn befallen, spannte er seine Kniekehlen, um einen Gletscher weißgestärkter Frackhemden zu erklimmen — aber es gebrach ihm an Mut, sein Vorhaben auszuführen. — Nicht einmal »Harras, der kühne Springer« hätte es gewagt, sich über solche Hindernisse hinwegzusetzen. — — —

Er dachte nach:

Nur noch zwei Koffer konnten die heißersehnten Bein-

hüllen bergen: entweder der eine — eine gelbe langgestreckte Kanaille aus Leipzig — von Mädler & Co. — oder der andere, ein starrer Granitwürfel aus grauer Leinwand, regelmäßig behauen in der Form wie ein Eckstein zu Salomons Tempel.
Er entschloß sich nach längerem Schwanken zu dem »Eckstein«, verwarf ihn jedoch alsbald, denn sein Inhalt entsprach nicht dem Gebot der Stunde.
Wohl näherten sich die Dinge, die er darin fand — Ereignissen gleich, die ihre Schatten vorauswerfen, hinsichtlich ihres Zweckes den Bedürfnissen der unteren Hälfte des Menschen, aber Hosen waren sie deshalb noch lange nicht.
Bloß zu anderen Zeiten nützliche Gegenstände traten da zutage: eine zusammengerollte Badewanne aus Kautschuk, ein Stoß Seidenpapier, eine Wärmflasche und ein geheimnisvoll bronzefarbig lackiertes Blechgefäß mit Schnabel, daran ein langer roter Gummischlauch sich nach dem Vorbild der Seeschlange des Laokoon — nur viel kleiner und dünner — um den Hals der irrtümlich ins Reisegepäck geratenen Schreibtischstatuette des Feldherrn Grafen Radetzky gewickelt hatte. — — — —
Ein Seufzer der Befriedigung entrang sich der gequälten Brust Taddäus Flugbeils — er entsprang natürlich nicht der Freude des Wiedersehens mit dem roten, hinterlistigen Schlauch, sondern vielmehr dem frohen Bewußtsein, daß hinfort kein Mißgriff mehr möglich sei und nur noch eine dünne, in Sachsen hergestellte Scheidewand Herrn und Hosen — Wunsch und Erfüllung — voneinander trennten.
Mit vorgestreckten, grausamen Ringerhänden näherte sich der Herr kaiserliche Leibarzt, gedeckt von einem Hügel aus Brokatwesten und Zigarrenschachteln, Schritt für

Schritt dem scheinbar arglosen Friedenserzeugnis aus dem verbündeten Nachbarreiche.

Die Ränder fest zusammengebissen, heimtückisch funkelnden Schlüssellochs und auf das eigene Gewicht vertrauend, blond und niederträchtig, erwartete das rohrplattengepanzerte Fabrikat von den Ufern der Pleiße den Angriff des Pinguins.

Zuerst: ein prüfendes Abtasten, ein fast zärtliches Drücken und Kneten der vorspringenden Knöpfe und Warzen, dann ein ärgerliches Zerren an der messingnen Unterlippe, sogar Fußtritte — schließlich: (psychologische Schreckversuche sollten es wohl sein) Anrufungen des Fürsten der Unterwelt — — aber alles war umsonst.

Nicht einmal den Regungen des Mitleids war der Sprößling der Firma Mädler & Co. zugänglich: Es ließ ihn kalt, daß der Herr kaiserliche Leibarzt sich in der Hitze des Gefechts die Schleppe seines Hemdes abtrat — der herzzerreißende Leinwandschrei des schönen Büßergewandes verhallte ungehört in der Luft.

Der Pinguin entwurzelte ihm das linke lederne Ohr, warf es wutfauchend dem hämisch grinsenden Spiegelschrank ins Gesicht: vergebens; der Sachse tat den Mund nicht auf!

Ansturm auf Ansturm warf er zurück.

Ein Meister der Verteidigung!

Antwerpen war ein Schmarren dagegen.

Der verschlossene Sachse wußte, daß die wahre Springwurzel, seine Bollwerke zu bezwingen — ein kleiner stählerner Schlüssel —, sicherer als in einer Dielenritze verborgen war — daß dieser Schlüssel an einem Ort hing, wo ihn der Herr kaiserliche Leibarzt tagelang nicht finden würde, nämlich: an einem blauen Bändchen am Halse Seiner Exzellenz selbst. —

Hosenlos, die Hände ringend, ragte der Pinguin wieder mitten aus seiner Insel und blickte bald hilfesuchend zu der Glocke auf dem Nachttischchen hin, bald verzweifelt an seiner dürren Wade nieder, an der, unverhüllt von dem zerrissenen Hemd, die grauen Haare wie Drähte abstanden.
Hätte er eine Flinte gehabt und ein Kornfeld: Er würde ersteres in letzteres geworfen haben.
»Hätte ich doch geheiratet!« jammerte er greisenhaft weinerlich vor sich hin. — »Wie anders wäre alles gekommen! — Jetzt muß ich den Abend meines Lebens allein und verlassen verbringen. — Nicht einen einzigen Gegenstand besitze ich, der mich lieb hätte! — Und ist's denn ein Wunder? — Nie hat eine liebende Hand mit etwas geschenkt; wie sollte Liebe von Dingen ausgehen! — — Alles hab' ich mir — kaufen müssen. — Sogar — die da!«

Er nickte seinen vergißmeinnichtumrahmten Tigerpantoffeln trübselig zu. »Extra geschmacklos hab ich sie mir bestellt, um mir einreden zu können, sie seien ein Geschenk. Ich habe geglaubt, daß dadurch die heimliche Traulichkeit in meiner Stube einziehen würde. O Gott, wie habe ich mich geirrt!« Und traurig gedachte er der einsam verbrachten Winternacht, wo er sich sie in einer Anwandlung von Rührseligkeit selber zum Christkind beschert hatte. —
»O Gott, wenn ich wenigstens einen Hund besäße, der mich lieb hat, wie der Brock den Elsenwanger!« — — —
Er fühlte, daß es das Kindliche des Alters war, das ihn ergriffen hatte.
Er wollte sich dagegen wehren, aber er fand die Kraft nicht mehr.

Es half nicht einmal, daß er sich, wie zuweilen in solchen Fällen, selber mit »Exzellenz« anredete. — —
»Jaja, der Zrcadlo hat ganz recht gehabt beim ›grünen Frosch‹: Ich bin ein Pinguin und kann nicht fliegen — — Hab' doch nie fliegen können!«

ACHTES KAPITEL

Die Reise nach Pisek

Abermals hatte es geklopft, immer wieder und wieder, lauter und leiser, aber der Herr kaiserliche Leibarzt getraute sich nicht mehr »Herein« zu sagen.
Er wollte sich nicht der Hoffnung hingeben, es könne die Haushälterin sein, die ihm seine Hosen brächte.
Nur nicht noch eine Enttäuschung!
Die Stimmung, sich selbst zu bedauern, in der sich Kinder und Greise so oft gefallen, hatte ihn völlig unterjocht.
Aber endlich murmelte er trotzdem »Herein!«.
Wieder schlug die Hoffnung fehl:
Als er scheu aufsah, steckte die — »böhmische Liesel« schüchtern den Kopf ins Zimmer.
»Da hört sich doch alles auf«, wollte der Herr kaiserliche Leibarzt aufbrausen, aber es gelang ihm nicht einmal, sein Exzellenzgesicht aufzusetzen, geschweige denn, die barschen Worte herauszubringen.
»Geh Sie, Lisinko — bitt' Sie, bring Sie mir meine Hosen!« hätte er gern in seiner Hilflosigkeit gefleht.
Die Alte las in seinem Mienenspiel, wie weich ihm ums Herz war, und faßte Mut.

»Verzeih, Taddäus. — Ich schwör' dir, es hat mich niemand gesehen. Ich wär' auch nie zu dir herauf auf die Burg gekommen, aber ich muß dich sprechen. Hör mich an, Taddäus, ich bitte dich. — Nur eine einzige Minute. Es geht ums Leben, Taddäus! — Hör mich an. — Es kommt ganz gewiß niemand. — Es kann niemand kommen. Ich hab' zwei Stunden unten gewartet und mich überzeugt, daß niemand im Schloß ist. — Und selbst wenn jemand käm', würd' ich mich lieber zum Fenster hinausstürzen, als daß ich dir die Schand' antät, daß man mich hier im Zimmer antrifft« — sie hatte die Sätze mit fliegendem Atem und in steigender Erregung hervorgestoßen.

Einen Moment lang kämpfte der kaiserliche Leibarzt mit sich. Mitleid und altgewohnte Angst um den seit mehr als einem Jahrhundert hochgehaltenen fleckenlosen guten Ruf des Namens Flugbeil lagen im Streit miteinander.

Dann reckte sich ein freier, selbstbewußter Stolz, den er fast wie etwas Fremdes empfand, in ihm empor.

»Schwachsinnige Trottel, besoffene Schlemmer, treulose Dienstboten, abgefeimte Wirte, Erpressergesindel und Gattenmörderinnen, wohin ich schaue — weshalb soll ich eine Ausgestoßene, die jetzt, noch mitten in ihrem Schmutz und Elend, mein Bild in Ehren hält und küßt, nicht freundlich aufnehmen?!«

Er streckte der »böhmischen Liesel« lächelnd die Hand entgegen:

»Komm, setz dich, Lisinko! Mach's dir bequem. — Beruhig dich und wein nicht. — Ich freu' mich doch! — Wirklich! Von Herzen! — Überhaupt, das muß jetzt anders werden. Ich duld's nicht länger, daß du hungerst und im Elend zugrund gehst. — Was kümmern mich die Leute!«

»Flugbeil! Taddäus, Tadd — Tadd — Taddäus«, schrie die Alte auf und hielt sich mit beiden Händen die Ohren zu. »Sprich nicht so, Taddäus! Mach mich nicht wahnsinnig. — Der Wahnsinn läuft durch die Straßen. — Am hellichten Tag. — Alle hat's schon gepackt, nur mich nicht. — Halt den Kopf beisamm', Taddäus! Werd nur du nicht verrückt! — Sprich nicht so zu mir, Taddäus! — Ich darf jetzt nicht den Verstand verlieren. Es geht ums Leben, Taddäus. — Du mußt fliehen! Jetzt. Jetzt gleich!« — Sie lauschte zum Fenster hin mit offenem Mund. — »Hörst du's, hörst du's? Sie kommen! — Rasch. Versteck dich! — Hörst du sie trommeln? — Da! Wieder! — Der Zizka! Jan Zizka von Trocnov! — Der Zrcadlo! Der Teufel! — Erstochen hat er sich. — Die Haut haben sie ihm abgezogen. Bei mir! In meinem Zimmer! — Er hat's so gewollt. — Und auf eine Trommel gespannt. — Der Gerber Havlik hat's getan. Er geht vor ihnen her und trommelt. — Die Hölle ist los. Die Rinnsteine sind voll Blut. — Borivoj ist König. Der Ottokar Borivoj«, sie warf die Arme vor und starrte, als sähe sie durch die Mauern hindurch. — »Sie werden dich erschlagen, Taddäus. — Der Adel ist schon geflohen. — Heute nacht. Haben sie dich denn alle vergessen? — Ich muß dich retten, Taddäus. — Sie erschlagen alles, was zum Adel gehört. — Einen hab' ich gesehen, der hat sich niedergebeugt und das rinnende Blut aus der Gosse getrunken. — Da! Da! Die Soldaten kommen! — Die Solda — —«, sie brach erschöpft zusammen.

Flugbeil fing sie auf und legte sie auf einen Kleiderhaufen. — Das Haar stand ihm zu Berg vor Entsetzen.

Sie kam sofort wieder zu sich und wollte von neuem anfangen: »Die Trommel aus Menschenhaut! — Versteck dich, Taddäus; du darfst nicht ums Leben kommen!«

Er legte ihr die Hand auf den Mund: »Sprich jetzt nicht, Lisinko! Hörst du? Folg mir. — Du weißt, ich bin Arzt und muß das besser verstehen. — Ich werd' dir Wein bringen und was zu essen« — er blickte um sich, »Herrgott, wenn ich nur meine Hosen hätt'! Es geht gleich wieder vorüber. Der Hunger hat dich halt verwirrt, Lisinko!«

Die Alte machte sich los und zwang sich, die Fäuste ballend, so ruhig wie möglich zu reden:

»Nein, Taddäus, du irrst dich: ich bin nicht verrückt, wie du glaubst. Es ist alles wahr, was ich gesagt hab'. Wort für Wort. — — Freilich, sie sind erst unten am Waldsteinplatz; die Leute werfen in ihrer Angst die Möbel aus den Fenstern, um ihnen den Weg zu versperren. — Und einige, die zu ihren Herren halten, brave Burschen, leisten ihnen Widerstand und bauen Barrikaden; der Molla Osman, der Tatar vom Prinzen Rohan, führt sie an. — Aber jeden Augenblick kann der Hradschin in die Luft fliegen — sie haben alles unterminiert. Ich weiß es von den Arbeitern.«

Wie aus alter Berufsgewohnheit legte ihr der Leibarzt die Hand auf die Stirn, ob sie nicht fiebere.

»Sie hat ein sauberes Tuch um«, streifte ihn ein flüchtiger Gedanke, »mein Gott, sogar den Kopf hat sie sich gewaschen.«

Sie erriet, daß er sie noch immer für krank hielt, und dachte einen Augenblick nach, ehe sie fortfuhr, was sie tun könne, um ihn von der Richtigkeit ihrer Angaben zu überzeugen.

»Willst du mir nicht eine Minute ruhig zuhören, Taddäus? — Ich bin hergekommen, um dich zu warnen. Du mußt sofort fliehen! Irgendwie. — Es kann sich nur noch um Stunden handeln, dann sind sie hier oben auf dem Burgplatz. — Sie wollen vor allem die Schatzkammer plündern und den Dom. — Du bist keine Sekunde mehr deines Lebens sicher, verstehst du mich?«

»Aber ich bitte dich, Lisinko!« wendete der kaiserliche Leibarzt ein, immerhin arg erschrocken, »in einer Stunde längstens wird Militär da sein. Was glaubst du denn?! Heutzutage solche Verrücktheiten? — Ich gebe zu, es mag schlimm zugehen — gar unten in der ›Welt‹, in Prag. — Aber hier oben, wo die Kasernen sind? —«

»Kasernen? Ja. Aber leere. — Daß die Soldaten kommen werden, weiß ich auch, Taddäus. Aber vielleicht morgen, wenn nicht übermorgen oder erst nächste Woche werden sie eintreffen; und dann ist es zu spät. — Ich sag' dir doch, Taddäus, glaub mir, der Hradschin steht auf Dynamit. — Sowie die ersten Maschinengewehre kommen, fliegt alles in die Luft.«

»Also ja. Meinetwegen. Aber was soll ich denn tun?« krächzte der Leibarzt. »Du siehst doch, ich hab' keine Hosen.«

»No, so zieh halt welche an!«

»Wenn ich aber den Schlüssel nicht find'«, heulte der Pinguin auf, mit einem erbosten Blick auf den sächsischen Koffer, »und das Mistvieh von Haushälterin is auf und davon!«

»Du hast doch da 'en Schlüssel um den Hals. — Vielleicht is es der?«

»Schlüssel? Ich? Hals?« der Herr kaiserliche Leibarzt fuhr sich an die Gurgel, stieß einen markerschütternden Freudenschrei aus und hüpfte mit der Behendigkeit eines Känguruhs über den Westenberg. — — —

Einige Minuten später saß er glückstrahlend wie ein Kind, in Rock, Hosen, Strümpfen und Stiefeln auf der Kuppe des Hemdengletschers — ihm gegenüber auf einem anderen Hügel die »böhmische Liesel«, und zwischen den beiden, unten in der Tiefe, wand sich ein farbiges Band aus Krawatten bis zum Ofen hin. — — —

Die Alte verfiel wieder in ihre Unruhe: »Draußen geht jemand. — Hörst du's denn nicht Taddäus?«

»Es wird der Ladislaus sein«, gab der Pinguin gleichmütig zurück. — Seit er seine Hosen wieder hatte, existierten Furcht und Unschlüssigkeit nicht mehr für ihn.

»Dann muß ich fort, Taddäus. — Was, wenn er mich hier bei dir sieht! — Taddäus, um Gottes willen, verschieb's nicht länger. — Der Tod steht vorm Haus. — — Ich — ich wollte dir noch« — sie holte ein Päckchen, in Papier gewickelt, aus der Tasche, steckte es rasch wieder ein — »nein, ich — ich kann nicht«; die Tränen stürzten ihr plötzlich aus den Augen. — Sie wollte zum Fenster eilen.

Der Herr kaiserliche Leibarzt drückte sie sanft auf ihren Hügel zurück.

»Nein, Lisinko! So gehst du nicht von mir. — Flenn nicht, schlag nicht um dich, Lisinko, jetzt red' ich.«

»Aber der Ladislaus kann doch jeden Augenblick hereinkommen, und — und du mußt fort. Du mußt! — Das Dynamit — — —«

»Ruhig Blut, Lisinko! — Erstens kann's dir Wurscht sein, ob der Blödian, der Ladislaus, hereinkommt oder nicht; und zweitens geht Dynamit nicht los. — Dynamit auch noch! Das könnt' mich so haben. — Überhaupt is Dynamit ein dummer Prager Schwindel. Ich glaub' nicht an Dynamit. — Aber was wichtiger is: Du bist hergekommen, um mich zu retten. Nicht wahr? — Hast du nicht vorhin gesagt: Sie haben mich alle vergessen, und keiner hat sich um mich gesorgt! — — Glaubst du wirklich, ich wär' ein solcher Schuft und schämte mich deiner, wo du die einzige warst, die an mich gedacht hat? — Mir missen jetzt klar ieberlegen, was weiter gschieht, Lisinko. — Weißt d', ich denk' mir halt« — der Herr kaiserliche Leibarzt kam vor Glück, nicht mehr im Nachthemd dasitzen zu müssen, unwillkürlich ins Schwätzen hinein und bemerkte gar nicht, daß die »böhmische Liesel« aschgrau im Gesicht wurde und, an Händen und Füßen zitternd, den Mund aufriß und wieder schloß, als müsse sie ersticken — »ich denk' mir halt, zuerst fahr' ich nach Karlsbad und bring' dich derweil irgendwohin aufs Land. — Natürlich laß ich dir ein Geld da. Brauchst dich nicht sorgen, Lisinko! — No und nachher, da lassen mir sich zusammen in Leitomischl nieder — nein, nicht in Leitomischl, das is ja drieben über der Moldau!« — Es fiel ihm ein, daß er bei einer solchen Reise unbedingt eine Brücke passieren müsse — »aber vielleicht« — er raffte all seine geographischen Kenntnisse zusammen — »aber vielleicht in Pisek? — — In Pisek, här' ich, lebt es sich ungestört. Jaja, Pisek, das ist das Richtige. — — Damit mein' ich natirlich« — fuhr er hastig fort, damit sie nicht etwa auf den Gedanken käme, er spiele auf künftige Flitterwochen an — »damit mein' ich natirlich: Es kennt uns dort niemand. — — Und du führst mir die Wirtschaft und — und gibst auf meine Hosen Obacht, no, und so. — Brauchst nicht glauben, daß ich viel Ansprüch mach': In der Frühe ein Kaffitschko mit zwei Mundsemmeln, am Vormittag mein Gulasch mit drei Salzstangeln zum Soßauftitschen, no, und zu Mittag, wenn Herbst is: Zwetschkenknödel — — — — Um Gottes willen! Lisinko! Was ist dir?! Jesus, Maria! — — —«

Die Alte hatte sich mit einem gurgelnden Laut in die Krawattenschlucht gestürzt, lag zu seinen Füßen und wollte ihm die Stiefel küssen. —

Vergebens bemühte er sich, sie aufzuheben: »Lisinko, geh, mach doch keine G'schichten. Schau, was is denn weiter dab — —«, vor Rührung erstickte ihm die Stimme. »Laß mich — laß mich da liegen, Taddäus«, schluchzte die Alte. »Bitte dich, sch—schau mich nicht an, d—du machst dir die Augen — schmutzig — —«
»Lis — —«, würgte der kaiserliche Leibarzt, brachte aber den Namen nicht heraus; er räusperte sich, krächzend wie ein Rabe, als wehre er sich gegen einen heftigen Hustenreiz. —
Eine Stelle aus der Bibel fiel ihm ein, aber er schämte sich, sie auszusprechen, um nicht pathetisch zu werden. Überdies wußte er sie nicht genau. — »— und ermangeln sich des Ruhmes«, zitierte er schließlich automatisch.
Eine lange Zeit verging, ehe die »böhmische Liesel« ihre Fassung wiedergewonnen hatte. — — —
Dann stand sie vor ihm, plötzlich wie verwandelt.
Er hatte innerlich gefürchtet — ganz leise und heimlich, wie alte Leute, die die Erfahrung eines langen Lebens in solchen Dingen hinter sich haben —, daß eine abgeschmackte, nüchterne Stimmung auf den Gefühlserguß folgen müsse, aber zu seiner Überraschung trat nichts dergleichen ein.
Die da vor ihm stand, die Hände auf seine Schultern gelegt, war in keinem Zug mehr die alte grauenhafte Liesel, aber auch nicht die junge, wie er sie einst zu kennen geglaubt.
Sie bedankte sich mit keinem Wort mehr für das, was er ihr gesagt und ihr angeboten hatte — streifte nicht einmal die Szene.
Ladislaus klopfte, trat ein, blieb verblüfft auf der Schwelle stehen, zog sich scheu wieder zurück —: Sie blickte nicht hin.

»Taddäus, mein lieber, guter, alter Taddäus — jetzt weiß ich's selber, warum's mich hergezogen hat. Ich hab's nur vergessen gehabt. — Ja, gewiß, ich hab' dich warnen wollen und dich bitten, daß du fliehst, eh's zu spät ist. — Aber das allein war's nicht. Ich will dir sagen, wie alles gekommen ist. Neulich abends ist mir dein Bild — weißt du, das, was auf der Kommode steht — aus der Hand gefallen, wie ich's hab' küssen wollen. Ich war so unglücklich darüber, daß ich geglaubt hab', ich müßt' sterben. — Du darfst nicht lachen, aber, weißt du, es war halt das einzige, was ich noch von dir gehabt hab! — — In meiner Verzweiflung bin ich zum Zrcadlo in sein Zimmer hineingelaufen, damit er mir helfen soll — — er — er war damals noch nicht tot« — sie schauderte in der Erinnerung an das gräßliche Ende des Schauspielers. »Helfen? — Wieso helfen?« fragte der kaiserliche Leibarzt. »Der Zrcadlo hätt' dir helfen sollen?«

»Ich kann dir das nicht erklären, Taddäus. — Ich müßte da eine lange, lange Geschichte erzählen. — Ich würde sagen: ‚ein andres Mal‘, wenn ich nicht so genau wüßte, daß wir uns nicht mehr wiedersehen — wenigstens nicht — — —« — ein Glanz trat in ihr Gesicht, als wolle die bezaubernde Schönheit ihrer Jugend wieder auferstehen — »aber nein, ich will's nicht aussprechen; du könntest dir denken: junge Huren — alte Betschwestern.«

»War denn der Zrcadlo dein — dein Freund? Versteh mich nicht falsch, Lisinko; ich meine — —«

Die »böhmische Liesel« lächelte — »ich versteh' schon, wie du's meinst. — Dich kann ich nie mehr falsch verstehen, Taddäus! — — — Ein Freund? Er war mir mehr als ein Freund. — Manchmal war's mir, als hätte sich der Teufel selber meiner erbarmt in meinem Jammer und wär in die Leiche irgendeines Schauspielers gefahren, um mir

Linderung zu bringen. — Ich sage, der Zrcadlo war mir mehr als ein Freund; er war mir ein Zauberspiegel, in dem ich dich immer wieder vor mir sehen konnte, wenn ich es wollte. — Ganz so wie — wie einst. Mit deiner Stimme, mit deinem Gesicht. — Wie er das hat machen können? Ich hab's nie verstanden. Freilich, man kann sich ein Wunder nicht erklären.«

»So heiß hat sie mich geliebt, daß ihr sogar mein Bild erschienen ist«, murmelte Flugbeil tief ergriffen in sich hinein.

»Wer der Zrcadlo in Wirklichkeit war, hab' ich nie erfahren. Er hat eines Tages vor meinem Fenster — am Hirschgraben — gesessen. Das ist alles, was ich von ihm weiß. — — Aber ich will nicht abschweifen: — Also, ich bin in meiner Verzweiflung zum Zrcadlo gelaufen. Im Zimmer war's schon fast ganz dunkel, und er is an der Wand gestanden, als hätt' er auf mich gewartet. So kam's mir vor, denn ich hab' seine Gestalt kaum mehr unterscheiden können. — Ich hab' ihn mit deinem Namen angerufen, aber er hat sich nicht in dich verwandelt wie sonst. — Ich lüg' dich nicht an, Taddäus, aber plötzlich, ich schwöre dir's, war statt seiner ein anderer da, den ich noch nie vorher gesehen hab'. — Es war kein Mensch mehr, — nackt bis auf ein Hüftentuch, schmal um die Schultern und etwas Schwarzes, Hohes auf dem Kopf, das aber doch in der Finsternis geglitzert hat.« —

»Sonderbar, sonderbar, ich hab' heute nacht von so einem Wesen geträumt« — der Herr kaiserliche Leibarzt griff sich sinnend an die Stirn. — »Hat er mit dir gesprochen? Was hat er gesagt?«

»Er hat etwas gesagt, was ich jetzt erst versteh'. — Er hat gesagt: Sei froh, daß das Bild zerbrochen ist! Hast du dir denn nicht immer gewünscht, es soll zerbrechen? — Ich hab'

dir deinen Wunsch erfüllt, warum weinst du? — Es war ein trügerisches Bild. Sei nicht traurig.« — — »Und er hat noch mehr gesagt: Von einem Bild in der Brust, das nie zerbrechen kann; und von einem Land der ewigen Jugend hat er gesprochen, aber ich hab's nicht recht begriffen, denn ich war ganz verzweifelt und hab' immer nur geschrien: Gib mir mein Bild zurück!«
»Und deshalb hat's dich zu mir — — —?«
»Ja, deshalb hat's mich zu dir gezogen. — Schau mich jetzt nicht an, Taddäus; es tät mir weh, wenn ich in deinen Augen einen Zweifel lesen müßt! Und es klingt so — so dumm, wenn ich als altes Weib und als — als Auswurf der Menschheit es sag: — — Ich — ich hab' dich immer lieb gehabt, Taddäus. Dich und dann später: dein Bild; aber es hat meine Liebe nicht zurückgegeben. — Es hat mir nicht geantwortet — so aus dem Herzen heraus, mein' ich. Weißt du? Es war immer stumm und tot. — Und ich hätt' doch so gern geglaubt, daß ich dir nur ein bissel was gewesen bin, aber ich hab's nicht können. — Ich hab' gespürt, daß ich mich selber anlüg', wenn ich mir's hab' einreden wollen. —
Und ich wär so glücklich gewesen, wenn ich's nur ein einziges Mal hätt' wirklich glauben können. — — —
Lieb hab' ich dich gehabt, wie du dir's gar nicht vorstellen kannst. — Und nur dich allein. Nur dich. Von der ersten Stunde an. — — — —

Und dann hat's mir Tag und Nacht keine Ruh gelassen, und ich hab' zu dir gehen wollen und dich um ein neues Bild bitten. — Aber ich bin immer wieder umgekehrt. Ich hätt's nicht überleben können, daß du mir ›nein‹ sagst. Ich hab' doch gesehen, daß du mir neulich schon das erste hast wegnehmen wollen, weil du dich geschämt hast, daß es auf meiner Kommode steht. — Endlich hab' ich mich aber doch hergetraut und —«

»Lisinko, ich — meiner Seel und Gott — ich hab' kein Bild von mir! Ich hab' mich seitdem nie mehr photographieren lassen«, beteuerte der Pinguin eifrig, »aber sobald mir in Pisek sin, verspreche ich dir — — —«

Die »böhmische Liesel« schüttelte den Kopf: »Ein so schönes Bild, wie du's mir vorhin geschenkt hast, Taddäus, kannst du mir nicht geben. Ich werd's immer bei mir herumtragen, und es wird nie mehr zerbrechen. — — — Aber jetzt, leb wohl, Taddäus!«

»Liesel, was fällt dir ein — Lisinko!« rief der Pinguin und haschte nach ihrer Hand. »Jetzt, wo mir sich endlich gefunden haben, willst du mich allein lassen?! — «

Aber die Alte stand bereits an der Türe und winkte ihm unter Tränen lächelnd zu.

»Lisinko, um Gottes willen, hör' mich doch an!« —

Eine Explosion, so fürchterlich, daß die Fensterscheiben klirrten, zerriß die Luft.

Gleich darauf sprang die Türe auf, und der Hausknecht Ladislaus stürzte totenblaß herein:

»Vásnosti, Exlenz, sie kommen sich die Schloßstiegen herauf! Fliegte sich die ganze Stadt in die Luft.«

»Meinen Hut! — Meinen — meinen Degen!« schrie der kaiserliche Leibarzt, »meinen Degen!« — Mit blitzenden Augen, die Lippen schmal und zusammengebissen, stand er mit einemmal in seiner ganzen ungeheuren Größe hochaufgerichtet da, eine solch wilde Entschlossenheit im Gesicht, daß der Diener zurückprallte. »Meinen Degen will ich haben! Verstehst du nicht?! — Ich werd' den Hunden zeigen, was es heißt, die königliche Burg zu stürmen. — Weg da!«

Ladislaus stellte sich vor die offene Tür:

»Exlenz, werden sich *nicht* gähn! — Ich duld's nicht.«
»Was soll das heißen! Weg da, sag ich!« schäumte der Leibarzt.
»Ich lass' ich Euer Exlenz nicht durch! Können S' mi, bitte, niederschlagen, aber durch lass' ich Ihnen nicht!« — der Diener, weiß wie der Kalk an der Wand, wich nicht von der Stelle.
»Kerl, bist du verrückt geworden! Gehörst du auch zu der Bande! Meinen Degen her!«
»Exlenz haben sich keinen Dägen nicht, und es ise sich alles umesunst. Es ist der sichere Tod draußen! — Mut is schän, abe hat e sich kan Zweck nicht. — Ich führ ich Ihnen später, wenn Sie wollen, durch den Schloßhof hinüber zum Erzbischöflichen Palajs. — Von durten ise sich leicht in der Finstern entkommen. — Ich hab' ich die schwäre eichene Pfurten zug'spirrt. So schnell brechen sich mir die nicht herein. — Ich derf ich's nicht mit ansägen, daß sich Knäherr in die offne Todesgoschen hineinlauft!«
Der Herr kaiserliche Leibarzt kam zur Besinnung.
Er sah sich um:
»Wo ist die Liesel?«
»Furt — pric.«
»Ich muß ihr nach, wo ist sie hin?«
»Das weiß ich nicht.«
Der kaiserliche Leibarzt stöhnte auf — wurde plötzlich wieder ratlos.
»Exlenz missen sich zuverderscht amal urdentlich anziegen«, redete ihm der Hausknecht beruhigend zu. »Haben, bitte, noch gar kan Schlips umedum. Nur keine Ieberstirzung nicht! — Dann geht e sich am schnellsten. — Bis nachmittag versteck ich Ihnen, und dann wird der ärgste Sturm vorieber sein. Vorläufig. — Dann werd' ich

schaugen, daß ich Ihnen die Droschken verschaff. — Mit dem Wenzel hab' ich schon g'sprochen. Er wird sich, wann's dunkel wird, mit dem Karlitschek am Strahower Tor warten. Dorten ise alles ruhig. — Und bis da hinaus kommt auch haarschweinlich kein Mensch nicht. — So. — — Und noch geschwind Handknäpfel hinten zuzwicken, sunst rutscht e sich Kragen in die Hähe. — Fertig. —
Jetzt, freilich, missen sich Exlenz hier warten, aber es nutzt nix. Gähte sich nicht anderscht. Hab' ich mir alles genau ieberlegt. — Für später brauchen S' auch keine Sorgen nicht haben. Ich räum' hier schon auf. — — Mich werden's schon nicht erschlagen. 's wäre auch nicht so leicht. — Und dann bin ich doch selbe Bähmm.« —
Ehe der Herr kaiserliche Leibarzt noch Widerspruch erheben konnte, hatte Ladislaus bereits das Zimmer verlassen und die Türe hinter sich abgesperrt. — —

In unerträglicher Langsamkeit, mit schwer bleiernen Gewichten an den sonst so beschwingten Füßen schleppten sich die Stunden für den Pingiun dahin.
Stimmungen aller Art befielen ihn und ließen wieder ab von ihm, um neuen Platz zu machen: von Wutausbrüchen, in denen er mit geballten Fäusten an die verschlossene Tür hämmerte und nach Ladislaus schrie, angefangen bis zur müden Resignation.
Nüchterne Momente kamen, die ihn Hunger spüren und eine im Hamsterschränkchen versteckte Salami aufstöbern ließen; — tiefste Niedergeschlagenheit, seinen Freund Elsenwanger verloren zu haben, wechselte mit minutenlang auftauchender, beinahe jugendlicher Zuversicht, in Pisek ein neues Leben zu beginnen.
Gleich darauf sah er ein, wie töricht eine solche Hoffnung

sei und daß derartig sanguinische Pläne selbstverständlich im Sande verlaufen müßten.

Bisweilen kam es wie eine gewisse verstohlene Befriedigung über ihn, daß die »böhmische Liesel« auf seinen Antrag, Haushälterin bei ihm zu werden, nicht eingegangen war, und eine Minute später schämte er sich wieder bis in die Seele hinein, die warmen Worte, die er zu ihr gesprochen hatte, so bald schon als knabenhafte Übereilung — sozusagen als studentische Bocksprünge — empfinden zu können, ohne rot zu werden. — — —

»Statt daß ich das Bild, das sie von mir heimgenommen hat, selber hochhalte, trete ich es mit eigenen Füßen in den Schmutz. — Ein Pinguin? Ich? Froh könnt' ich sein, wenn ich's wäre. — Ein Schwein bin ich!«

Der unerquickliche Anblick des wüsten Durcheinanders ringsum vertiefte noch seine Melancholie.

Aber nicht einmal Trauer und Selbstbeweinung konnten sich in ihm dauernd festsetzen. — Die Reue verflog, wenn er an den Glanz dachte, den er im Gesicht der Alten hatte aufleuchten sehen, und wurde zu einer wortlosen, jubelnden Freude in seinem Herzen, die er sich als kommende schöne Tage in Karlsbad und später in Pisek weiter ausmalte und gegenständlich machte. — —

Er zog gewissermaßen alle die Ich, die sein Leben ausgemacht hatten, noch einmal an, ehe er auf — die Reise ging.

Der »Pedant« war das letzte Kleid, in das er sich hüllte.

Das Getöse und das Stimmengewirr, das von draußen her von Zeit zu Zeit an sein Ohr schlug — laut brausend und heulend wie die wilde Jagd bisweilen und dicht am Fuße der Burg, dann wieder zu lautloser Stille erstorben, wenn die Wogen des Aufruhrs zurückebbten —, fanden keinen Eingang in sein Interesse. — Alles, was mit dem Pöbel und seinen Taten zusammenhing, war ihm von Kindesbeinen an verächtlich, gleichgültig oder hassenswert gewesen.

»Ich muß mich vor allem rasieren«, sagte er selbst, »das übrige findet sich dann von selbst. — Als Stoppelfeld kann ich nicht auf die Reise gehen!«

Bei dem Wort »Reise« gab's ihm einen leisen Ruck. — Es war, als hätte sich eine Sekunde lang eine dunkle Hand auf sein Herz gelegt. —

Im selben Augenblick fühlte er tief im Innersten, daß es seine letzte Reise sein würde, aber die Lust, sich zu rasieren und voll Muße und Gelassenheit Ordnung in seinem Zimmer zu schaffen, ehe er ging, ließ es auch nicht zu einer Spur von Unruhe oder Besorgnis in ihm kommen.

Die erwachende Ahnung seiner Seele, daß in Bälde die Walpurgisnacht des Lebens einem strahlenden Tag weichen werde, erfüllte ihn mit Behagen, und die unbestimmte, aber freudig zitternde Gewißheit, er brauche nichts auf Erden zurückzulassen, dessen er sich schämen müßte, stimmte ihn froh.

Er war mit einemmal eine wirkliche Exzellenz geworden.

Mit peinlicher Sorgfalt rasierte und wusch er sich, schnitt und polierte seine Nägel, legte Hose um Hose in die Bügelfalten und hängte sie in den Schrank, Röcke und Westen darüber auf die Achselspreizen, ordnete die Kragen in symmetrische Kreise und die Krawatten zu einer farbenprächtigen Flaggengala.

Das Waschwasser wurde in den Toiletteeimer gegossen, die Kautschukwanne zusammengerollt und jeder Stiefel behutsam über seinen Leisten gezogen.

Dann wurden die leeren Koffer aufeinandergeschichtet und an die Wand geschoben. —
Ernst, aber ohne Vorwurf im Herzen, klappte er zuletzt die »blonde Kanaille« zu und band ihr, auf daß sie nie mehr gegen den Stachel löcke, wer auch immer in Hinkunft ihn gegen sie schwänge, die blaue Schnur mit dem Schlüssel in die Schnauze. — — —

Bis dahin hatte er nicht darüber nachgedacht, welchen Anzug er zu seiner Reise wählen solle; — er brauchte es auch jetzt nicht zu tun: Der richtige Einfall kam in der richtigen Sekunde.
Die Galauniform, die er seit Jahren nicht mehr getragen hatte, hing in einem tapetenbeklebten Wandschrank, sein Degen daneben, der samtene Dreispitz darüber.
Er zog sie an, in würdevoller Ruhe, Stück für Stück: die schwarzen Pantalons mit den goldenen Streifen, die glänzenden Lackstiefel, den goldbordürten Leibrock mit den zurückgenähten Schößen, das schmale Spitzenjabot unter der Weste — schnallte den Degen mit dem Perlmuttergriff um und schlüpfte mit dem Kopf durch die Kette, an der das Schildkrotlorgnon hing.
Das Nachthemd legte er in das Bett und strich mit der Hand über die Polster, bis auch die letzten Knitter verschwunden waren.
Dann setzte er sich an den Schreibtisch, versah, wie sein Freund Elsenwanger es gewünscht hatte, den vergilbten leeren Briefumschlag mit dem nötigen Vermerk, zog aus einer Schublade das seit seiner Mündigkeit bereitliegende Testament und schrieb an den Schluß:

»Mein Vermögen in Wertpapieren gehört, wenn ich sterbe, dem Fräulein Liesel Kossut, Hradschin, Neue-

Welt-Gasse Nr. 7, Parterre oder, falls sie vor mir mit Tod abgehen sollte: meinem Diener, dem Herrn Ladislaus Podrouzek, nebst allen meinen übrigen Habseligkeiten.
Lediglich die Hose, die ich heute getragen habe — sie hängt am Kronleuchter —, ist meiner Haushälterin auszufolgen.
Für die Bestattung meiner Leiche hat, laut kaiserlichem Hausgesetz, § 13, der k. u. k. Schloßfonds Sorge zu tragen.
Hinsichtlich des Beerdigungsortes hege ich keinerlei Wünsche; lieb wäre mir, falls der Fonds die diesbezüglichen Überführungskosten bewilligen sollte, immerhin der Gottesacker in Pisek; ausdrücklich jedoch lege ich hier fest, daß meine irdischen Überreste *unter keinen Umständen* durch die Eisenbahn oder ähnliche maschinelle Transportmittel befördert werden und insbesondere nicht unten in Prag oder anderen jenseits von Flüssen gelegenen Ortschaften beigesetzt werden dürfen.«

Als das Testament versiegelt war, schloß der Herr kaiserliche Leibarzt seinen Folianten auf und holte die sämtlichen versäumten Eintragungen nach. —
Nur in einem einzigen Punkte wich er dabei von den Gepflogenheiten seiner Vorfahren ab:
Er setzte seinen Namenszug darunter und zog mit dem Lineal einen Strich.
Er fühlte sich dazu berechtigt, da er keine leiblichen Nachkommen besaß, die es später für ihn hätten besorgen können.
Dann zog er sich gemächlich die weißen Glacéhandschuhe an.
Dabei fiel sein Blick auf ein verschnürtes Päckchen, das auf dem Boden lag.

»Es gehört vermutlich der Liesel«, murmelte er. »Ganz richtig: Sie wollte es mir heut' morgen geben, hat sich aber nicht getraut.«

Er knüpfte den Faden auf und — hielt ein Taschentuch, »L. K.« gestickt, in der Hand; — dasselbe, an das er im »Grünen Frosch« so lebhaft hatte denken müssen.

Gewaltsam kämpfte er die Rührung, die in seiner Brust aufsteigen wollte, nieder — »Tränen vertragen sich nicht mit der Uniform einer Exzellenz« —, aber er drückte einen langen Kuß darauf.

Als er es in seine Brusttasche steckte, bemerkte er, daß er sein eigenes Tuch vergessen hatte.

»Brave Lisinka, sie denkt an alles. Jetzt wär' ich beinahe ohne Taschentuch auf die Reise gegangen!« — flüsterte er vor sich hin.

Es kam ihm durchaus nicht sonderbar vor, daß genau in dem Augenblick, als seine sämtlichen Vorbereitungen beendet waren, ein Schlüssel draußen rasselte und ihn aus seinem Gefängnis befreite.

Er war gewohnt, daß alles am Schnürchen ging, wenn er seine Galauniform anhatte.

Kerzengerade schritt er an dem verblüfften Ladislaus vorbei die Treppe hinab.

Als verstünde es sich von selbst, daß die Droschke unten vor dem inneren Schloßtor seiner harre, beantwortete er nur mit einem kühlen: »Ich weiß«, die hervorgesprudelte Nachricht des Dieners: »Exlenz! Vasnosti! Bitt schän, ise sich jetzt monumentan keine Gefahr nicht. Kännen sich gleich hier einsteigen. — Alle sin sich drieben im Dom, wo grad Ottokar III. Borivoj zum Kaiser der Welt gekränt wird.«

Der Kutscher riß ehrerbietig den Hut vom Kopf, als er

die hohe, schlanke Gestalt und das vornehm ruhige Gesicht seines Herrn im Dämmerlicht des Schloßhofes erkannte, und machte sich sofort am Wagen zu schaffen.

»Nein, das Dach bleibt unten!« befahl der kaiserliche Leibarzt. — »Fahr — in die ›Neue Welt‹!«

Dem Diener wie dem Kutscher blieb das Herz stehen vor Schreck.

Aber keiner von ihnen wagte einen Widerspruch.

Ein angstvoller Schrei lief die krumme Mauer entlang, als die Droschke mit dem gespenstischen isabellfarbenen Klepper davor die in der schmalen Gasse über dem Hirschgraben versammelten Greise und Kinder vor sich hertrieb. »Die Soldaten sind da! Heiliger Vaclav, bitt für uns!«

Vor dem Haus Numero 7 blieb »Karlitschek« stehen und klapperte mit den Scheuledern.

Beim Schein einer trübselig brennenden Laterne sah der Herr kaiserliche Leibarzt, daß eine Gruppe Weiber vor der verschlossenen Tür der Hütte stand und sie öffnen wollte.

Einige von ihnen waren, niedergebeugt, um einen dunklen Fleck auf der Erde geschart — andere spähten ihnen neugierig über die Schultern.

Sie wichen scheu zurück, als der kaiserliche Leibarzt ausstieg und unter sie trat. — — — — — — — — —

Auf der Bahre aus vier Stangen lag leblos die »böhmische Liesel«.

Eine tiefe Wunde klaffte ihr über den Scheitel bis hinab in den Nacken.

Der Herr kaiserliche Leibarzt wankte einen Augenblick und griff sich ans Herz.

Er hörte, daß jemand neben ihm halblaut sagte: »Sie hat sich, heißt es, vors südliche Burgtor gestellt und es verteidigen wollen; sie haben sie erschlagen.«

Er kniete nieder, nahm den Kopf der Alten zwischen beide Hände und blickte ihr lange in die gebrochenen Augen.

Dann küßte er die Tote auf die Stirn, legte sie vorsichtig wieder auf die Bahre zurück, stand auf und stieg in den Wagen.

Durch die Menge zuckte das Entsetzen.

Die Weiber bekreuzigten sich stumm. — — — —

»Wohin soll ich fahren?« fragte der Kutscher mit bebenden Lippen.

»Gradaus«, murmelte der kaiserliche Leibarzt. »Gradaus. Immer — gradaus.«

Die Droschke schwankte über nebeldunstige, feuchte, grundlose Wiesen und über weich gepflügte sprossende Äcker:

Der Kutscher fürchtete sich vor den Landstraßen; jede Stunde konnte den Tod bringen, wenn man die goldschimmernde Uniform seiner Exzellenz drin in dem offenen Wagen erkannte.

»Karlitschek« stolperte und stolperte, brach fast in die Knie und mußte immer wieder mit den Zügeln emporgerissen werden.

Plötzlich versank das eine Rad, und das Gefährt neigte sich auf die Seite.

Der Mann sprang ab:

»Euer Gnaden, ich firchte, die Achse is gebrochen!«

Der kaiserliche Leibarzt gab keine Antwort, stieg aus, schritt mit langen Beinen in die Dunkelheit hinein, als ginge ihn das alles gar nichts an.

»Exlenz! Bitte, zu warten! Der Schaden is nicht so groß.
— Exlenz! Ex—lenz!«

Der kaiserliche Leibarzt hörte nicht.
Ging immer geradeaus.
Eine Böschung. Ein grasbewachsener Damm. — Er klomm ihn hinauf.
Niedrige Drähte, an denen ein feiner unspürbarer Wind als leises drohendes Klingeln entlang fuhr. —
Der kaiserliche Leibarzt stieg darüber hinweg.
Ein Schienenweg lief in den letzten Glanz des erlöschenden Himmels — wie in die Unendlichkeit hinein.
Der kaiserliche Leibarzt trat mit langen Beinen von einer Schwelle zur andern — wanderte geradeaus und geradeaus.
Es erschien ihm wie Klettern auf einer waagrecht liegenden Leiter, die kein Ende nehmen wollte.
Unverwandt hielt er die Augen auf den Punkt in der Ferne gerichtet, in dem die Schienen zusammenliefen.
»Dort, wo sie sich schneiden, ist die Ewigkeit«, murmelte er, »in diesem Punkt geschieht die Verwandlung! — Dort muß — dort muß Pisek sein.«
Die Erde fing an zu zittern.
Der kaiserliche Leibarzt fühlte deutlich das Beben der Schwellen unter seinen Füßen.
Ein Brausen wie von unsichtbaren Riesenflügeln ging durch die Luft.
»Es sind meine eigenen«, murmelte der kaiserliche Leibarzt; »ich werde fliegen können.«
Plötzlich stand auf dem Schnittpunkt der Schienen in der Ferne ein schwarzer Klumpen und wuchs und wuchs.
Ein Zug mit verlöschten Lichtern donnerte heran. Winzige rote Punkte wie Korallenschnüre flogen ihm zu beiden

Seiten nach: die türkischen Mützen bosnischer Soldaten, die aus den Wagenfenstern schauten.
»Das ist der Mann, der die Wünsche erfüllt! Ich erkenne ihn. Er kommt auf mich zu!« rief der kaiserliche Leibarzt laut in die Luft hinein und starrte die Lokomotive an. »Ich danke dir, mein Gott, daß du ihn mir geschickt hast!«

In der nächsten Minute hatte ihn die Maschine erfaßt und zermalmt.

NEUNTES KAPITEL

Die Trommel Luzifers

Polyxena stand in der Sakristei der Kapelle »Allerheiligen« im Dom und ließ, stumm und in Erinnerungen versunken, mit sich geschehen, daß Boẑena und eine andere Dienerin, die sie nicht kannte, ihr ein morsches, zerschlissenes, moderig riechendes Gewand, mit erblindeten Perlen, Gold und Juwelen bestickt — geraubt aus der Schatzkammer —, über das weiße Frühlingskleid legten, das sie trug, und es beim Schein der hohen, armdicken Wachskerzen mit Nadeln und Spangen feststeckten.
Die letzten Tage lagen hinter ihr wie ein Traum.
Sie sah sie vorüberschweben wie Bilder, die noch einmal aufwachen wollen, ehe sie für immer schlafen gehen, wesenlos, schattenhaft und vom Nachfühlen abgetrennt, als gehörten sie einer Zeit an, die niemals existiert hat — langsam abrollend, von mattem, stumpfem Licht umflossen.
Wie eins nach dem andern verschwindet, tritt jedesmal in den Zwischenräumen die dunkelbraune Maserung der alten, wurmstichigen Kirchenschränke hervor, als wolle der Hauch der Gegenwart sich melden und wispern, daß sie noch lebe.

Bis zu der Stunde, als sie aus der Daliborka geflohen und durch die Straßen geirrt war, um auf halbem Wege abermals zu dem Wärterhäuschen im Lindenhof zurückzulaufen und die ganze Nacht bei dem vor Herzkrämpfen bewußtlosen Geliebten zu sitzen mit dem festen Entschluß, ihn nie mehr zu verlassen, konnte Polyxena in ihren Erinnerungen zurückfinden; alles, was vorher lag: die Umgebung ihrer Kindheit, das ganze Dasein bis dahin, ihre Klosterzeit, die unter Greisen, Greisinnen, verstaubten Büchern und trostlosen, aschgrauen Dingen aller Art verbrachten Jahre — — alles schien ihr unwiederbringlich versunken, als hätte es statt ihr ein empfindungsloses Porträt erlebt. —

Aus diesem schwarzen Hintergrund drangen jetzt Worte hervor, und Bilder aus den jüngst vergangenen Tagen reihten sich an:

Sie hört den Schauspieler reden wie damals in der Daliborka, aber eindringlicher noch und zu einer kleinen Versammlung: zu den Aufrührern der „Taboriten", zu ihr und zu Ottokar. — Es ist in einer schmutzigen Stube eines alten Weibes, das man die »böhmische Liesel« nennt. Eine Lampe schwelt. — Einige Männer lehnen umher und lauschen den Worten des Besessenen. Sie glauben wieder, wie in der Daliborka, er sei in Jan Zizka, den Hussiten, verwandelt.

Auch Ottokar glaubt es. —

Nur sie allein weiß, daß es nichts als Erinnerungen an eine alte, vergessene Legende sind, die aus ihrem Hirn, formengewinnend, hinüberwandern in das des Schauspielers, um dort zu spukhafter Wirklichkeit zu werden. — Ohne daß sie es beabsichtigt: Das magische »Aweysha« strömt aus ihr, aber sie kann es nicht hemmen und nicht lenken — es wirkt selbsttätig, scheint anderen als ihren

Befehlen zu gehorchen —, es wird nur in ihrer Brust geboren, und dort entspringt es, aber die Zügel führt eine fremde Hand. Die unsichtbare Hand ihrer gespenstischen Ahne Polyxena Lambua mag es sein, fühlt sie.
Dann wieder zweifelt sie daran und möchte glauben, daß es das Gebet der Stimme im Lindenhof ist, das um Stillung der Sehnsucht Ottokars, nach Erfüllung ringt und die magische Kraft des »Aweysha« in Bewegung setzt. — Ihre eigenen Wünsche sind gestorben. — »Ottokar soll gekrönt werden, wie er es in seiner Liebe um meinetwillen begehrt, und sei es auch nur für eine kurze Stunde. — Ob ich dabei glücklich werde — was kümmert's mich!« — das ist das einzige, was in ihr noch wunschhaft flüstern kann, und auch das spricht eher ihr Konterfei als sie selber: — dahinter verbirgt sich vampirgleich der unsterbliche Keim der alten blutdürstigen Brandstifterrasse, der sich auf sie vererbt hat seit Geschlechtern und sie nur vorschiebt als Werkzeug, um teilzuhaben am Leben und der Furchtbarkeit der herannahenden Geschehnisse. — Sie sieht vor sich in den Gesten und Reden des Schauspielers, wie die Sage von Zizka, dem Hussiten, allmählich sich wandelt und sich der Gegenwart anpaßt — ihr graut.
Sie sieht das Ende voraus: Das Gespenst Jan Zizkas wird die Wahnwitzigen in den Tod führen.
Und Bild um Bild wirbelt das magische »Aweysha« ihre Vorahnungen ins Reich des Körperlichen hinein, auf daß Ottokars Sehnsucht aus einem Luftschloß zu Wirklichkeit werde: Zrcadlo befiehlt mit der Stimme Zizkas, daß Ottokar gekrönt werden soll, und besiegelt die prophetischen Worte, indem er dem Gerber Stanislav Havlik das Amt überträgt, aus seiner Haut eine Trommel zu fertigen; dann stößt er sich selbst — ein Messer ins Herz.
Der Weisung gemäß beugt sich Havlik über die Leiche.

Die Männer fliehen, von Grausen gepackt.
Nur sie hält es unerbittlich an der Tür fest: Das Konterfei in ihr will zusehen — will zusehen.
Endlich, endlich hat der Gerber sein blutiges Werk vollbracht. —

Ein anderer Tag taucht vor ihr auf:
Stunden des Rausches und verzehrende Liebe kommen und schwinden.
Ottokar hält sie umfangen und spricht zu ihr von einer nahenden Zeit des Glücks, der Pracht und der Herrlichkeit. — Mit allem Glanz der Erde will er sie umgeben. Keinen Wunsch wird sie haben, den er ihr nicht erfüllen könnte. — Unter seinen Küssen zerbricht die Phantasie die Fessel „Unmöglichkeit". Aus der Hütte im Lindenhof wird ein Palast. — Sie sieht in seinen Armen das Luftschloß erstehen, das er für sie baut. — Er reißt sie an sich und sie fühlt, daß sie sein Blut empfängt und Mutter sein wird. — Und sie weiß, daß er sie damit unsterblich gemacht hat — daß aus der Brunst die Inbrunst keimen wird — daß aus Verweslichem das Unverwesliche sprießt: das ewige Leben, das eins aus dem andern gebiert.
Ein neues Erinnerungsbild: Die Zyklopengestalten des Aufruhrs sind wieder um sie her: Männer mit ehernen Fäusten, in blauen Blusen, Scharlachbinden um die Ärmel.
Sie haben eine Leibwache gebildet.
Nennen sich nach dem Vorbild der alten Taboriten: »Die Brüder vom Berge Horeb.«
Tragen Ottokar und sie durch die rotbeflaggten Straßen.
Wie Blutschwaden wehen die Fahnen von den Häusern:
Eine heulende, rasende Menge mit Fackeln neben ihnen und hinter ihnen drein:

»Hoch, Ottokar Borivoj, Kaiser der Welt, und seine Gemahlin Polyxena!« — —

Sie hört den Namen »Polyxena« fremdartig, als gelte er nicht ihr: Sie spürt, daß das Konterfei der Ahne in ihr triumphiert und die Huldigung auf sich bezieht.

Wenn das Brüllen für Sekunden verstummt, lacht grell die Trommel des Gerbers Havlik auf, der, in ekstatischer Wildheit die Zähne gefletscht — ein Tigermensch —, dem Zuge voranschreitet.

Aus Seitengassen gellt Todesschrei und Kampfgetöse; vereinzelte Volkshaufen, die Widerstand leisten, werden niedergemetzelt.

Sie ahnt dumpf, daß es auf den stummen Befehl des Bildnisses in ihrer Brust geschieht, und ist voll Freude, daß Ottokars Hände rein von Mord bleiben.

Er hält sich an den Köpfen der Männer, die ihn tragen, und sein Gesicht ist weiß. — Er hält die Augen geschlossen. —

So geht es die Schloßstiege empor zum Dom.

Eine Prozession des Wahnsinns.

Polyxena kam zu sich; statt der Bilder ihrer Erinnerung umgaben sie wieder die kahlen Wände der Sakristei, und die Maser der alten Schränke wurde deutlich.

Sie sah, daß Bozena sich niederwarf und den Saum ihres Kleides küßte — sie suchte in den Mienen des Mädchens zu lesen:

Keine Spur von Eifersucht oder Schmerz darin. Nur Freude und Stolz.

Dröhnend fielen die Glocken ein und ließen die Flammen der Kerzen erzittern. — —

Polyxena trat ins Kirchenschiff.

Anfangs war sie wie blind in der Finsternis — allmählich erst sah sie unter den gelben und roten Lichtern die tragenden silbernen Leuchter erstehen. — —

Dann ringen schwarze Männer mit einer weißen Gestalt zwischen den Säulen und wollen sie zwingen, zum Altar zu gehen:

Der Priester, der sie trauen soll.

Sie sieht: Er weigert sich — wehrt sich, hebt ein Kruzifix in die Höhe.

Dann: Ein Schrei. Ein Fall.

Man hat ihn erschlagen.

Getümmel.

Warten. — Gemurmel. — Totenstille.

Dann wird die Kirchentür aufgerissen.

Fackelglanz fließt von draußen in den Raum.

Die Orgel erschimmert rötlich.

Sie bringen einen Mann in brauner Kutte geschleppt.

Sein Haar ist schneeweiß.

Polyxena erkennt ihn: Es ist der Mönch, der täglich in der Georgskrypta den gemeißelten schwarzen Stein: »die Tote, die eine Schlange statt eines Kindes unter dem Herzen trug«, erklärt. — —

Auch er weigert sich, zum Altar zu gehen!

Drohende Arme recken sich nach ihm.

Er schreit und fleht, deutet auf die silberne Statue des Johann von Nepomuk. — Die Arme sinken nieder. — Man horcht, was er spricht. Verhandelt.

Murren.

Polyxena errät: Er ist bereit, Ottokar und sie zu trauen — jedoch nicht vor dem Altar.

»Er hat sein Leben gerettet«, begreift sie, »aber nur für eine kurze Spanne Zeit. — Man wird ihn erschlagen, sowie er den Segen gesprochen hat.« —

Im Geiste sieht sie wieder die Faust des furchtbaren Zizka, wie sie schmetternd auf einen Schädel niedersaust, und hört seine Worte:

»Kde más svou pleš! — Mönch, wo hast du deine Tonsur?«

Diesmal wird sein Schemen die Faust der Menge führen, weiß sie. —

Man trägt eine Bank vor die Statue und legt einen Teppich über die Fliesen.

Ein Knabe kommt durch den Gang geschritten und bringt auf einem Pupurkissen einen elfenbeinernen Stab.

»Das Zepter Herzog Borivojs des Ersten!« geht ein Raunen durch die Menge.

Man reicht es Ottokar.

Er nimmt es wie im Traum und kniet im Herrschermantel nieder.

Polyxena neben ihm.

Der Mönch tritt vor die Statue.

Da ruft laut eine Stimme:

»Wo ist die Krone?!«

Unruhe erfaßt das Volk, und es wird erst wieder still, als der Priester die Hand hebt.

Polyxena hört seine bebenden Worte. — Worte der Andacht und der Fürbitte, wie sie der Gesalbte gesprochen, und es überläuft sie wie Frost bei dem Gedanken, daß sie aus einem Munde kommen, der sich noch in derselben Stunde für ewig schließen soll. —

Die Trauung war vorüber.

Jubel brauste durch den Dom und erstickte einen leisen, wimmernden Schrei.

Polyxena wagt nicht, sich umzusehen: Sie wußte, was geschehen war.

»Die Krone!« gellte wieder eine Stimme auf.

»Die Krone! Die Krone!« — hallt es von Bank zu Bank. — —

»Bei der Zahradka ist sie versteckt«, schreit jemand. Alle drängen zur Tür.

Ein wildes Gewoge:

»Zur Zahradka! Zur Zahradka! — Die Krone! — Holt die Herrscherkrone!« — —

»Sie ist aus Gold! Mit einem Rubin auf der Stirn!« — kreischt es von der Chorgalerie. — Die Božena ist es, die immer alles weiß.

»Rubin auf der Stirn«, läuft der Erkennungsruf von Mund zu Mund, und alle sind überzeugt, als hätten sie den Stein mit eigenen Augen gesehen. —

Ein Mann steigt auf einen Sockel. — Polyxena sieht: Es ist der Lakai mit dem stieren Blick.

Er fuchtelt mit den Armen in der Luft herum und schrillt beutegierig, so daß seine Stimmer überschnappt:

»Im Waldseinpalais liegt die Krone.«

Niemand zweifelt mehr:

»Im Waldsteinpalais liegt die Krone!«

Hinter der johlenden Meute her zogen finster und schweigsam die »Brüder vom Berge Horeb«, wieder — wie auf dem Gang zum Dom — Ottokar und Polyxena auf den Schultern.

Ottokar trägt den Purpurmantel des Herzogs Borivoj und in der Hand das Zepter.

Die Trommel ist stumm.

Unversöhnlicher Haß gegen den lärmenden Pöbel, der in einem Atem begeistert sein kann und nach Raub und Plünderung lechzt, steigt heiß in Polyxena auf. — »Ärger als die Bestien sind sie und feiger als die feigsten Köter«

— und sie denkt mit tiefer, grausamer Befriedigung an das Ende, das unabwendbar kommen muß: das Rasseln der Maschinengewehre und — ein Berg von Leichen.
Sie blickt zu Ottokar hin und atmet befreit auf: »Er sieht und hört nicht. Ist wie im Traum. Gebe Gott, daß ihn ein schneller Tod ereilt, ehe das Erwachen kommt.«
Was mit ihr selbst geschehen wird, ist ihr gleichgültig.

Das Tor des Wallensteinpalais ist fest verrammelt.
Die Menge will die Gartenmauer erklimmen — fällt mit blutigen Händen zurück: Flaschenscherben und eiserne Spitzen überall auf den Simsen. — —
Einer der Männer bringt einen Balken.
Hände packen zu.
Zurück und vor. Zurück und vor: mit dumpfem Krach Breschen in die Eichenplanken schlagend, rennt das Ungetüm wieder und wieder auf das Hindernis los, bis sich die eisernen Angeln verbiegen und die Pforte in Trümmer birst. — — —
Ein Pferd, rot gezäumt, mit gelben, gläsernen Augen, steht mitten im Garten, auf dem Rücken eine Scharlachdecke und die Hufe auf ein Brett mit Rädern geschraubt.
Es wartet auf seinen Herrn.

Polyxena sah, daß Ottokar den Kopf vorbeugte, es anstarrte und die Hand auf die Stirn legte, als käme er plötzlich zu sich.
Dann trat einer der »Brüder vom Berg Horeb« an das ausgestopfte Pferd heran, ergriff es beim Zügel, rollte es auf die Straße, und sie hoben Ottokar hinauf, indes die Rotte mit lodernden Fackeln in das offene Haus hineinstürmte.

Fenster fielen prasselnd auf das Pflaster, das Glas zerschellte in tausend Splitter, hinabgeschleudertes Silberzeug, vergoldete Harnische, juwelengeschmückte Waffen und bronzene Standuhren flogen klirrend von den Prellsteinen auf und häuften sich zu Bergen: Keiner der »Taboriten« streckte die Hand danach aus.

Man hörte das laute Knirschen, wie die drinnen mit Messern die Gobelins an den Wänden zerfetzten.

»Wo ist die Krone?« schreit der Gerber Havlik hinauf.

»Die Krone ist nicht hier« — Gebrüll und Gelächter — »Sie wird bei der Zahradka sein«, kommt's nach einer Weile aus wiehernden Mäulern zurück. —

Die Männer heben das Brett mit dem Pferd auf ihre Schultern, stimmen ein wildes hussitisches Lied an und marschieren, vor sich die bellenden Trommeln, zur Thunschen Gasse.

Hoch über ihnen, in wehendem Purpur, sitzt Ottokar auf dem Rosse Wallensteins, als reite er über ihre Köpfe hinweg. — — —

Der Eingang zur Gasse war durch Barrikaden versperrt; eine Schar alter ergrauter Diener, angeführt von Molla Osman, empfing sie mit Revolverschüssen und einem Hagel von Steinwürfen.

Polyxena erkennt den Tataren an seinem roten Fez.

Um Ottokar vor Gefahr zu schützen, richtet sie unwillkürlich einen Strom von Willen auf die Verteidiger — das »Aweysha« fährt, fühlt sie, wie ein Blitz in ihre Reihen, so daß sie, von panischem Schrecken gepeitscht, die Flucht ergreifen.

Nur auf Molla Osman übt es keine Wirkung.

Er bleibt ruhig stehen, hebt den Arm, zielt und schießt.

Ins Herz getroffen wirft der Gerber Stanislav Havlik die Arme empor und bricht zusammen.

Das Kläffen der Trommel ist jäh verstummt.
Doch gleich darauf — Polyxena gerinnt das Blut vor Grauen — fängt es wieder an, dumpfer, gräßlicher, aufpeitschender noch als früher. — In der Luft, von den Mauern widerhallend, aus der Erde heraus — — überall.
»Es gellt mir nur in den Ohren. Es ist unmöglich. Ich irre mich«, sagte sie sich vor und suchte mit den Augen: Der Gerber liegt auf dem Gesicht, die Finger in die Barrikaden verkrallt, aber die Trommel ist fort — nur ihr Wirbeln, plötzlich schrill und hoch geworden, rast im Wind.

Die »Taboriten« räumten in fliegender Eile die Steine zur Seite und machten den Weg frei.
Der Tatar schoß und schoß, dann warf er seinen Revolver weg und lief im Trab die Gasse hinauf, ins Haus der Gräfin Zahradka, dessen Fenster hell erleuchtet waren.
Unablässig das entsetzliche Trommeln im Ohr, sieht Polyxena sich im Sturm vorwärts getragen, neben sich das ragende, schwankende, tote Pferd, von dem ein betäubender Geruch nach Kampfer ausgeht.
Hoch oben Ottokar.
In dem irren Schein der sich kreuzenden Lichter und Flammen der Fenster und Fackeln glaubt Polyxena einen schattenhaften Menschen dahinhuschen zu sehen, bald auftauchend, bald wieder verschwindend — bald da, bald dort.
Er ist nackt, wie ihr scheint, und trägt eine Mitra auf dem Kopf, doch kann sie ihn nicht genau unterscheiden. — Er bewegt die Hände vor der Brust, als rühre er eine unsichtbare Trommel.
Als der Zug vor dem Hause hielt, stand er plötzlich am obern Ende der Gasse, ein Gebilde aus Rauch — ein

schemenhafter Tambour — — und das Rasseln der Pauke kam wie aus weiter Ferne her.

»Er ist nackt; seine eigene Haut ist auf die Trommel gespannt. Er ist die Schlange, die in den Menschen wohnt und sich häutet, wenn sie sterben. — Ich — — Grundwasser —« — die Gedanken Polyxenas verwirren sich.

Dann sieht sie das weiße haßverzerrte Gesicht ihrer Tante Zahradka über den Eisenstäben des Balkons im ersten Stock, hört sie grell und spöttisch lachen und schreien: »Weg da, ihr Hunde! Weg da!«

— Das Brüllen der Menge, die, nachdrängend, die Straße heraufzog, kam näher und näher:

»Die Krone! — Sie soll ihm die Krone herausgeben! — Sie soll ihrem Sohn die Krone geben!« heulten die Stimmen wütend durcheinander. — —

»Ihr Sohn?!« jubelte Polyxena auf, und eine wilde unbändige Freude zerreißt sie fast. »Ottokar ist von meiner Rasse!« — —

»Was? — was wollen sie?« fragte die Gräfin, nach rückwärts gewendet, ins Zimmer hinein.

Polyxena sieht von unten den Kopf des Tataren nicken und irgend etwas antworten, hört den beißenden Hohn, der aus der Stimme der Alten klingt:

»Gekrönt will er sein, der — der Vondrejc? — Ich werd' sie ihm selber aufsetzen — die Krone!«

Dann geht die Alte rasch ins Zimmer.

Ihr Schatten erscheint hinter den Gardinen, beugt sich nieder, als hebe er etwas auf, und richtet sich wieder empor.

Unten am Tor hämmern zornige Fäuste: »Aufmachen! Die Brecheisen her! — Die Krone!«

Gleich darauf tritt die Gräfin Zahradka wieder auf den Balkon hinaus — die Hände auf dem Rücken.

Ottokar, im Sattel des auf den Schultern der Männer stehenden Pferdes, ist mit dem Gesicht fast in gleicher Höhe mit dem ihrigen und nur durch einen geringen Zwischenraum davon getrennt.
»Mutter! Mutter!« hört Polyxena ihn aufschreien. Dann schießt ein Feuerstrom aus der Hand der Greisin:
»Da hast du deine Königskrone, Bastard!« — —
In die Stirn getroffen, stürzt Ottokar kopfüber vom Pferd.

Betäubt von dem furchtbaren Knall, kniete Polyxena neben dem Toten, rief immer wieder seinen Namen und sah nur, daß ein Blutstropfen auf seiner Stirne stand wie ein Rubin.
Sie konnte das Geschehene nicht erfassen.
Endlich verstand sie und wußte wieder, wo sie war.
Aber sie sah nur spukhafte Bilder ringsum: Ein rasendes Menschengetümmel, das das Haus stürmte — ein umgefallenes Pferd, an dessen Hufen ein grünes Brett befestigt war:
Ein ins Riesenhafte vergrößertes Spielzeug.
Und daneben Ottokars schlafendes Gesicht! — »Er träumt wie ein Kind vom Weihnachtsabend« — dachte sie bei sich.
»Sein Gesicht ist ruhig! — Das kann doch unmöglich der Tod sein? Und das Zepter! — Wie wird er sich freuen, wenn er aufwacht und sieht, daß er es immer noch hat!« — — — —

»Warum nur die Trommel so lange schweigt?« — sie blickt auf — »freilich, der Gerber ist doch erschossen.« — Es kommt ihr alles so selbstverständlich vor: — daß die rote Lohe aus dem Fenster schlägt — daß sie wie in einer

Insel sitzt, von einem brüllenden Menschenstrom umwogt — daß im Haus drin ein Schuß fällt, genau so absonderlich hallend und ohrenzerreißend wie vorher der erste — daß plötzlich die Menge sich, wie von Entsetzen ergriffen, zurückstaut und sie allein bei dem Toten läßt — daß die Luft um sie her aufschreit: »Die Soldaten kommen!«

— »Es ist nichts Wunderbares dabei — ich hab' doch immer gewußt, daß es so kommen muß!« — neu und fast merkwürdig erscheint ihr nur, daß der Tatar mit einemmal mitten aus der Feuersbrunst auf den Balkon treten kann und mit einem Satz herabspringt — daß er ihr zuruft, ihm nachzugehen —, ein Befehl, dem sie Folge leistet, ohne zu wissen, warum — daß er die Gasse hinaufrennt, die Hände in die Höhe streckt und daß dort oben eine Reihe Soldaten mit bosnischem, rotem Fez steht, die Gewehre an der Wange, und ihn durchläßt. Dann hört sie, daß der Unteroffizier sie anbrüllt, sie solle sich niederwerfen.

»Niederwerfen? Warum? — Weil sie schießen werden? — Glaubt der Mensch: ich fürchte mich, daß sie mich treffen? — Ich trage doch ein Kind unter dem Herzen! Von Ottokar. — Es ist unschuldig, wie könnten sie es töten! — Der Keim der Rasse Borivoj, die nicht sterben kann, die nur schläft, um immer wieder aufzuwachen, ist mir anvertraut. — Ich bin gefeit.«

Eine Salve kracht dicht vor ihr, so daß sie von der Erschütterung einen Herzschlag lang die Besinnung verliert, aber sie schreitet gelassen weiter.

Hinter ihr ist das Geschrei der Menge jählings erloschen. Die Soldaten stehen wie Zähne eines Rachens, dicht einer neben dem andern. Halten immer noch die Gewehre an der Wange.

Nur einer tritt klirrend zur Seite und läßt sie durch die entstehende Lücke. —

Sie wandert in den leeren Rachen der Stadt hinein und glaubt das Trommeln des Mannes mit der Mitra wieder zu hören, gedämpft und mild, wie aus weiter Ferne; er führt sie, und sie geht ihm nach und kommt am Palais Elsenwanger vorüber:

Das Gittertor herausgerissen — der Garten ein Trümmerfeld; glimmende Möbel, die Bäume schwarz und die Blätter verkohlt.

Sie wendet den Kopf kaum: »Warum soll ich hinschaun? Ich weiß doch: Da liegt das Bild der — Polyxena. — Jetzt ist es tot und hat Ruhe«; — sie blickt an sich herunter und staunt über das Brokatgewand, das ihr weißes Kleid verhüllt.

Dann erinnert sie sich: »Jaja, wir haben doch ›König und Königin‹ gespielt! — — Ich muß es schnell ausziehen, ehe das Trommeln aufhört und der Schmerz kommt.«

Dann steht sie an der Mauer vom Sacré-Coeur und zieht die Glocke:

»Dort drin, will ich, daß mein Bild hängt.«

Im Zimmer des Herrn kaiserlichen Leibarztes Taddäus Flugbeil steht der Diener Ladislaus Podrouzek, wischt sich mit dem Handrücken über die nassen Augen und kann und kann sich nicht beruhigen.

»Nein, wie sich Seine Exzellenz, der Knäherr, alles selber noch so schön aufg'raamt hat! —«

»Hundsviech, arm's«, wendet er sich mitleidig an den zitternden »Brock«, der mit ihm hereingekommen ist und winselnd auf dem Boden nach einer Spur schnuppert,

»hast du dich auch deinen Herrn verloren! No, laß nur, wir werden sich schon ananander gewähnen.«
Der Jagdhund hebt die Schnauze, stiert mit seinen halbblinden Augen zum Bett hin und heult.
Ladislaus folgt seinem Blick und bemerkt den Kalender: »Gut, daß ich's sich. Der Knäherr mächt sich schön giften, wenn er wüßt, daß er's vergessen hat« — und er reißt, bis die Ziffer »1. Juni« erscheint, die verjährten Zettel ab und mit ihnen das Datum der Walpurgisnacht.